U0146821

蘇祐集

下

〔明〕蘇祐 著
王義印 點校

詳　目

下册

穀原奏議

轂原奏議卷之三……五一七

轂原奏議卷之四……五四九

附録三　蘇祐詩文輯遺

附録四　寄贈唱和

附録五　序跋　提要

穀原奏議

穀原先生奏議序

余始以御史入臺時，遼左軍伍弗戢，聲議環噪侮重臣。當事者虞大變且起，欲姑息柔之。余謂法自茲益玩，□上疏論列。先是，雲中卒亦賊主帥，遼□□□□□焉其事。適今大司馬舜澤先生蘇公攬轡雲中，極言合寘之法。朝廷是之，卒用底寧，國紀稍振。□□獲我心矣。先生竣事還臺，以□官之故，雅相契洽。既各沉浮中外，晤聚契闊。先生位日高，名日益起，晚則晉秩大司馬，奉命總督宣大。舉重地畀之，以先生嘗从事於此耳。故先生宦轍多在邊徼。干旄盈列，樽俎在堂。布大信於夷戎，則金石共礪；示折衝於燕談，則文武爲憲。其所奏請不下百章，門人李巖夫氏，併前巡按時疏草共集之，得四卷〔一〕，刻諸清豐，名曰穀原先生奏議云。

〔一〕得四卷：「四」字底本刓缺，今據全書實有卷數補。

余惟人臣能辨天下之事[一]，惟才與識。才非卓犖，識非通敏，則於事罔濟。而所以充其識與才者，必博學有文而後可庶幾也。今天下事，皆古人所嘗試而習行者，其區處規畫之方具在簡册。今之人居嘗憒憒，不知綜博故實，搜訂機宜，一旦事至，猝以己之胸臆行之，匪眩則慴，其倖不敗者無幾尔。有宋范文正公，自做秀才時即以天下爲己任，豈其居卑而蹈出位之思哉？正以講求經略於未試之日也。後文正既出而任重致遠，有餘力焉。舜澤先生才本天授，識殆庶幾，而文復煒爗。其於古人書靡不淹貫，凡古人籌議在往牒者，參酌品隲，罔不多畜而涵漱之[二]。故一當事任，持以應之，事即無弗辨也。先生廼弗鄙棄余，以所刻見寄。余讀之，大都慎先事之防，嚴法紀之守，不過訐而苛，不過弛以縱，其於安攘之謀信備矣。逮夫抑絶馬市以杜未然之萌，則識者尤多之。蓋假覊縻以倖虜之無侵，最策之下也。宋恃金幣而弛武備，竟以蹙國。殷鑒非遠，老成持重之慮於此可見。故余手先生之言，反覆之不置。擬之古人，詎可多讓？彼怙勢者，欲以媒蘗先生，寧可得

[一] 余惟人臣能辨天下之事：「余」字底本刓缺。印按：本序以第一人稱「余」之口氣寫出，如「余始以御史入臺時」、「余謂法自兹益玩」、「先生廼弗鄙棄余」、「余讀之」、「故余手先生之言反覆之不置」、「先生既以示余」等。此處刓缺之一字亦應是作主語之第一人稱「余」字。據補。

[二] 罔不多畜而涵漱之：「不」字底本刓缺。印按：「罔不」爲一固定詞語，表雙重否定。今以上下文義補「不」字。

耶？古之人忠於謀國，往往采緝先民之猷以獻，蓋畫一之規既已經試，而長慮却顧之謀豈惟一時？雖百無可行者，苟可以爲天下利，奚必謀自己出哉！先生謝事去矣！繼此而當重寄如先生者，於奏議所云竟施設之，則先生之有裨於國家，又不以身之隱顯爲通塞也。然則李君鋟梓之意，良有在於斯夫！先生既以示余，又屬爲序其端。詩曰：「方叔元老，克壯其猷。」敬以□□□於先生。

賜進士第通議大夫户部左侍郎兼僉都御史總督漕運兼提督軍務巡撫鳳陽等處地方南充王廷撰

穀原奏議卷之一[一]

巡按疏草

叛逆軍士謀殺主將疏

嘉靖十二年十月初九日，准巡撫大同右僉都御史潘仿揭帖：「爲總兵官員用刑過當，興工緊急，激變地方事：職自到任以來，每見總兵官李瑾，比較誤事軍人，多用牛皮大鞭，赤身責打，致失衆心。累次勸止，不肯聽從，既又督發無馬官軍，各往地名孤店兒東西地方挑挖壕塹，每月差人，督併緊急，以此人心不堪，怨聲載道。嘗與副總兵官趙鎮盡言阻當，天氣將寒，相應暫且停止。議掣間，不意十月初六日，人心忿怒，三更聚衆，將總兵

[一] 穀原奏議卷之一：「卷之一」三字底本卷目無。印按：本卷書葉中縫各葉俱有「穀原奏議卷之一」字樣。據補。以下各卷情形仿此，不另出校。

官衙門圍繞燒毁。李瑾又不合不行撫諭，用箭射傷軍人，以致愈加激怒，當將本官射打身死。比遣中軍官楊德、把總潘棟、張昇執持旗面前去招撫，及令總兵官趙鎮、遊擊戴廉前去撫安，聊爾解散，尚各不安。會同左副總兵官趙鎮、户部郎中詹榮、分守冀北道右參議高登，參看得總兵官李瑾，行事乖方，致兹變故，其死乃所自取，固不足恤。但今代府殿下及諸宗室俱各危疑，各軍忿怒原出有激。如蒙伏望皇上軫念邊方重鎮，曲賜寬宥，特降恩赦，姑免其罪，俾令各圖保全；另選相應官員充任總兵，與職協同，專一撫安招集，除具題外。」等因到臣。

本日又據南路參將劉江差千户楊傑報稱，代王於初八日到西城。陽和參將李璟等差夜不收徐和尚等報，初六日三更，大同城放炮，至初七日巳時方止。各到臣。

臣伏思變雖成於激起，姦實本於玩生。大同地方再興變亂，良由驕軍悍卒蔑視朝廷〔一〕，干紀違天，動逞脅制；法徒羈縻，略存紀綱；恩屢布宣，益見姑息。據齎揭帖舍人口報，巡撫衙門大門并卷房亦皆燒毁，已後巡撫消息亦不可知。縱云變由總兵，亦既火延都院。由是觀之，則臺臣之重，已就迫驅；具題之詞，任其指畫。參照巡撫都御史潘仿，

〔一〕良由驕軍悍卒蔑視朝廷：「蔑」字底本作「篾」，顯誤，徑改。

知人心之將變，不能弭消，致禍胎之既成，轉乞赦宥。事不得已，罪亦難辭。伏望皇上軫念大同一鎮，禍變再生，安危所關，綱紀所係，敕下廷臣集議，務俾計出萬全，罪人必得。庶國法昭明，人心帖服，斯宗社無疆之福。若夫持守故常，非臣之所知也。

明大義以正人心以安社稷疏

頃者大同之變，臣已具題，伏候敕旨外。本年十月十一日，代王自順聖川西城復報東來。義緣親王時遭姦變，議同總制、鎮巡等官，已於本日迎入鎮城彌陀寺方丈内暫居，本府亦具本差承奉吳聰齎奏外；本月十二日，准巡撫大同右僉都御史潘揭帖開稱，前日作亂各犯，昏夜行兇，黎明解散。查訪不知姓名，止有無籍光棍軍民餘丁張林等數百人，夜間乘機吶喊搶奪，今幸招安平妥等因。是欲以乘機之人而當逆惡之衆也。臣始而疑之，繼而駭之，終竊大懼。夫自逆軍搆變之後，道路不通；差來人役，語言深隱；親王私出，曾無追探之人；母妃潛行，復據西城之報。今遽稱平妥，見之文移，撫臣危迫之詞，逆賊探聽之計，皆不可知。臣安敢不疑？聞之人者皆云，陽和按伏之兵，不俟將命，皆解散入城，沿邊駐牧之虜，儻乘危機，至大舉入寇。軍不率令，其心叵測；虜更乘虚，其憂方大。臣安得不駭？夫禮莫大於分，分莫大於名。名分者，朝廷之所以立紀綱者也。紀綱者，朝廷之所以振教化者也。總兵者，閫外專制；巡撫者，臺內重臣。今則殺總兵無異犬豕，脅巡撫無異臺輿。大義不明，人心不正。不曰苟全性命，則曰事宜招撫；不曰制御無謀，則曰變出倉卒。人臣之義，以死爲正。若律以國君守社稷之義，代王亦不可私出。顧以軍馬城池，原無干涉，變由內作，勢須暫移；母妃流離，尤可驚惻。親親之義，出自朝廷，臣不敢輕議。初聞圍殺總兵，作亂軍士止六七十人。各官聞變，不循牆而走，則閉門不出。人各爲心，士不用命，人心向背之機，邊鎮觀望之日。臣曰「終竊大懼」，是天下之憂也，豈臣之私計哉！語曰明者睹未萌，况已著乎！使賈誼復生，當不止於痛哭。忌器者固難於投鼠，解腕者亦止於傷蛇。事當權其重輕，勢當籌其大小。意彼姦逆，多緣朝廷恩念宗室，故敢屢興惡逆。照得代王、母妃已皆在外，逆賊之算已窮，臣愚之心，必當大行誅討，雖極天下之力亦可。何也？恐臃腫大潰，上延心腹故也。再照宣大總制、文武大臣，皆聖心簡在，邊鎮讋服，忠義素聞，謀勇嘗試者，合無專賜敕旨，俾相度機宜，極力進剿？仍望明頒詔諭，脅從必分；更戒濫刑，無及良善。臣雖至愚，亦努力從事，以紓朝廷之憂。臣知天赫斯怒，人情自順，脅從格心，群逆授首不暇，豈能抗我王師哉！情出迫切，言獻狂瞽，不勝隕越待罪之至。唯聖明留神。儻合朝議，早賜施行，天下幸甚！

惡逆軍士復倡變亂殺死軍官鎖閉城門疏

嘉靖十二年十月二十六日，據兵部差來千户薛永、李椿，總制衙門差回旗牌官百户郭鎮、趙洪各口報稱：前到大同鎮城，本月二十四日夜，東門内忽聽軍士呐喊，隨將遊擊趙綱、擺隊官張欽殺死，又將旗牌官郭鎮等追赶，幾被殺害，奔至帥府門前，遇有中軍官楊德率領軍士奮勇打死賊軍一人；副總兵官趙鎮，初仍閉門不出，後方輕裘緩至。楊德見事勢緊急，恐更成大患貽罪，欲行自刎，激以利害之言，趙鎮方取披軍士之甲，領兵追殺二名，擒獲二名。次日，巡撫大同右僉都御史潘仿在帥府内坐左，朱振坐右，趙鎮、戴廉分坐左右，各聽朱振發放指揮，而各官一人不能使令；東門鎖閉不開，各從北門出回等語。臣惟朝廷恩威本自分明，各官惑脅，不能申諭。今大兵已進，平亂有期。撫鎮等官另行議請外，參照先任總兵官今閑住朱振，向受逆軍之推戴，已干謀主之嫌。今脅巡撫而指揮，不無廢閒之望。責以《春秋》「無將」之義，是豈靖共有道之臣？人心不明，故敢稱亂；巡撫不察，方以爲能。是朱振者，法所難逃者也。伏望陛下急賜敕旨，將朱振先行議處，以勵人心。天下幸甚，邊鎮幸甚。

叛逆軍士拒城阻兵姦惡畏罪自毒身死疏

嘉靖十二年十月二十八日，據提督等官郤永等差夜不收各報稱：兵臨大同城下，逆軍乘城放炮阻抗，兵馬未能遽入等因；本日復據分守大同東路地方左參將李璟呈：據陽和、高山二衛巡捕指揮曹鎮、卜隆呈，據已死舊任總兵官朱振家人朱福供：本年十……（以下底本缺一葉二面）必分，則神武不殺，仁義並用也。大兵西來，再逾旬日，然堅城山立，未收即勝之功；皇威天臨，猶阻怙終之賊。雖釜魚不免於烹膾，暫爾優游；恐市虎屢報於姦欺，將成疑惑。事機之會，豈可再失。臣待罪監察，叨司紀驗，敢冒昧先爲陛下陳之。儻意有扶同，事涉欺枉，天鑒在上，臣安所逃罪？惟陛下察之。

竊惟大兵未發，總制、提督等官，先屢申諭朝廷恩威；及繼至陽和，猶按兵遲緩，聽其自處。恐兵一入，玉石俱焚，致孤陛下好生之德也。後兵馬之入，欲將獲解之人併有名餘黨，明正典刑於首惡之地，以勵人心，以正國法。不意撫鎮諸臣，終被惑脅，不能宣諭，屢止兵馬不敢從者，恐損陛下無敵之威也。今者不曰激變地方，則曰貪邀功次。聖明在上，豈容是非淆亂一至此乎？且兵未至城三十里外，即聞城上鎗炮之聲；及至城下，關廂之人皆驅之入城，同爲抗兵之衆。提督總兵官郤永方按轡而入，猶不虞其敢爲惡逆也，致將報效遊擊曹安火炮打死，併殺傷官軍，幾覆大衆。則變反自外生耶？若夫脅從良善，朝廷明白宥免，提兵馬將領乃敢不分而併殺之，違犯之罪將無所逃。況與上功首虜有間，又何功可貪之有？撫鎮之臣苟全性命，甘爲媚悦之計，不顧國體；傳聞之人不審理勢，輒惑巧飭之詞，輕議軍機。幸賴陛下明見萬里，剛破群疑，禁兵復來，内帑大至。有以仰見陛下天賜勇智，逆賊不足平矣。竊念逆軍戕殺主將，阻抗王師，誘通虜酋，姦汙良善，無所不至。所以不即殺害撫鎮等官，不及掠劫倉庫財物者，猶欲誑惑朝廷退掣兵馬，以成脅制之權，借支月銀月糧，不行做工殺賊，凡事自由如前日耳。寧使權不在上，不使權不在下，則萬段逆賊，可勝誅哉！照得先年之變，兵至陽和，一聞抗阻，遽爾班師。日長月化，禍變未已。誤國之臣，猶當追究；倖免之詞，更望審察。審料逆賊之勢，已就窮蹙，忠憤之人，各效謀勇。伏望皇上大奮乾剛，少假時日，則終收奏凱之捷，而大正觀望之心矣。

巡撫疏草

預擬分布人馬以禦虜患疏

卷查先准總督宣大、偏保等處地方軍務兼理糧餉兵部右侍郎兼都察院右僉都御史翁萬達咨前事内開：「煩爲會同副總兵，督同各該兵備、參、守等官，量度本鎮地方遠近險易、兵馬多寡强弱，斟酌可否，或照三關、大同分布，或仍照本鎮上年事規，或別有禦虜長策，逐一計議停當，咨報施行」等因，已該前巡撫都御史鄭重會行，督同易州等兵備道，及參將程棋，整理分布，未報。該臣接管查行，催據易州兵備副使陳俎呈報：「自紫荆關迤北沿河口起，至倒馬關迤南吴王口止，分布過人馬，除原額常守軍士四千三百二十九名外，增加今年奏留暫准防守真、神、定、茂四衛、京操班軍并各府衛操餘壯勇，共計八千九百八十三名，協同守禦。」緣由前來。

照得虜馬入寇，常在秋高，計月之期，每數月圓。今年閏月，或以六月即爲七月。二十一年六月入寇山西，亦其時證。隨案行該道，轉行各該衛所州縣，俱限六月初旬到道，點發原擬隘口併力把守，不許遲誤。

又據本官揭開：「團操人馬，保定副總兵成勳二千名，參將程棋一千名，盧鉞二千名，都指揮白蘭、田琦各一千名，王芝、陳奇、趙吉各五百名，丁時五百九十二名，指揮張能、單潤、劉璉各五百名，達官都指揮劉淮一千名，楊璋一千二十一名，達官指揮常瓛六百五十名，安璋四百四十三名，共計一萬三千七百六名。漢、達官軍相兼操練，聽候有警調發，會合併力截殺。」數目到臣。亦隨備行副、參等官，將所部人馬簡練精壯，相度地形，并脩理盔甲，置備什物，仍將簡練、相度、修理、置備緣由回報，查考其馬匹盔甲不足，爲奏討去後。臣會同巡按直隸監察御史袁鳳鳴，議照虜勢憑陵，頻年侵犯，未遭挫衄。歲慎隄防，挽輸苦召買之勞，戰守困過時之費；時當急遽，事多取於應酬，例拘因循，弊遂憚於更改；兵糧請給，國儲不無告空，賦役繁興，民生亦已坐困。重廑皇上宵旰之懷。建議者雖日紛紜，而大要豈出戰守。但勢有緩急，兵貴合變。古人須馳至金城，圖上方略，言兵事機宜，不可懸斷也。臣今閱視諸關，備采衆議，倒馬、紫荆，最爲緊要。蓋二關山勢雖稱險絶，中有□□，山形糾亂，各該隘口，隨險分兵，勢分力弱，恐難持久；且外恃宣、大犄角，勢又在人；密邇京師，易爲震動。此其緊要之大略也。若夫龍泉之塞，外有平刑故關之衝，必由鴈塞。距其地里，平刑至龍泉不下三百餘里[一]，山勢聯絡，中鮮居民，搶掠無以爲藉食之資，險阻必困，踣恃長之騎，以此争鋒，非計之得。兵有勝算，必我之利也。山西二關萬一可入，澤、潞、汾、沁足以四馳；而謂東犯太行之地，以當守險之兵，勢既紆回，時應耽閣。虜人狡黠，志在搶掠，或不出此。又況山西連年修守，俱有次第，似可無虞乎。龍

[一] 平刑至龍泉不下三百餘里：「刑」字底本作「行」。印按：此處「平刑」、「龍泉」皆關塞之名，即上文所謂「平刑故關」、「龍泉之塞」。「平刑關」今作「平型關」，本書通作「平刑」。據改。

泉故關，緊要次之，此其大略也。查得先奉欽依修築墻塹，近該臣查勘，完者已十之九，其不完者，計以六月之終俱可報完。守有依憑，若無人拒，列金城湯池，有不可恃爲固者，況區區墻塹乎？故常守之外，酌量險易，加之防守之兵。若徒拘於守，勢分力弱，有難可恃以久者。爰分撥將領，相以地形，責以應援之効；謀協衆議，亦已僉同，不敢自專，以誤任使，臣之責也。竊念宣大不守，而復軼之山西；山西戒嚴，而復窺於畿甸。各該將領肅承明命，各懷敵愾之心，大昭威靈，行見犂庭之捷。決無姦藏觀望、弊襲譸張，如往年勢分彼此、人懷一心。則虜雖狡黠，進有城塹之守，未易遂其長驅；退有腹背之虞，亦先圖其歸計。萬一驕虜尚肆憑陵，是上天悔禍之期，而醜虜覆敗之候。成掎角之勢，勵戰守之圖者，臣之責也，尤諸將之責也。查得本年三月十八日，前巡撫都御史鄭重，已咨行總督侍郎翁萬達，於宣府鎮摘撥兵馬三千，在舊保安州岔道堡駐劄，專應援馬水口；再摘撥大同鎮人馬三千，在平刑關駐劄，專應援吴王口；仍摘撥別鎮人馬三千，在廣昌縣駐劄，專應援浮圖峪、插箭嶺等處。但臣查得舊保安州桃花堡，比與岔道堡相去馬水口尤近，相應改移駐劄應援；又查得白羊口與臣所屬地方相近，計去京師路實咫尺，勢尤緊要，亦須周防，亦當添兵以防意外之患。該前巡撫都御史鄭重題外，該兵部咨行順天巡撫都御史郭宗皐，無容再議。如蒙敕下兵部，再加查議上□，更乞□□丁寧宣大將臣，并行總督巡撫各臣，查准咨議施行。地方幸甚，臣愚幸甚！

清查屯田以實軍伍疏

據整飭潼關兵備兼分巡關内道陝西提刑按察司副使程尚寧呈稱：「直隸潼關衛原額旗軍八千二百三十三名，原額屯田四千七百八十四頃六十二畝，坐落河、陝二省同、華二州，朝邑、華陰、渭南、郃陽、澄城、韓城、靈寶等縣地方，屯種津幫軍裝。今查該衛實在旗軍止有二千二百二十九名，調撥京衛、延寧、鄜州操備二千七十二名，止存在衛局匠等役一百五十六名，逃亡事故尚有六千四名；遺下前項屯地，俱被官豪人等占種。雖經發册清勾，十無一二解報，以致城操缺人。軍雖逃亡事故，屯地依然有人佃種。見今城操及守把各關，俱係審編軍舍操丁，日告缺乏。種地之人，坐享地利，安然無事。乞爲委官清查。」等因到臣。據此簿查先據潼關衛申「爲陳時弊，申國法，以修軍政事」内稱：「該衛屯田有被别軍多種者，有被豪强吞併者，亦有本軍艱難、違法自行典賣者，又有軍逃拋荒迷失處所者。今各軍耕輸以十分爲率，大概不及二三。申乞清查緣由前來，已該前巡撫都御史鄭重批『仰大名道查議報繳』。」續據該道河南提刑按察司副使喬瑞呈議：「屯地於例不應私賣私買，但沿襲年久，姦弊遂生。先年巡按直隸監察御史鮑象賢曾令自首，將民買地畝歸給原軍承種，軍頗稱便。後因買地人户却又奏行巡按衙門，行委大名府推官施山，將前項地土復斷與民，遂使軍丁無田，軍伍仍缺。清查之舉，委不可已。方今災傷，軍民俱困，合候豐收之年，奏請委官專理其事，以復屯田。」等因到臣案候間。

今據前因，爲照前項屯田，每軍給田百畝，不許私自盜賣，禁例甚嚴。但其間或有軍人數外開墾，不係原額屯地。私賣私買，向後朦朧影射。雖正額屯田，混作餘地，盜賣盜買。中間亦有勢豪兼併，謀遂其方圓，富室侵漁，巧移其畔界。占種於軍官者，亦衛所之常業；詭寄於民户者，又小人之自利。作弊多端，不能悉舉。以致軍士貧困，棄伍而逃。行伍不充，戰守何賴？又查得近因虜勢憑陵，當議者欲屯田之處，亦以屢行奏章。今各官呈，要委官丈量，似宜急處。然年久事湮，其田不知易幾主矣。若使照常施行，不惟勢多沮撓，任事者難以展布，姦襲奏告，終事者徒成紛擾。再照法有厲禁，固當嚴爲之查；事或病民，亦當善爲之處。則因民所利而利之，亦有法不廢而事易集者。

前項屯田盜買盜賣非一日，亦非一人。或起蓋房屋，或脩立墳墓，或開成園圃，或砌就塘池。若一旦查出，悉令釐正，固亦執法之常；但或有前項等業，必行起拆，恐亦非導利之順。合無許令出首，免其問罪；遷改從公，丈量若干，照數於就近膏腴田地撥補，明立界址，填入格眼，歸還軍伍。如此，則情法兩盡。及照前項姦弊，非獨潼關一衛，而各衛皆然。況今雨澤霑足，秋成可望，農功既畢，查勘其時，相應題請通行清查。如蒙皇上軫念屯田實足兵之本，姦頑多善幻之謀，乞敕該部查議上請，命下聽臣行各該兵備道，分委府佐州正風力官員，分投會同各衛掌印官悉心處畫，毋憚紛更，不撓於群議，不沮於權勢，將各屯田沿坵履畝，逐一清查：原額屯田若干，新增若干；要見某地係某軍自種，某地係某人占種；姑免問罪，頂補軍伍，編入城操，與正軍一例操備；如不肯承當，照例問罪，地退還官。出示召令，舍餘軍民人等，頂軍種地，就將姓名填寫本軍屯地格眼項下：某人頂軍，某人種地。如或本軍解到地給管業頂軍人役開豁，其果有蓋成房屋、立成墳墓與塘池園圃等業，仍查照許令出首免罪，撥補還軍等議施行。如有姦豪仍前占種不服退出者，申呈撫按拏問發遣，委官亦不許狥情受賄，朦朧勘報；將已成業者故令拆毀，瘠薄遠田縱容撥補，聽臣參究，事完造册奏繳；以後年分照依民間事例，每十年清造一次。庶屯政一清，而軍士不致失所矣。

奉賀廟建疏

恭聞九廟告成，該禮部題稱，九卿等衙門具本稱賀。臣謹稽首頓首上言：

伏以盡倫達孝，情莫大於尊親；備制妥靈，禮尤嚴於假廟。新宮成建，列聖居歆。

垂一代之典儀，奠萬年之宗祀。神人胥悦，中外騰歡。茲蓋伏遇皇上道本性成，聖由天縱。制兼述作，淵源肇敬一之傳；化茂經綸，心思焕穆清之秘。相巍崇之堂構，孝本因心；舉精潔之明禋，義緣稽古。於穆嚴有闕之制，象祖宗功德之難名；默孚申罔極之懷，儼睿考精神之如見。崇堂邃室，龍彩焕日月之文；隆棟厚基，燕翼定乾坤之位。爰頒鳳詔，溥四海以同仁；篤衍鴻休，後百王而起義。是宜慰孝思於有永，而協玄祐於無窮也。臣祐幸際明時，忻逢盛典。拊循畿輔，職莫與於駿奔；瞻仰闕庭，歡曷勝於雀躍。伏願本支綿遠，靈貺協泰清之符；福禄悠長，工歌衍穆雍之頌。臣無任瞻天仰聖、激切屏營之至！

周邊防以禦虜患疏

行據易州兵備副使陳俎、天津兵備副使朱鴻漸、井陘兵備副使王崇、大名兵備副使喬瑞各呈：將保定、河間、真定、順德、廣平、大名六府所屬州縣，共顧募人夫四萬六百八十九名，匠作四千九百三十七名，修完紫荆等關沿邊一帶正城共長一萬二千七百五丈三尺，稍墻九千八百七十四丈二尺，女墻一百八十五丈，泥頭墻九十六丈，夾道雙城五十丈，垛口三萬四千九百六十九個，剷削七千九百七十三丈八尺，壕塹一百九十七丈，攔馬墻八百八丈，攔水堤五丈七尺，垛塞一十四丈二尺，石墻二丈，敵臺一百九十座，墩臺一百六十五座，石臺三座，敵樓二座，窩鋪九百二十二箇，城門樓房六間，城門三座，水門一十四座，縈房官廳一百九十間，水槽三百八十九個，鐵裹門一座，攔馬鐵索二條，城墩小房九十五間，郛頭十座，添修長橋、長嶺等處正城一千二百六十二丈，墩臺二座，敵臺一十四座，每座上蓋房三間。共用過工食等銀三萬九千六百一十六兩八錢八分五厘，粟米二千一百八十六石八斗三升，米穀一千三百三石二斗二合，各數目并委官職名，造册繳報到臣。據此，案照嘉靖二十四年閏正月二十九日准兵部咨該前巡撫都御史鄭重、巡按直隸監察御史楊本深、胡汝輔、黄洪毗各會同條陳八事内一款：「邊關一帶路徑甚多，防守不足，而虜人之突入，多不於溝澗而於岡嶺，不於正口而於間道。故脩治之法有二：一曰剷削偏坡，一曰修築墩墻。剷削，舊規俱於山脚施功。山脚多土，一時雖易爲功，而水衝人踐，未幾即就平漫，須於山脊近頂處用石工鑿石，除原係峻壁不可攀援外，餘非壁立處俱鑿石高一丈，延袤一帶皆成峻壁，則人馬自不可越。此惟居庸有此剷削，而紫荆迤西皆無之，固可按而爲也。山脊既有偏坡，則山頂方可據守；險絶除天城處外，餘如上連岡阜、傍接隘口、下臨溝澗處，皆築稍墻一道，五十步設敵臺一座，稍墻上砌垛口、下剷平地，使人可住立以發矢石；敵臺上蓋小房三間，使人可依藉以避風雨、以儲器械、以謹瞭望。各隘口正城低薄者，增高加厚；緊要隘口未有周垣者，築城一周以居官軍於其中，懼賊之佚入而反攻也。然此所費當不貲。臣查所屬庫藏空虛，無可動支；地方災傷，勢難復派於民。乞敕該部議照宣大、山西修邊事例，多發銀數萬兩，以濟此大工。其工匠，量工顧募民匠，起集民夫，與常守、調守軍民相兼興作，仍委各州縣賢能正官計度督責，務要堅固，用垂久遠，則金湯之勢成矣」等因，題奉聖旨：「該部知道。欽此。」該本部覆議移咨户部題奉欽依，於太倉銀庫量發銀二萬兩，備咨前巡撫都御史鄭重差官給文領回，酌量分發；各府與州縣積貯贓罰銀兩米穀相兼支用，顧募夫匠，選委各屬正佐等官，各照依派定工程分投督併，及令防守軍夫採柴積石燒灰，協同修築去後。今據繳到除覆查相同造册各另奏繳外，臣會同巡按直隸監察御史胡植、裴紳、袁鳳鳴，議得紫荆等關，内屏京師，外連宣大，延袤六七百里，緊要隘口亦百有餘處，但山形糾紛，頗難防禦，故黠虜窺伺，大肆憑陵。適今依形據勝修築墻垣，剷削壕塹，堵塞間道，增蓋營房，官軍有所依憑，庶幾可備戰守。然甫及半載，工用報完。所據建議者，始當籌畫之難，而督工者各著勤事之効，亦宜分別，以示懲勸：除各州縣違慢等官隨時提問戒飭，及各掌印義散等官，雖頗效勤難以別處者，行令各該府州縣以禮獎勸俱不開外，查得易州兵備副使陳俎、井陘兵備副使王崇、天津兵備副使朱鴻漸、大名兵備副使喬瑞，分工畫制，各得建築之宜，而王崇、喬瑞，會議工程，尤著賢勞之績，似宜各照年資量加擢用者也。廣平府通判張倌，久事邊關，親履危險，總理諸關工作，終始不隳；稽查六府錢糧，出納詳慎，盡心王事，宜以優論，所當量加陞賞者也。保定府通判左翼、真定府通判武宣、廣平府通判田雲、真定府同知今丁憂孫璧，各照派定工程而督率争先，分攝一府事宜而料理極當；保定府通判今致仕張佑、河間府通判今陞真定府同知畢鸞、順德府通判李天倫，督未完之工而勤苦亦瘁，役久勞之衆而駕馭尤難。之數臣者，所當量加賞賚以酬其勞者也。及照前巡撫今回籍聽調都御史鄭重，分工創始，區畫悉心，勞亦難泯，如蒙乞敕兵部查議，上請施行，庶工程有稽而臣工有勸矣。

謝恩疏

嘉靖二十四年十二月二十四日，該臣會同巡按直隸監察御史胡植、裴紳、袁鳳鳴題「爲周邊防以禦虜患事」查過委官修完紫荆等關墻垣壕塹等項工程緣由，該兵部覆議，題奉聖旨：「這修築關墻工完，各官勤勞可嘉，蘇祐賞銀二十兩、紵絲二表裏。欽此。」欽遵於嘉靖二十五年四月初五日，該禮部差吏王通齎到欽賞銀兩、紵絲表裏到臣。除望闕叩頭祇領外，竊惟皇威無外，固無限於華夷，帝制宅中，當先嚴其閫閾。頃以治安之久，少弛兵防；遂致關塞之間，載罹虜患。至廑宵旰，用警風塵。言念紫荆等關，近切畿輔；肆惟禦戎上策，貴在周咨。兼采蒭蕘，務堅臨關之壁；大裨戰守，爰發内帑之金。庸劣如臣，亦叨任使；曠鰥在念，勉效經營。乃半載計時，而諸關告績。夾城盤地，掎角之勢可因；遠塹連雲，憑陵之姦斯沮。是皆欽承睿算，衆志允孚；仰體廟謨，群工畢力者也。如臣因人成事，幸少罄乎微忱；豈敢貪天爲功，竊妄覬於大賚。兹乃叨蒙天語，褒嘉發自綸音；猥荷聖恩，蕃錫啓諸貢篚。繡盤白豸，被躬煥精采之華；銀重朱提，在笥珍堅質之永。臣才謝纂組，質荷鑄鎔。百鍊不磨，圖礪如金之範；十襲自寶，期弘挾纊之施。伏願玉燭載調，溥陽春於四海；金甌永保，拱清穆於萬年。臣無任感激祝頌之至。

謝恩疏 以下巡撫山西

臣原任都察院右僉都御史巡撫保定等府地方，嘉靖二十六年五月初五日准吏部咨爲缺官事該本部會官具題奏聖旨：「蘇祐陞本院右副都御史提督雁門等關兼巡撫山西地方，寫敕與他，著上緊去。欽此。」欽遵備咨到臣。本月十二日據兵部原差監生汪綖齎捧敕諭一道，臣稽首拜領，隨就兼程趨任。至本月十八日前到所屬山西平定州。據按察司呈送到前巡撫都御史孫原接捧達字二百九十一號符驗一道、巡撫山西地方關防一顆收用行事外，伏念三晉地方，山河表裏，自古稱雄，關隘周防，于今爲要。肆宗支之衍茂，尤甲諸藩；况供億之浩繁，實緣多事。爰自往歲，黠虜内侵。遂致宵旰之懷，屢廑西顧；凡在臣工之列，孰敢自安。臣樗櫟庸材，章縫下品。封疆司守，舊嘗與乎經營；畿輔拊巡，今方懼夫瘝曠。誤蒙宸錫，載晉臺銜；聞命自天，俯躬無地。敢不益自勉勵，期無負於簡書；冀效涓埃，用少答夫高厚。臣無任激切感戴之至。

集論衆酌時宜以圖安邊疏〔一〕

據山西布、按二司呈嵐兵備帶管營田右參政張鎬、整飭鴈門等關兵備副使劉璽、分巡冀寧道僉事蒲澤會呈行據總委管工太原府通判黄棟呈稱：「修完丫角山起至大同右衛雙溝墩止邊墻一百四十里，内築完將臺陸座，上蓋完鋪房四十八間；敵臺二百七座，蓋完鋪房四百一十四間；暗門陸座，月城六十處，幫修墩臺七座，幫修月城一處，添設墩臺二座。又修完雙溝墩起至兔毛河止邊墻五十二里四分，内築完敵臺六十二座，蓋完鋪房一百二十四間。通共邊墻一百九十二里四分，將臺六座，敵臺二百六十九座，鋪房五百八十

〔一〕集論衆酌時宜以圖安邊疏：印按：本篇與下篇集衆論酌時宜以圖安邊疏實爲同一奏疏，二者區别在於本篇是初稿，下篇是定稿；下篇寫定時，對本篇文字順序略有調整，又增加爲修邊諸臣請功一節。相較而下，本篇題目略嫌扞格，下篇題目更顯通順；只將本篇題目「論衆」二字位置互倒，兩篇題目即完全一致了。此處姑仍底本之舊。

六間，暗門六座，月城六十一處，幫修墩臺七座，幫修月城一處，添設墩臺二座，各數目開報到道。」及稱：「除一應修邊器具、犒賞、鹽麪、煤炒等項，先該鴈門道兵備副使劉璽預先置辦完備聽候外，又通行調取太原、平陽、潞安三府、汾、遼等州民壯二萬名，三關各營衛軍夫二萬名，共四萬名，防護兵馬三千名匹；會同鎮守山西總兵官都督僉事王繼祖行委總管岢嵐參將李淶、東路參將杜煇、太原參將杜承勛、太原府通判今陞山東兗州府同知黄棟、太原府通判楊桂、平陽府通判孔庭詔、忻州知州今陞直隸保定府同知馮友管錢糧，盂縣知縣周夢綵分管，偏頭關守備劉繼先、老營堡守備王懷邦、平刑關守備田琦、鎮西衛指揮丘陞、徐溝縣知縣今陞陝西苑馬寺寺丞周誥、文水縣知縣張源澄、臨汾縣知縣祁玼、浮山縣知縣毛述古、趙城縣知縣今陞潞安府通判陳正、黎城縣知縣今陞代州知州李良能、沁水縣知縣程南、和順縣知縣張天諭防護架梁，老營堡遊擊孫臏、田琦管部民壯，在邊修工同知、主簿、典史等官邵騰等六十三員，各處把總指揮千百户錢漢臣等八十三員，各督修防護，及令周誥等督併軍壯順帶置完修工木石等杵、荆筐等器，各道與總兵官親詣邊所駐劄，往來督併。自五月初三日破土興工修築，間蒙臣案驗，准本部咨爲預擬分布人馬以禦虜患事内開『岢嵐、鴈門二兵備道輪流督理，自老牛灣又雙溝墩一帶地方督修邊墻、敵臺，整理兵餉，甄别功罪，稽察姦弊，及計畫軍中一應事宜』，各道遵蒙，親詣沿邊催督參將等官李洡等，通判等官黃棟等，將丫角山至雙溝墩邊墻一百四十里分築，於七月二十日俱完；又督黃棟等，將雙溝墩至兔毛河邊墻五十二里四分，併敵臺、鋪房分築，於九月初二日俱完；參將王清、杜承勛、馬陽輝、葉滋，遊擊田琦、梁璽，守備曹棠、王懷邦、郭瀛等，將丫角山至雙溝墩，將敵臺、鋪房、暗門、月城等工分築，於九月二十三日俱完。訖照得邊墻、敵臺，雖有原議丈尺，但地勢或迂遠不便，則改移創修；或衝要受敵，則增加高厚；有比原議丈尺之外量加高二三尺、厚四五尺甚至丈餘者，因形設險，隨宜修築。其應挑壕塹，亦俱照原議丈尺挑濬完備。及查支給錢糧，尚有贏餘，除將修完工程丈尺、用過糧數目查明備細造册另行呈報外」等因到臣。據此接管卷查前事該總督軍務右都御史翁萬達會同前巡撫右僉都御史楊守謙等題稱：「大同自丫角山至靖虜堡延長五百里，舊墻高厚不等，通折高一丈三尺，厚一丈一尺。今議加幫各七尺，計高二丈，裏外女墻五尺，通高二丈五尺；底闊一丈八尺，收頂一丈二尺。以軍夫八萬名爲率，每名日修一寸三分，日計一千四十丈，期以八十七日。敵臺，里修二座，共一千座，每座身高三丈，女墻五尺，通高三丈五尺，方闊四尺，收頂二丈八尺，計四千丈；量採北樓口等處山木，各蓋鋪房二間。亦以軍夫八萬名爲率，每名日修一分五釐，日計一百二十丈，期以三十四日。二項共計一百二十一日。前夫於兩鎮出派，每五百名該把總官二員，共三百二十員。防護兵馬六千名。始於今年五月初一日，訖於九月初二日。合用行糧料草，除五月初一日至六月二十日五十日，每軍日支行糧米一升五合，日計一千二百九十石，把總官日支行糧米三升，日計九石六斗，共該行糧米六萬四千九百八十石。照依本地時估，共該銀一十一萬六千三十五兩七錢一分四釐二毫八絲。馬六千匹，每匹日支料三升，日計一百八十石，共九千石，該銀一萬兩；草日支六千束，共三十萬束，該銀一萬三千五百兩。共銀一十三萬九千五百三十五兩七錢一分四釐二毫八絲。犒賞鹽菜銀，官日支二分，軍一分，日該支銀八百六兩四錢，共銀四萬三百二十六兩。六月二十日以後，自有防秋行糧，止給犒賞鹽菜銀七十一日，合用銀五萬七千二百五十四兩四錢。以上各項通共該銀二十三萬七千一百一十兩一錢一分四釐二毫八絲，而大同之邊工可完矣。俱應早爲給發，趁時糴買糧草，及折色犒賞應用。工完之日，行巡按御史相度工程果否完固，稽考錢糧有無虛耗，及分別官員勤惰，明白造册奏繳等因，具題該兵部議擬覆題奉聖旨：『這修邊守邊調兵諸議，具見總督撫鎮等官竭心邊務，你部裏酌議，亦當都依擬行。欽此。』欽遵備咨前巡撫右僉都御史楊守謙及節准總督左都御史翁萬達咨同前因」備咨到臣。俱經遵照原議已經通行委官分修，及臣屢催完報，并總兵官王繼祖隨工駐劄，督理工程；仍行右參政張鎬、副使劉璽、僉事蒲澤往來工所監視，經理錢糧，稽察姦弊。間又准兵部咨爲傳報緊急聲息事該本部題奉聖旨：「是防秋之時，修築未畢，正宜嚴加備禦，着各該巡撫官，都要到邊，用心經略，不許偷安。欽此。」欽遵備咨前來，臣即欽遵，躬自赴邊，巡歷工所，整理兵糧，嚴督工程。續據各道報稱工完，隨行查實回報去後。

今據前因，會同鎮守山西總兵官都督僉事王繼祖議照禦虜之策，無出戰守，設險之要，尤貴邊防。仰惟皇上留神安攘，屢廑至懷加意採收，俯從群議，渙發帑藏，巽布綸音。期限有程，簡書無斁。方其興工之日，適臣被命之初。仰奉欽依，會協咨議。相地度勢，改革者亦什之二三；填塹□基，高厚者間倍加尺寸。是役也，雖群工自効，百雉聯興，又竊慮計工以日，計財以工，或天道值陰雨之愆，或地里有沙石之阻；久勞夫衆，不無弛惰之虞，輕逞虜酋，或肆侵擾之計；因之枉費財力，遂致耽誤日時；不能不仰廑皇上西顧之懷，貽臣等曠鰥之罪。兹者天時助順，地道効靈；夫役子來，醜虜無警；夜以繼日，自夏徂秋；鉅工告成，戰守足恃。豈臣等之力所致，是皆仰賴皇上德合高玄，謨成密勿，神武遠振，自消狡黠之心，疆圉底寧，永綏安攘之略。生民幸甚，臣等幸甚。

集衆論酌時宜以圖安邊疏

據山西布、按二司岢嵐兵備帶管營田右參政張鎬、整飭鴈門等關兵備副使劉璽、分巡冀寧道僉事蒲澤會呈行據總委管工太原府通判黄棟、平陽府通判孔庭詔各呈稱：「嘉靖二十六年五月初三日起，至本年七月二十日止，修完丫角山起至右衛雙溝墩止邊墻一百四十里[一]；又續修完將臺六座，上蓋完鋪房四十八間；敵臺二百七座，鋪房四百一十四間；暗門六座，月城六十處；幫修墩臺七座，月城一處；添設墩臺二座。本月二十一日起，至九月初二日止，修完雙溝墩起至兔毛河止邊墻五十二里四分，内原墻受敵改移創築共八里，築完敵臺六十二座，上蓋鋪房一百二十四間；又自兔毛河至丫角山築墻取土，於墻外挑成月壕一道，深闊丈尺各不等。通共邊墻一百九十二里四分，將臺六座，敵臺二百六十九座，鋪房五百八十六間，暗門六座，月城六十處；幫修墩臺七座，月城一處；添設墩臺二座。俱各工完。原發京運修邊正銀一十一萬一千八百四十五兩五錢，積出附餘銀一百一十二兩，委官在邊支放又積出附餘銀七十二兩六錢八分，通共銀一十一萬二千三十兩一錢八分。修工并防護架梁官軍、民壯、馬匹行糧料草鹽菜等項，共支用過銀七萬八千二百八十六兩一錢二分八釐八毫六絲，節省剩下見在銀三萬三千七百四十四兩五分一

[一] 修完丫角山起至右衛雙溝墩止邊墻一百四十里：「止」字底本作「上」，據上篇集論衆酌時宜以圖安邊疏「丫角山起至大同右衛雙溝墩止邊墻一百四十里」句改。

釐一毫四絲。數目及修工架梁軍壯管工文武職官姓名，造册繳報到道。」據此案查嘉靖二十六年三月二十七日抄蒙前巡撫右副都御史孫案驗准總督左都御史翁咨該兵部題前事「備仰本道官吏抄照咨案備題奉欽依内事理，即便通行各守備等官查照後開條款逐一欽遵施行」等因，蒙此除遵行外，又准山西布政司照會蒙總督軍門批該本司等衙門左布政使等官張文奎等會呈前事，蒙批「張副使、蒲僉事，俱如擬行令監督工程、綜理糧餉、稽察姦弊，蒙此移行本道查照擬議逐一作速施行」等因〔一〕。准此，該鴈門道通行調取太原、平陽、潞安三府，澤、沁、汾、遼四州民壯二萬名，三關各營衛軍夫二萬名，共四萬名，防護兵馬三千名匹，會同總兵官王繼祖行委總管岢嵐參將李淶、東路參將杜煇、太原參將杜承勛、太原府通判今陞山東兖州府同知黄棟并見任通判楊桂、平陽府通判孔庭詔、忻州知州今陞直隸保定府同知馮友管錢糧，盂縣知縣周夢綵分管；偏頭關守備劉繼先、老營堡守備王懷邦、平刑關守備田琦、鎮西衛指揮丘陞、徐溝縣知縣今陞陝西苑馬寺寺丞周誥、文水縣知縣張源澄、臨汾縣知縣祁玳、浮山縣知縣毛述古、趙城縣知縣今陞潞安府通判陳

〔一〕查照擬議逐一作速施行：「擬」字底本作「疑」。印按：古「疑」本可通「擬」，但本書於「擬定」「擬議」之義多用「擬」字，如上文「都依擬行」「如擬」等。此爲求一致而改。

正、黎城縣知縣令陞代州知州李良能、沁水縣知縣程南、和順縣知縣張天諭防護架梁；老營堡遊擊孫臏、田琦管部民壯；在邊修工同知、主簿、典史等官邵騰等六十三員，各處生營把總、指揮、千百户錢漢臣等八十三員，各督修防護；及令周誥等督併軍壯順帶原備修工器具；各道與總兵官親詣邊所駐劄，往來督併。自五月初三日破土興工修築，間蒙本部院案驗前事，二次分發修邊銀共一十一萬一千八百四十五兩伍錢，積出附餘銀一百一十二兩，發代州收貯，陸續支給應用。又蒙本院發下併修邊墻、敵臺規則内一，敵臺原議大約每里二座，身高三丈，女墻五尺，通高三丈五尺，方闊四丈，收頂二丈八尺。每軍日修二分二釐，其平漫衝要去處即一里三座，或二里七座，身足三丈亦不爲過；中間險峻稍緩去處，仍須相度地勢，身止二丈五尺，連女墻共高三丈即可護守。至於方闊四丈、收頂二丈八尺，即如邊墻底闊一丈八尺，倚墻再幫闊三丈，臺墻底闊共計四丈八尺，修築高至二丈，與墻相等，墻裏止留更道五尺，不必再加，以便沿墻往來；其餘七尺，連敵臺一併加修五尺，共高二丈五尺，收頂亦不失二丈八尺之數。此即順長四丈，出墻三丈，收頂方闊二丈八尺，大概女墻身高及朵口長闊，一如修墻規制。敵臺裏面，已借墻身七尺，止留更道五尺，登臺不便，量於敵臺左右兩邊修墊土堦，或穴洞繩梯而入，各從其便。其每臺該修鋪房二間，即於臺成之後，量用節採木植并隨宜燒造甎瓦，摘撥馬軍及時修蓋，以便防秋官軍住守等因，蒙此通發遵照修築去後。又蒙巡撫右副都御史蘇案驗：「今照山西、大同併守事宜尚未修舉，時近防秋，勢屬緊急，巡撫久缺，事多留滯，況例應交代，擅難啓行。爲此，除咨行兵部裁處外，仰各道即將邊方併守及一切應行事理，查照軍門節行事宜，作速施行，毋得專候本院，以致遲誤。」蒙此行間，又蒙本院案驗爲預擬分布人馬以禦虜患事内開：「岢嵐、鴈門二兵備道輪流督視，自老牛灣至雙溝墩一帶地方，督修邊墻敵臺，監理兵餉，甄別功罪，稽察姦弊，及計畫軍中一應事宜；鴈門兵備道分管自廣武地方起至馬蘭口、霍家坡地界，仍將本鎮馬步官軍四萬二千七百九十一員名分布自本鎮老牛灣黄河東岸起至大同雙溝墩止，及内邊寧、鴈，各守墻防禦。」蒙此行間，又蒙本院案驗備仰本道查照原行題奉欽依内事理，即將山西續分工程，催督管工官員督率軍壯上緊攢修完報，將修完工程地里丈尺、軍壯錢糧數目查覈確實，造册呈送總督軍門及本院并兩鎮巡按衙門，以憑覈實施行。蒙此依蒙催督：知縣等官毛述古等，將雙溝墩至兔毛河邊墻、敵臺、鋪房，於九月初二日陸續修築完訖；參將王清、杜承勛、馬暘輝、葉滋，遊擊田琦，守備曹棠、王懷邦、郭瀛等，將丫角山至雙溝墩將敵臺、鋪房、暗門、月城等工，於九月二十三日陸續修築完訖；修工器具發附近城堡收貯，各回報外。又蒙本院案驗：「仰本道即便查勘本鎮與大同分修地里有無相等，用過錢糧有無同異，其修邊民壯是否四萬名之數，支給錢糧自六月二十日以後是否亦係防秋錢糧，逐一查明，具由回報，以憑施行。」蒙此已行查造去後。今據前因，查得原議修築邊墻敵臺各有擬定丈尺，計人、計工、計日、計糧亦有定數。但地形有險易，用工有難易。隨宜修築，因形設險，故其高厚有比原議丈尺加多者。中間如丫角山以東四五十里之間，取水遠者至七八十里，占去軍夫幾十分之三，亦有石山無土，遠取登運比之平地水土近便者，工費幾倍。又加聖山墩以東舊墻，形勢受敵，改移南山八里餘，俱係創修，比之有舊墻以爲基者，用力亦倍。又山西幫修，俱在舊墻之外，多費填壕築基之功，比之在内幫修者，用力尤多。原議軍夫四萬，所用行糧俱計算至六月二十日止，其二十一日以後，俱支防秋行糧。今山西分布擺邊之後，步軍有調回内邊防守者；所調民壯二萬，又非擺邊之數，原無防秋行糧，自六月二十一日起、九月初二日止，俱支修邊銀兩，又係原議之外者。是以節蒙本部院及本院牌案批呈，俱許計日支給。然總計所費，較之原議，亦無多費。逐一查明，擬合通呈。爲此，今將修過邊墻、將敵臺等工丈尺，用過錢糧數目，并管工等官職名，造册呈繳到臣。據此接管卷查先該總督軍務右都御史翁會同前巡撫右僉都御史楊等會題前事該兵部議擬覆題奉聖旨：「這修邊守邊調兵諸議，具見總督、撫、鎮等官竭心邊務，你部裏酌議，亦當都依擬行。欽此。」欽遵備咨前巡撫右僉都御史楊，及節准總督左都御史翁併准兵部咨各同前因備咨到臣，俱經遵照原議通行委官分管修築，及臣屢催完報，并總兵官王繼祖隨工駐劄，督理工程，右參政張鎬、副使劉璽、僉事蒲澤往來工所監視，經理錢糧，稽察姦弊。間又准兵部咨爲傳報緊急聲息事該本部題奉聖旨：「是防秋之時，修築未畢，正宜嚴加備禦，着各該巡撫官都要到邊，用心經略，不許偷安。欽此。」備咨前來。臣即欽遵，躬自赴邊，巡歷工所，整理兵糧，嚴督工程。續據各道報稱工完，隨行查報到臣。看得用過各項錢糧，頭緒繁多，中間恐有冒破差錯等情，臣即重覆磨算，與今各官册報相同。

照得禦虜之要，固在邊防，版築之工，未易興舉。况集數萬之衆，而當荒塞之間，暑雨維期，虜警未測，若夫處置少乖，則完美莫覬。仰賴皇上凝神清穆，加志安攘。神武布昭，式廓截於九有；玄衷溥運，肅乂振於群工。内而密勿訏謨，用協元輔；邊圉至計，允孚輿情。至於本兵之咨議周詳，户部之請發罔後，是筦樞之運有餘，而邊徼展宣，克襄厥績也。外之總督宣大、偏保等處地方軍務兼理糧餉都察院左都御史兼兵部左侍郎翁，實能仰體聖心，飭兹永策。發縱指示，區畫極始終之詳；申諭稽查，振綏備匡翼之略。巡按山西監察御史谷嶠，巡行遠塞，稽查先飭於法裁；咨訪多方，振勵自興於工役。是以臣愚臨期被命，雖切遺大之懷，凡事受成；適與圖終之會，事半功倍。鉅工告完，臣愚幸甚！已經會同鎮守山西總兵官王繼祖具題訖。今據前因，除修完工程用過并支剩銀兩備細造册另行具本奏繳，及行該道呈報巡按衙門遵奉欽依嚴加覈實，類册奏繳； 其修工效勞，武職把總以下指揮、千百户錢漢臣等，文職同知等官邵騰等，俱各管部民壯，在邊修工，均有勞苦，容臣會同總督左都御史翁分析等第，另行題請外。 及照鎮守山西總兵官都督僉事王繼祖，廉克持身統馭，而士心樂服，勤能率衆督理，而工役有成，任事已逾五年，稽多成效，防秋有功，另議奉有欽依； 岢嵐兵備帶管營田右參政張鎬，議處周詳，建明多諳於事體，勞來備至，周急甚得夫人心。 當始事之難，艱危弗避，得終事之譽，勞勩足徵。 鴈門兵備副使劉璽，積有年勞，贊襄多咨於籌畫； 感深策勵，繁苦亦實其備嘗。 巨細經營，大裨兵防之任，往來調督，益堅恭事之心。 分巡冀寧道僉事蒲澤，督理邊工，稽察尤爲精覈，帶管兵備，綜理亦甚周詳。 况五年之間，常歷邊塞，而三關之事，殊賴經營。 俱當首論者也。 山西布政司左布政使張文奎，錢穀總會，議處亦甚勞心。 本司分守冀寧道右參政王楊，督修内邊，犄角併張其勢。 先任按察司朔州兵備副使今陞布政司右參政陳燿，心存共濟，稽查兼司會之長。 總理三關糧儲户部主事馬慎，事無稽留，督理重及時之用。 以上各官，俱應甄録者也。 總管岢嵐參將李淶，架梁老營堡遊擊田琦，總管太原府通判今陞山東兖州府同知黄棟、平陽府通判孔庭詔，忻州知州今陞直隸保定府同知馮友，分管徐溝縣知縣今陞陝西苑馬寺寺丞周誥、文水縣知縣張源澄、臨汾縣知縣祁珖、浮山縣知縣毛述古、趙城縣知縣令陞潞安府通判陳正、黎城縣知縣令陞代州知州李良能、沁水縣知縣程南、和順縣知縣張天諭、盂縣知縣周夢綵、偏頭關守備劉繼先、老營堡守備王懷邦、鎮西衛指揮使丘陞，以上各官，夙夜奔馳，崎嶇邊徼，悉心料理，共事始終，危險備嘗，勞勩獨多，功當優論者也。太原參將杜承勛、利民堡守備陳明、潞安參將王清、西路參將葉滋、平陽參將馬暘輝、八角堡守備曹棠、神池堡守備郭瀛，以上各官，分修築完將敵臺房，勞勩頗多，功當次論者也。其管工、架梁等官如杜煇革任，孫臏陞任，楊桂患病回任，勤勞在工，計期三分之一，亦當酌論。原任副總兵段堂、旗牌官郭經，奉軍門督併工役，勤勞尤著；軍門書吏魏大用、馮德成，寫本吏麻尚卿、白邦寧，及臣下當該典吏胡方麟，隨巡書辦，勞苦頗多；役滿令史陳洪與今接案令史孟文獻，均與書辦，亦當叙及。再，先任山西巡撫今任延綏右僉都御史楊，心懷謀國之忠，建議不憚於違衆；才適濟時之用，處事多賴於先圖，與前巡按山西監察御史齊宗道，風裁茂舉於周巡，嘉謨允協於共濟，要其成功，亦當追論者也。如臣待罪地方，幸際成事，敢掠衆美，覬以爲功。臣惟輔部大臣，宸衷日鑒，恭候聖裁。其在外諸臣，如蒙敕下該部，候巡按御史覈實至日，再加斟酌，議擬上請俯賜施行，則激勵勞來之下，寓鼓作興之機，而凡預工從事者，莫不皆感聖恩而知所勸矣。

奉慰疏

嘉靖二十六年十二月十九日巳時，該欽差進士林一新齎捧禮部謄黃敕諭：「朕中宫皇后，於嘉靖二十六年十一月十八日崩逝。朕遵奉祖宗舊制，一切喪祭禮儀，你部裏開具明白，在京文武衙門各遵行外。朕憶后言：『我去常典，皇上聖躬爲重，請勿以我爲念。』兹朕思后語，王府、外司進香，道途擾民。着便行與各王府及在外文武衙門，以聞喪日爲始，哭臨三日成服，二十七日而除，俱免進香，以慰后意。故諭。欽此。」

臣跪聽宣讀，不勝驚悼。除欽遵督令都、布、按三司等衙門文武官左布政使張文奎等，各於本衙門宿歇，朝夕哭臨成服，并欽遵不敢進香外，臣節查邸報，在京文武官員，俱各具本奉慰。臣官叨内院，身繫外臺，心切未寧，哀深罔措，謹上言奉慰者。

伏惟孝烈皇后，同坤秉德，翊聖著功。母儀將十五年，壽算應千百歲；豈期慈馭，遽爾仙遊。重廑至懷，聿惇典禮。伏望皇上，抑情順變，少寬朝夕之思；保化迎和，俯慰臣民之望。臣下情無任瞻天仰聖、隕越祈懇之至！

穀原奏議卷之二

巡撫疏草

懇乞天恩遵照明旨催賜原准銀兩極救困苦疏

節據山西布政司呈開：「查得太原、平陽、潞安、大同四府，澤、遼、沁、汾四州，各所屬州縣，每年額派闔省王府禄糧夏秋共八十四萬八千一百八十九石九斗七升：除本色五萬四千八百七十一石七斗一升外，折色七十九萬三千三百一十八石二斗六升；折銀不等，共六十一萬六百八十一兩九錢。此歲入之數也。及查闔省王府，以嘉靖二十六年爲率，通共歲用本、折色禄糧二百八十五萬九千九百九十一石三斗有零，除折色支給絹布并鈔折銀糧共一百五十萬八千一百八十九石四斗有零，於各處收貯商税等項銀内支給不開外，實該歲用夏秋税糧本色一百三十五萬一千八百一石九斗有零：内開徑支粳粟米麥六萬四千一百二十三石一斗有零，折銀米麥一百二十八萬七千六百七十八石八斗有零。在大同者每石折支銀六錢，在太原等府州者每石折支銀五錢，共該銀六十七萬三千七百二兩四錢有零。此歲出之數也。又查得歲派折銀祿糧，大同府所屬并太原等府州所屬該解大同者共一十三萬三千七百五十九石四斗六升三合二勺就彼支放外，其太原等府州六十五萬九千五百五十八石七斗九升六合八勺，内有扣解豐贍庫一十五萬四千四十八石三斗七升一合，係先年各倉羨餘之數以備新封位員支用。若每年全徵在官照例每石五錢放支外，又撙積銀一十四萬七千六百二十二兩三錢有零。今通計歲入本、折并扣解豐贍庫以備新封，及撙積□銀俱併作歲出之用，縱使通完無欠，每年原額之外尚少銀六萬三千二十兩五錢有零，况災傷相仍，拖欠數多，豈能全解？又查得正統十四年北虜犯邊，户部將山西民糧借撥二十七萬三千六百石運赴宣府接濟，路通之日照舊存留，後止將一半改正，尚有一十六萬五千三百五十五石。嘉靖元年，該山西巡撫胡都御史、巡按沈御史題行户部議還山西。訖嘉靖二年，該宣府巡撫劉都御史題行户部覆議起運宣府前項税糧〔一〕。自嘉靖七年爲始仍派起運，但先次掣回山西曾以河東運司餘鹽價銀抵補宣府。今次復還，宣

〔一〕該宣府巡撫劉都御史題行户部覆議起運宣府前項税糧：「項」字底本作「頊」，不可曉。印按：「頊」乃「項」字之誤，形近所致。徑改。揣上下文義，「前項税糧」者，指上文所言「運赴宣府」以供「接濟」之「山西民糧」。

府應以前鹽抵補山西，以彼易此，數略相當。合候命下，行巡鹽御史行令河東運司每年先將餘鹽二十萬引賣銀八萬九千三百五十兩，免其解京，差官運送山西布政司庫收貯，聽候撫、按官員酌量支給禄糧軍餉等項；如餘鹽數少，准將正課内賣銀解用等因，題奉聖旨：『是。邊方腹裏歲用，皆同禄糧軍餉，皆不可缺。山西民糧復還宣府已有成命，固難更改。但山西三關亦係邊方，倘河東運司餘鹽價銀似前拖欠，不無顧此失彼。你部裏轉行巡鹽御史，嚴督運司將該年餘鹽課鹽上緊賣銀，解送山西布政司，抵補民糧之數，以備禄糧軍餉支用；若有不敷，撫、按官仍作急具奏定奪。欽此。』又於嘉靖二十一年，爲地方極重旱災乞憐賑濟以蘇民困事，該山西巡撫陳都御史、巡按王御史因地方災傷、虜患，税糧蠲免分數，禄糧軍餉缺乏，題奉欽依每年正課額鹽四十二萬引内，除宣府年例銀八萬兩外，其餘見在不分多寡，并每年撈辦餘鹽二十萬引，照依鹽法價銀則例作速賣銀，差官解送山西布政司交收，聽巡撫官從宜支補拖欠禄糧并邊餉支用等因，每年又該銀五萬四千四百兩，其抵補民糧鹽銀，嘉靖十五年以前完解外，自嘉靖十六年起，奏撥正課鹽銀自二十一年起，俱至二十六年止。除節次呈補禄糧軍餉製支本色引鹽，并徑解各府州及布政司鹽銀共六十六萬五千二百九十二兩七錢二分九釐一絲四忽外，尚欠六十四萬三千九百五十七兩二錢七分九毫八絲六忽。又查得嘉靖二十一年起至二十六年止所屬府州縣拖欠原坐派王府禄糧一百四十九萬六千一十一兩八分，宣大、三關糧銀一百七十一萬九百八十九兩七錢六分，官吏師生俸廩、旗軍月糧銀二十二萬六千一百一十二兩三錢一分。自嘉靖二十六年五月十八日巡撫山西都御史蘇接管起，至嘉靖二十七年三月十四日止，節行本司糧儲守巡兵備等道躬督所□□徵完解過禄糧銀五十八萬二千二百二十二兩□錢，宣大、三關糧銀九十七萬六百六十二兩六錢八分，官吏師生俸廩、旗軍月糧銀六萬八千五百四十五兩八錢四分，共完過銀一百六十二萬一千四百三十兩八錢二分，仍欠禄糧銀九十一萬三千七百八十八兩七錢八分，宣大、三關糧銀七十四萬三百二十七兩八分，官吏師生俸廩、旗軍月糧銀一十五萬七千五百六十六兩四錢七分。又查見今拖欠闔省王府應支禄糧年季不等，除節經追徵原坐拖欠本項禄糧并運司鹽銀及搜括庫藏處補外，仍欠一百七十九萬四千七百七十餘兩。通計歲入歲出、應徵應給數目，盡非逋負，實有原額不足，及節因災傷、虜患減免，俱混入拖欠之數，雖催督掌印管糧官員拘禁家屬，該吏嚴併追徵，不能完解。見今各王府日每申告，各將軍往往擁衆遠出封域，越境赴省坐守，填門逼討，月無虚日；本司日夜焦思，殊無長策。又查原蒙案驗内開代府棗强等王府每年原額不足糧銀四萬三千一百一十六兩八錢，查議大同府是否地薄糧重，太原、平陽等府是否地肥糧輕，應否通融均派等因。查得大同與太原、平陽等府，俱係山西所屬，山川聯絡，封壤接連，若以地土肥瘠論之，亦不甚相懸殊。及查闔省會計每年原坐夏秋税糧三百二十八萬七百一十五石九斗有零，馬草三百五十四萬五千一十二束有零，大同府所屬一十萬九千四十九石二斗五升二合，原派本處王府禄糧一十萬□千四百二十六石有零，内除本色二千九百八石外，折徵逃户一萬五千七百八十七石有零，每石徵銀五錢，全徵八萬二千七百三十一石有零，每石徵銀一兩一錢六分；民糧七千六百二十三石有零，解大有南倉二千八百一十石五斗有零，每石徵銀一兩一錢八分，州縣倉四千八百一十二石五斗有零，每石徵銀八錢；馬草二十六萬七千一百三束有零，内折徵逃户草三萬三千九百七十八束有零，每束徵銀二分，全徵草二十三萬三千一百二十四束有零，每束徵銀五分五釐。以上通融計算，大約每糧一石該銀一兩一錢七分有零。太原、平陽、潞安三府，澤、遼、沁、汾四州，并各所屬，夏秋共糧二百一十七萬一千六百六十六石六斗有零，起運大同鎮夏秋糧四十九萬五百三十九石，每石徵銀一兩；馬草一百八十七萬三千五百餘束，每束徵銀八分；宣府鎮夏秋糧一十六萬五千三百五十五石，每石徵銀一兩；三關夏秋糧三十二萬九千九百五十四石有零，内起運二十一萬六千八百一十三石有零，每石連席草脚價徵銀一兩六分五釐，存留一十一萬三千一百四十石有零，每石連席草脚價徵銀八錢六分五釐，馬草一百三十五萬二千一百七十八束有零，每束徵銀八分；王府禄糧七十四萬六千七百六十三石有零，内有解大同棗强等王府、大有南倉三萬五千七百二十一石有零，原徵本色四百七十九石五斗有零外，折色三萬五千二百四十一石四斗有零，夏税每石徵銀七錢六分，秋糧每石徵銀九錢六分；晉、代、瀋三府本色一萬六千一百八十二石有零，各王府禄糧六十九萬四千八百六十石有零，内夏税二十三萬一千三百三十五石有零，原徵本色麥一萬二千八百石，折色二十一萬八千五百三十五石有零，每石徵銀六錢，秋糧四十六萬三千五百二十五石有零，原徵本色米二萬石有零，折色四十四萬三千五百二十五石有零，每石徵銀八錢；民糧四十三萬九千五十四石有零，夏税一十二萬五百四十四石有零，每石徵銀六錢，秋糧三十一萬八千五百一十石有零，每石徵銀八錢；豐贍庫草五萬二千二百二十九束，每束徵銀八分。此外又有因地畝税糧、□派驛遞站糧二十一萬五千八百六十石有零，内馬驢糧每石徵銀一兩二錢，牛糧每石徵銀五錢，通融計算，大約每石徵銀九錢七分有零。又查得該辦王府祭葬、房、服、婚價，及解京解邊麂皮、胖襖、湯羊、藥味、柴夫、木炭、軍器料價等項，俱於差銀内出辦，共該二十二萬三百九十餘兩。又額外坐派加增解京黄熟銅等料銀每年不等，大約不下千百餘兩。嘉靖三年又加增供辦代府棗强等王府房、墳等價銀一千兩，舊額民壯二萬一千餘名，先年原議每名每年盤纏銀七兩，共該銀一十四萬餘兩。錯綜計算，太原、平陽等府糧差，比之大同府糧差，繁且不輕，又有轉運之勞。再照禄糧原額不足不獨大同，代府棗强等王府四萬三千一百一十六兩八錢，晉、代、瀋三府分封省城，寧化方山等十四王府，平陽府陽曲等三王府，潞安府定陶等十九王府，澤州宣寧等二王府，汾州慶成等二王府，蒲州襄垣等二王府，絳州靈丘王府，霍州懷仁王府，忻州定安王府，禄糧原額不足每歲共計六萬三千二十兩五錢有零。欲加於民，緣山西地方山多土瘠，舟楫不通，往年連遭虜患，疊罹災傷，民窮財詘，十室九虚，各項原額糧差節年拖欠二百餘萬，日事鞭朴，尚爾追徵不前，若再重復加派，益增困苦負累，流移逃竄，勢必難免，委的無從區處。爲今之計，合無請乞題請敕下該部，將河東運司拖欠抵補民糧，及奏撥正課鹽銀，行巡鹽衙門催解本司通融補給禄糧支用，少濟時艱；其每年歲派不敷歲用該銀六萬三千二十餘兩，乞爲題請，别爲處補。則宗室幸甚，官民幸甚。」等因到臣。

又據河東運司申稱：「查得本司鹽課每年原額該辦四十二萬引，後因偶有餘鹽，遂添額外餘鹽二十萬引。彼時鹽價頗高，遂定作價銀八萬九千三百五十兩之數。雖具虚名，終難實靠。故當時户部議題亦以『餘鹽不足，准於正額内賣銀應用』爲詞。蓋亦有慮於餘鹽之不可必得，擬以正額補之，非謂既變餘鹽，又支正額也。故本司每年鹽課所可倚者止於四十二萬引，每鹽一引折以今價三錢二分，止可得銀一十三萬四千四百兩，内除解宣府八萬兩年例之外，止可剩銀五萬四千四百兩，其欲抵解民糧，止可解此五萬四千四百兩之數，此外再難措處。今查卷案，除嘉靖十五年以前不開外，嘉靖十六年鹽花不生，額餘鹽課俱未撈辦；嘉靖十七年鹽花微生，止撈正課二十五萬八千九百一十三引；嘉靖十八年鹽花不生，額餘亦未撈辦；嘉靖十九年鹽花頗生，除撈完本年正課四十二萬引外，補過正德十四等年消折額鹽二十四萬七千三百九十九引，并無撈有餘鹽；嘉靖二十年除撈完本年正課四十二萬引外，補過嘉靖十六年拖欠額鹽四十二萬引、嘉靖三等年消折額鹽一十萬五千一百二十五引，亦無撈有餘鹽；嘉靖二十一年止撈正課五萬引；嘉靖二十二年止撈正課二十六萬一千八百五十八引；嘉靖二十三年除撈完本年正課四十二萬引外，補過嘉靖十七年拖欠額鹽一十六萬一千八十七引、嘉靖十八年拖欠額鹽四十二萬引、嘉靖二十一年拖欠額鹽二十五萬四千二百二十一引一百斤，亦無撈有餘鹽；嘉靖二十四年除撈完本年正課四十二萬引外，補過嘉靖二十一年拖欠額鹽一十一萬五千七百七十八引一百斤、嘉靖二十二年拖欠額鹽一十五萬八千一百四十二引、嘉靖二等年及正德九等年消折額鹽一百二十三萬六千七十九引一百斤，亦無撈有餘鹽；嘉靖二十五年鹽花不生，止撥犯人、貧民入官鹽七萬六千五百引；嘉靖二十六年除撈完本年正課四十二萬引外，補過嘉靖二十五年拖欠額鹽二十九萬九千一百九十引，尚欠四萬四千三百一十引未完：是一十一年之間，鹽花不生者三年，鹽花微生撈不及額者三年，俱經具奏明白；其餘鹽花生結之年撈辦雖多，亦止彀補不足、消折之數，并無撈有餘鹽。其稱額外二十萬餘鹽之數，不比别處運司鹽課盡由人力，但有逋負，可以追徵。及查自嘉靖十六年至今正額鹽課變賣銀兩，已解過宣府年例銀一百萬五千兩、陝西布政司一萬兩、山西布政司一十二萬五千七百兩、大同府七萬七千兩、平陽府四萬一千五百八十六兩四錢六分一釐三毫、蒲州八千一百八十六兩二錢五分、絳州一萬八百八十六兩、霍州九千二百八十七兩三錢，又有各王府并各衙門食鹽、俸鹽共該三萬九千九百七十七引折該銀一萬二千七百九十二兩六錢四分，及自嘉靖二十一等年五等月十六等日節奉布政司劄付坐派慶成、懷仁、靈丘、永和、襄垣王府禄鈔并汾州衛軍糧折鹽共該一百五十八萬九千四百九十二引五十三斤一十三兩九錢三分五釐折該銀五十萬八千六百三十七兩五錢二分六釐一毫九絲三忽五微尚未完支。是本司鹽課每年止可得銀一十三萬四千四百兩，一十一年共計得銀一百四十七萬八千四百兩，今反支解坐派鹽銀一百八十萬有零。在塲鹽課計已不多，未掣之鹽恐猶不給，實切憂惶。今查本司豐濟庫收有鹽銀三萬兩有餘，相應呈請合無候呈詳允，於内動支三萬兩計六百大錠，邊滴俱全，先行起解山西布政司交割，准作本司嘉靖二十七年該解抵補民糧之數，守取庫收，聽彼酌量緩急，給補各王府禄糧之用，以後但有餘積，陸續起解該司，惟復別有定奪等因，照依舊規，備由具呈巡鹽御史陳玠照詳，蒙批據呈，看得生鹽，盡數採取，有鹽設法招商，有銀盡數解發，該司責任不容少怠。近年鹽花少結，額外無餘，報中鹽銀隨收隨發。若以餘鹽爲定數，必求取足於天時，雖有善者，恐亦無如之何矣。收貯銀兩准動支三萬兩解布政司交割，繳蒙此擬，合起解申報。爲此，除將本司鹽價銀三萬兩批差典膳馬斯臧等解納外」緣由申報到臣。

案查先准户部咨該前巡撫山西都御史楊議題爲議處祿鹽以釐宿弊以溥實惠事該本部議擬：「合候命下本部移咨接管山西巡撫都御史蘇會同山西接管巡按、巡鹽御史着實舉行，仍嚴督運司官員，每年正課、補課俱要如例完足，聽巡按御史遵照憲典舉劾，以示懲勸。」等因，題奉欽依備咨前來，已經會同山西巡按監察御史谷嶠、巡鹽監察御史陳玠案行該司欽遵去後。又爲窮邊宗室十分饑寒困苦，早爲奏討錢糧急救性命事，准户部咨該巡撫大同兵部右侍郎兼都察院右僉都御史詹題前事；又該代王充耀奏爲懇乞天恩軫念窮邊宗室十分饑寒困苦早賜錢糧急救性命事，俱奉聖旨：「户部看了來説。欽此。」欽遵該部覆議：「看得巡撫大同都御史詹題稱：『代府等府拖欠祿糧八季半，儀賓拖欠一十一季，除補給外，尚欠二十九萬五千二百四十餘兩，乞要多方措處，或於河東運司引鹽内補給每歲正額不足銀四萬三千一百一十六兩八錢，或於無王府州縣派補，或亦於河東運司引鹽内支補。』又稱：『太原、平陽等府，地土肥厚，人民豐稔，差徭減省，夏税每石止徵銀七錢六分，秋糧止徵銀九錢六分；其大同，地脉堉薄，人民貧苦，差徭繁重，夏税、秋糧每石俱加徵銀一兩一錢六分，要於太原、平陽等府通融均派，撥補禄糧。』及代王奏稱：『拖欠禄糧通融給處，不泥常格，權發内帑及抄没贓罰銀兩，以補前項拖欠；其歲用不足之數，或行山西布政司、河東運司照依上年，每年各起解銀二萬七千五百兩，或行山西所屬吉、沁等州、翼城、太平等縣，每年各部運二三州縣錢糧各前來湊支。』各一節。爲照代府等府一應禄糧，原係大同等府所屬夏秋糧内歲派徵解，後因宗室蕃茂，歲派不敷，奏將河東運司鹽引補給。又因鹽賣不前，各王府陳乞准令自行撈掣，實出一時權宜，甚非久長之法，相應釐正。既該巡撫都御史楊等題奉欽依行移查照遵守去後。所據禄糧難以再借鹽引，内帑銀兩積貯不多，邇來供邊尚且不足，豈有贏餘補給禄糧。吉、沁等州，翼城、太平等縣，錢糧歲派各有項下，亦難擅擬那運。其正額不足銀兩，先次已借支過山西布政司、河東運司庫銀共五萬五千五百五十五兩四錢抵補訖，見今又奉欽依行巡鹽御史查有存積鹽銀，先湊五萬兩解補，足濟目前之急。今又稱要河東運司引鹽内補給，及又稱欲於腹裏無王府州縣派補，似若加賦。恐此例一開，後難停止，俱不敢輕議外。至謂大同地薄糧重，太原、平陽等府地肥糧輕〔一〕，議欲通融均派，似是裒益之法，但各地方額派已久，一旦加添，恐人情不堪。又事在彼中，難以遥度。相應議處，合候命下本部移咨都察院轉行山西巡鹽御史，查將先次題准存積鹽銀五萬兩，并照會山西布政司於豐贍庫貯查有無礙銀兩，再行借支五萬兩，及移咨大同巡撫都御史詹作速差人關領補給前欠禄糧；其鹽引等項，俱查照本部爲議處禄鹽以釐宿弊以溥實惠事題奉欽依内事理施行，仍咨山西巡撫都御史蘇，會同都御史詹，查議大同府是否地薄糧重，太原、平陽等府是否地肥糧輕，應否通融均派。此外另有通變之策可以爲經制之常者，明白條例具奏〔二〕，以憑題覆。」等因，題奉聖旨：「是。欽此。」欽遵。又爲懇乞天恩遵照明旨催賜原准銀兩拯救困苦事准户部咨該代王充耀奏前事，該户部覆題奉聖旨：「是。這奏准給發銀兩，着山西布政、鹽運二司即便照數給與，聽巡撫衙

〔一〕太原平陽等府地肥糧輕：底本「地」下有「方」字，衍，徑删。印按：此謂「太原、平陽等府地肥糧輕」者，正與上文「大同地薄糧重」形成反對。「地」指農田、耕地，若加「方」字，則概念全變。「地肥糧輕」者，是對上文「太原、平陽等府，地土肥厚，人民豐稔，差徭減省，夏税每石止徵銀七錢六分，秋糧止徵銀九錢六分」一段話的概括；「地薄糧重」者，是對上文「其大同，地脉墝薄，人民貧苦，差徭繁重，夏税、秋糧每石俱加徵銀一兩一錢六分」一段話的概括。下文又有「查議大同府是否地薄糧重，太原、平陽等府是否地肥糧輕」之語，亦可證。

〔二〕明白條例具奏：依句意，「例」應是「列」字之訛。印按：「條列具奏」者，謂列爲諸條具本上奏，而「條例具奏」則難解。卷四捷音疏：「議擬每歲預將防秋事宜通限三月以裏，條列具奏。」句法與此處仿似，亦可證。姑予指出，以供討論。

門差官坐催關領。如再遲延，奏來治罪。欽此。」欽遵備咨前來。

行據該司呈稱：「原奉欽依借支豐贍庫無礙銀五萬兩；隨據開報：庫貯止有節催所屬解到贓罰銀一萬餘兩、商税銀三千餘兩，扣還代府借過胖襖、柴薪、京料等銀七千餘兩，已經差人解送該鎮，與近日催解過該府禄糧銀一十一萬八千二百二十九兩二分，并河東運司解過該解布政司抵補民糧鹽銀二萬五千兩，通融查補禄糧支用；及將查議過歲額不足歲用禄糧數由，前來會同巡撫大同地方兵部右侍郎兼都察院右僉都御史詹、巡按山西監察御史谷嶠，議照財用恒足，必須生衆食寡，量入爲出；山西賦税額派原自有限，宗室蕃衍日盛一日。以有限之賦税，供日盛之宗藩，縱歲時豐稔，徵解通完，欲恒取足，理勢亦難。況有拖欠及災傷減免分數乎？由是原額不足，禄糧不能不缺，宗室不得不奏告也。借使東那西補，不過權應一時之急。洪惟我國家福祚綿延，垂統萬世，螽斯椒實，衍茂無窮。其長久安養之圖，捄偏補敝之計，内外諸臣，或著之奏疏，或敷之策議，亦屢見矣。廟堂之上，亦應隱慮及此。顧以事體重大，尚俟施行，非臣下所敢輕議。今據該司呈開闔省王府禄糧，以嘉靖二十六年爲率，每歲派比歲用少銀六萬三千二十兩五錢有零。欲加派於民，緣山西地方自虜殘傷之後，民力疲憊未甦，原額各項糧差拖欠數多，尚爾追徵不前，若再加派，未免愈益困苦。以故户部議覆所謂『額派已久，一旦加添，恐人情不堪』，實出體國愛民敦本至意。」又謂：「太原、平陽等府州各所屬地土肥墝、糧差輕重，與大同府所屬地土糧差彼此較量，亦不甚相懸殊，且苦無多餘出産，無從區處，該司呈欲奏請處補。」

臣等竊惟内帑銀兩有限，供邊等項所費不貲，似無發補禄糧之理。惟有河東運司每年該布政司抵補民糧，并奏撥正課鹽銀共一十四萬三千七百五十兩。臣接管以來，節追正税并運司鹽銀，及搜括庫藏無礙等銀處補外，尚欠共約該銀一百八十九萬四千七百七十餘兩，盡非拖欠，實有原額不足及節因災傷、虜患減免之數，年復一年，積成逋負。及照該司呈開拖欠節年應徵各王府禄糧銀一百四十九萬六千一十一兩有零[一]，宣大、三關并官吏、師生、旗軍月俸等糧共銀一百九十三萬七千一百二兩有零，亦自臣接管以來，陸續催徵完解過禄糧銀共五十八萬二千二百二十二兩有零，宣大、三關并官吏、師生、旗軍月俸等糧銀共一百三萬九千二百八兩有零，二項通共完解過銀一百六十二萬一千四百三十餘兩。其各未完應徵并前拖欠各府應支年季禄糧，除仍督行布政司管糧參政并各道守巡

[一] 及照該司呈開拖欠節年應徵各王府禄糧銀一百四十九萬六千一十一兩有零：「銀」字底本奪。印按：本疏糧的計量單位通用「石」「斗」「合」等，銀的計量單位通用「兩」「錢」「分」等。此處「禄糧」的單位用「兩」，不合通例。據下文「陸續催徵完解過禄糧銀共五十八萬二千二百二十二兩有零」等句之例，於「禄糧」下補「銀」字。

兵備等官躬督所屬嚴限追徵陸續解補接濟，各該官吏如或因循怠玩，聽臣查照拖欠數目住俸降級等項，照例奏請定奪施行。其河東運司拖欠鹽銀内，除今解布政司三萬兩外，仍該欠銀六十一萬三千九百五十七兩二錢七分有零。據今該司所申「每年額辦鹽四十二萬引，後因偶有餘鹽遂添額外二十萬引，彼時鹽價頗高，遂定作價八萬九千三百五十兩，故當時户部議題亦以餘鹽不足，准於正課内賣銀應用爲詞，蓋亦有慮於餘鹽之不可必得，撥以正額補之，非謂既變餘鹽，又支正額。故本司每年鹽課所可倚者止於四十二萬引，每引折以今價三錢二分，止可得銀一十三萬四千四百兩，内除解宣府年例銀八萬兩外，止可剩銀五萬四千四百兩，其欲抵解民糧，止可解此五萬四千四百兩，此外再難措處」，及稱至今「一十一年之間，鹽花不生者三年，鹽花微生撈不及額者三年，其餘生結之年撈辦雖多，亦止彀補不足、消折之數，不比别處運司鹽課盡由人力，但有逋負，可以追徵」等因。然前餘鹽二十萬引，先年奏准賣銀八萬九千三百五十兩，實係正統年間借撥民運宣府税糧，實徵之數應以前鹽抵補山西。賣解年久，屢奉欽依，節年以來雖有拖欠，已解過多，若以見行價銀每引三錢二分計算，比與原定銀二萬五千三百五十兩不足。先年奏准撥補之數，今稱抵補民糧，止可解正課五萬四千四百兩，此外再難措處。是非無稽。其有無餘鹽，與每引定價三錢二分，俱經奏行。是前欠數亦止據舊案查算，而運司申有前因。夫以一年偶餘取盈之數，而望不可必得之銀，是山西原額歲入之數既已不足，鹽價抵補之銀又難取必。無米之粥，巧婦難炊；畫餅之形，饑腸何濟。除正課鹽引外其餘鹽之數，與鹽引外其餘鹽之數，與鹽引之價，應否照前山西原額不足之數，與民糧之銀作何處補，乞行該部從長查議，另爲區處。及照代府棗强等王府原額不足歲用銀四萬三千一百一十六兩八錢，亦令該司於前每年該解布政司正、餘鹽銀内撥補，徑解大同府收貯用補，如解報遲延，聽大同巡撫都御史差官催取，永爲定例；其餘仍解布政司，聽山西巡撫都御史支補原額不足禄糧、軍餉之用。况今宗室逼討，無以應急。臣查得河南王府宗室禄糧近因拖欠，該巡撫都御史丁題行户部議題扣留該省該解保定府廣盈等倉并涿州、良鄉二倉黑豆，及河間府巨盈等倉粟米銀共三萬八千六百餘兩；又預處錢糧，接濟緊急邊餉事例銀兩，不拘生員吏農，自嘉靖二十六年正月起，至十二月止，俱留本布政司，專備王府禄糧支用。山西王府宗室禄糧缺欠數多，似與河南事體相同。但查額解京、邊錢糧俱係緊重，不敢輕議，惟前事例，山西亦行開納。近據該司呈報，收貯見有四萬七千四百三十五兩，亦係解京之數。臣等待罪地方，目擊時艱，日夜焦思，無計可施，冒昧塵瀆。如蒙伏乞敕下該部再加查議，上請定奪，通行遵守；仍乞將布政司收貯前項事例銀兩暫免起解，通融處補王府禄糧支用，以濟時難。宗室幸甚，百姓幸甚！

奉慰疏

嘉靖二十八年三月二十八日，伏覩邸報，内開：三月十七日，該司禮監傳奉聖諭：「今日卯末辰初，東宫陡然舊疾發，即不同每發之勢，隨就脉絶。今已灌藥不入，醫云難治。故召卿等入。」又傳奉聖諭：「朕皇太子今日巳時疾作，當即薨逝。合行事宜，便查例具儀來看。欽此。」

臣聞命驚悼，銜哀靡寧，謹上言奉慰者。

伏惟東宫殿下，毓德青宫，允協四方之望，承歡紫極，行昭三善之孚。嘉禮方成，帝心用慰。豈期厭代，詎報彌留。悼廑宸衷，痛深寰宇。

臣縶身邊徼，邈阻闕庭，捧讀綸音，不遑寧處。伏望皇情少抑，聿寬慈愛之懷，天造有存，式啓元良之托。臣下情無任瞻天仰聖、隕越祈懇之至。

祗領賞賜恭謝天恩疏

近爲預擬分布人馬以禦虜患事，准兵部咨該總督宣大、偏保等處地方軍務兼理糧餉都察院左都御史兼兵部左侍郎翁題前事，該本部議覆題奉聖旨：「是。這各官既防守勤勞，蘇祐賞銀三十兩、紵絲三表裏，欽此。」欽遵隨據臣原差齎本承差張汝梅齎捧前項賞賜表裏、銀兩到臣。望闕叩頭謝恩祇領訖。伏以賞以飭喜，大賚仰嘉豫之懷；恪以守常，勉效實臣工之職。天覆無外，地載有防〔一〕。威著先聲，邊境綏於永略；守得上策，黠虜阻其狂謀。是皆玄化啓成，廟謨稽算。臣猥以庸劣，幸免罪愆，詎意鑒其驅馳，乃不遺於遐遠；肆惟褒錫，爰用益以駢蕃。揣分戰競，矢心感激。敢不愈勵素志，精白期鎔範之承；式裨弘圖，勤勞副綸綍之貺。臣下情無任瞻天仰聖、激切感戴之至。

督府疏草

任事謝恩疏

嘉靖二十九年閏六月十二日，准吏部咨爲懇乞聖斷明賞罰以重邊防事，該本部尚書

〔一〕天覆無外，地載有防：「載」字底本作「截」，誤。印按：「天覆地載」爲成語，出禮記中庸：「天之所覆，地之所載。」後以「天覆地載」形容範圍至大至廣。封建時代文人又多以頌揚帝王仁德之廣博深厚。明張居正請宥言官以彰聖德疏：「仰惟皇上，聖德寬宏，天覆地載。」本書卷三接報夷情疏：「使其誠也，既在我皇上天覆地載之中。」本疏以拆分之法化用此成語，上句用「天覆」，下句用「地載」，亦不出頌揚之意。而「地截」則未聞。據改。

等官夏邦謨等會題前事，奉聖旨：「且着蘇祐去暫行總督事着兼都察院右僉都御史帶管巡撫職務，便寫勑與他急去。翁萬達即日行起來説。該部知道。欽此。」欽遵備咨到臣。臣於本月十八日辭朝領敕，即日出城，十九日過居庸關，二十二日至督屬宣府鎮城，據朔州兵備道副使何思呈送先任總督侍郎郭宗皐原接捧令旗令牌十面、副達字一百九十八號符驗道總督關防一顆收用行事外，巡撫職務亦即備行該鎮查照遵行，候巡撫都御史趙錦至日交代，另行具奏。

伏念宣大、偏保，周咨嘗遍於四巡；猥瑣庸愚，勣効未彰於一得。官曹荐轉，感激殊深。兹當六月之期，正屬三秋之役。邊方多事，尚廑聖衷。綸音涣臨，叨承嚴命。隱心雖切於遺大，誓志實耻於避難。敢不勉効驅馳，用圖戰守，期殫邊疆之力，少紓宵旰之懷。臣無任瞻望感激之至。

恭謝天恩疏

嘉靖二十九年十月初三日，准兵部咨職方清吏司案呈本部送准吏部咨該本部等衙門會題：照得兵部尚書員缺，會同推舉，得兵部左侍郎暫行總督事兼都察院右僉都御史蘇、原任提督兩廣軍務兵部尚書兼都察院右都御史張經，俱堪任兵部尚書。伏乞聖明，於内簡用一員，候命下之日，令其到任管事。緣係缺官，及奉聖旨「再推兩員通寫來看」事理，未敢擅便開坐，本部等衙門尚書等官夏邦謨等會題，節奉聖旨：「蘇祐着總督實任，換敕與他，欽此。」欽遵備咨到臣。除望闕叩頭謝恩外，伏念臣猥以愚庸，叨承任使，榮膺暫命，恐負簡書。雖殫心思經營，冀効涓埃之報，尚慮才力短淺，徒切忠耿之懷，方日待罪未遑。詎意寬仁下鑒，俾實任夫總督，仍責效於將來。聞命自天，感激無地。敢不益竭駑鈍，鼓敵愾以壯諸軍；仰答鴻私，集忠思用綏四鎮。臣無任瞻望感戴之至。

審度兵勢虜情預擬督調戰守以成安攘疏

查得節年徵調延綏、寧、固、遼東等處客兵，嘉靖二十一年共十枝，以後俱六枝、四枝，應援宣大；二十八年延、保二枝、老營堡一枝、大同一枝；二十九年延綏、保定、遼東共四枝，俱應援宣府。蓋重宣府也。重宣府者，重京師也。近准兵部咨爲陳戰守除虜患以振國威事，該京營總兵官太子太保咸寧侯仇鸞題本部覆議：「各兵應援，當視虜情緩急以爲先後：若京師有警，則宣大爲輕；京師無警，則宣大爲重。延綏遊兵徵調宣大應援，係節年故事，今使赴調京師，路由宣大，亦不相左，而况駐劄宣大以聽京師調用，實有兩便。合行宣大總督官，預將此兵量布儘東隆永、滴水崖，以便京師調用。」等因，題奉欽依備咨前來。周謀詳論，固已籌算無遺。臣竊惟兵不預圖〔一〕，無以應戰守；探不真實，無以中機宜。若使探報既真，則後發先至，自可以奪虜之心；彼此不失，自可以投機之會。是徵兵在先而探報貴審，則兵爲有用，虜不足平矣。查得虜患節年，侵犯如在山西，則急山西，在大同，則急大同，在宣府，則急宣府。如今年在薊州，則又當在薊州，信矣。然俺答諸部落實在宣大之間，套虜聯合而入，亦不能越度宣大，倘有侵犯，東行必先大同，次宣府，次薊州；探虜情之真者，必先大同，次宣府，次薊州。近御史胡宗憲奏稱，探報虜營，大同得其情，宣府得其形，薊州因魔問病不足憑矣。固以虜巢在西北，大同有大邊，宣府無大邊，薊州借聽於屬夷，自有不同。該部覆奉欽依如擬施行，則是探報者固當責之各鎮務得真情，庶向往有期，督發無誤，東西咸中，掎角可憑，實兵家之首事也。且諸鎮雖皆虜衝，而宣府逼近京師，實爲緊要，薊州正當畿甸，尤切腹心，審重度輕，則防禦之兵，似當先薊州而後宣府。然虜有所由入，兵有所由會，審機度勢，則防禦之兵，又當先宣府而後薊州。何也？宣府、薊州雖俱京師後門，宣府在西，與虜鄰近，其所由入，可以探知，整兵防禦；其所由會，亦屬樞鈐，各路主客兵馬，督調應援不誤。哨探心志既壹，勢力亦均，倘犯宣大，

〔一〕臣竊惟兵不預圖：「臣」「惟」「兵」三字底本刓損，據明經世文編卷二百十六蘇司馬奏議補。

自可追逐；若犯薊州，一關之限，聞警疾馳，稽日計程，不失策應。臣愚謂備宣府可應薊州，備薊州則不能應宣府，此兵勢也。探報可憑，則防禦不失。若止聽屬夷譸張相誘，利在犒勞，妄報虜情，不審聽聞，即預徵調，關門甫度，虜遂乘虛，則宣府入寇之路，將誰堵遏？不無顧此失彼，重致憑陵。臣愚謂探報防禦，必先宣大而後薊州，此兵機也。較之常歲，虜之侵犯，多在秋高；其餘時月，縱有警傳，亦止近塞。天寒地凍，已難馳騁；至於深入，尤所未能。蓋虜之衝突，全藉馬力，草枯臕損，可少戒嚴，方宜休養兵騎以待征調。若不審時量地，聽憑虛喝，不惟調遣不時，致增外患，屯戍日久，亦將内疲，是亦兵之忌也。竊料虜賊驕貪，理當覆滅，似不可拘守故常，使機事或成牽制。臣愚謂宜行各邊，如賊無侵犯，不許貪圖小利以起釁端，但加防禦戒嚴，無墮賊計；如果不逞，侵犯地方，掎角剿除，以慰西顧，仍預量擬精騎以備搜擣。至如套虜過河，則全陝兵馬先得探報，大加搜擣。虜雖犬豕，亦重室家，豈敢長驅而無内顧？兵法曰「攻其所必救」，此亦齊人救韓、直走大梁之説，是亦兵之奇也。昔人謂醜虜雖衆，不當漢一大縣；今縱倍之，封疆萬里，豈遽稱難？近日捧讀聖諭，加意戎師，兵充糧足，允服廟算。祗誦三復，敵愾溢衷。臣愚又謂時當全勝，事貴早圖。欲張兵威以奪虜氣，須大破常格，多發帑銀，委任户部重臣，添買芻粟；議行九鎮，大簡精鋭，聲言衛護京師，相機委諸閫外；秋高馬壯，乘我有時，肆驕利貪，彼豈無隙？然用兵貴精，制勝在謀。將見幕南可空，名王可虜。雖所費不貲，然一勞永逸，將在此舉。昔管仲霸齊，乃作内政，寄軍令，蓋亦機事貴密，兵道尚詭，斯尤臣愚惓惓之朴忠也。若使連年備虜，縱有斬獲，不過零騎，得不補亡，虜何挫衄？日復一日，未見所終。試以近事，一年所費，總括其數，召大司農，以所積貯徵解，亦總括其數，量入爲出，將恐日益不足。臣之私憂，殊忘食寢。諺云：「耕當問僕，織當問婢。」豈僕婢之智固賢諸他人？亦惟專且習耳。臣待罪邊方，叨任總督，以有一得，輒敢上陳。如蒙皇上軫念虜患日深，謀事貴預，敕下户、兵二部，會集廷臣從長計議，速爲題請宸斷施行，邊疆幸甚，臣愚幸甚！

接報夷情疏

准巡撫宣府都察院右僉都御史劉咨前事：「嘉靖二十九年十二月初四日午時，據西路參將趙臣呈，據西陽河堡守備朱雲漢呈，據守境門臺夜不收郭志保報稱：本年十一月三十日卯時分，瞭見境外地名鞍橋梁達賊一十餘騎，驟馬到於本臺東空墻下站立，内有一賊漢語叫説『我是俺答差來通事，下此文書與你大那顔，要求進貢。准不准，我到十二月初十日再來見話』等語，説罷射箭一枝，各賊復回舊路去訖。當將前箭收獲，上縛達書一紙，緣由據報，除將達書封送鎮守衙門外等因轉呈到職，合咨軍門查照施行。」又據總兵官趙國忠呈同前事，併將達書一紙封送到臣。

准此，案查先爲欽奉聖諭事准兵部咨該本部等衙門左侍郎等官史道等會議款開「廣間諜以得情」：「欲行大舉，必慎間諜。間諜之道，在多方分遣，更番互出，又任併所遣之諜愚之，令莫知我意所在。乞降密札於宣大總督撫鎮，令其仰體上心，共狥國事。假以講許通貢、易買馬匹爲由，不惜小費，少答來意，莫作撲殺、劫營小舉以阻壞大事。始而少相往來，繼則彼此孚信。蓋有駐營數目以待馬直，争先數千里，不使其類相聞以競馬利者矣。候其報至，相機舉事，可以必中機宜矣」等因，題奉聖旨：「依議行。欽此。」欽遵備咨前來，已經通行去後。今准據前因，爲照北虜逆天，侵犯畿輔，神人共憤，征討當加。今乃無故乞請，緩我關防。顧驕貪之心殊難測度，而間諜之用未易卒成。臣愚待罪邊方，惟當擐甲待征，仰裨廟算。但查近奉欽依，輕許則恐墮姦謀，直拒則慮乖機事。合無因其求貢，外示羈縻之術以探其情，内修攻戰之備以務其實，乘其不意，相機出奇。斯兵家之一算也。除將原□□書潦草差訛難以進呈立案外，仍備行各鎮并薊州嚴加防守，及行宣府撫鎮官，會選乖覺通事赴墻探聽，譯審的確情詞，容臣另行具奏。然機事無形，衆言易淆，尤非臣愚所敢預定，伏望皇上軫念邊方，敕下該部速爲酌議，奏請宸斷施行。地方幸甚，臣愚幸甚。

陳言禦虜要計以永治安疏

准巡撫宣府右僉都御史劉咨會同總兵官趙國忠：「議照聖王舉動，當出萬全，多算者勝，兵志攸載。然必在我有必勝之策，在彼有可乘之釁，乃可以動也。黠虜逆天犯順，侵我畿輔。百姓荼毒，天下共憤。孰不欲盡殄醜類，以發舒華夏之氣。況食君之禄、憂君之憂者乎？是故咸寧侯仇、侍郎史、郎中尹耕皆欲出塞，大振天威，殲滅醜虜，以雪生靈之恨。我皇上斷而行之，真文武一怒而安天下之民也。職等封疆之臣，固當礪兵秣馬以爲先驅矣。然欲爲此非常之事，必先有周悉萬全之謀，乃可以濟。進退之際，安危所關，非如他事可嘗試而爲之也。謹以今日之所急者言之：夫出塞所須，莫先於兵、糧二者。查得宣府一鎮可以出戰者，正奇兵及新舊遊兵四營，合五路援兵共九營，共該軍三萬，馬亦如之；今軍止二萬七千有奇，馬止二萬一千有奇而已。近該御史姜廷頤奉欽依挑去軍馬三千、馱馬二百，止餘馬不及一萬八千。是九營人馬，半皆步兵也。除軍在各堡挑選精壯及抽丁補充外，缺少之馬，職等豈能自辦？夫輕兵出塞，掩其不備，必須精騎馳騁，乃可以得志。今以步兵而欲爲此舉，其足用乎？興兵十萬，日費千金；千里餽糧，士有饑色。宣府往年防秋該用客兵、糧草共銀四十一萬六千餘兩，每於秋後預發銀十萬兩及時召買，本折兼支，苟捄目前，猶不能給。今該部議令臨邊城堡衝口每處收買糧草，以兵馬五千、足支三月爲度。夫宣府衝口可以出兵者不下十數處，共計所用，約該銀四十五萬兩，比之往年所用不啻加倍，竊恐本鎮所産不能辦也。今欲於二三月之間爲此大舉，而馬匹糧草，歲暮猶缺，處發臨時誤事，雖職等萬死，不足爲惜，其如國威何哉？合無具題將各營所少之馬如數補足，聽職等整搠，以待督發；該用糧草，先發銀一半，差有才幹部官一員星夜前來，同職設法召買，其一半於大倉收貯糧料内及時挖運濟用」等因；

巡撫大同地方右僉都御史何咨會同總兵官徐珏：「議照醜虜背逆天道，震驚畿輔。凡爲臣子者，孰不欲食虜之肉，寢虜之皮，而後爲快！是故建議出塞。我皇上赫然斯怒，決策征討。此誠伐暴除殘，真文武一怒而安天下之民者也。職等待罪邊疆，仰伏天威，深踐虜庭，滅此驕狂，然後朝食。此職等之志，亦職等之分也。然以順討逆，名義甚正；但出塞問罪，舉動非常。進退之際，安危係焉。然必在我有必勝之策，在虜有可乘之釁，然後可期百戰百勝之功。今出塞之所急者三：兵也，馬也，食也。蓋分外深入，非兵衆不可；乘勢疾趨，非健馬不可；屯駐塞下，相機而出，非足食不可。夫團結車輛而列營以接應者，步兵也；鋒利器械而出塞以追擊者，馬兵也。今查大同一鎮可以出戰者，馬奇兵及新舊遊兵并五路援兵共九營，共有馬官軍二萬九千七百八十六員名，先奉欽依挑選有馬官軍九千員名，又帶去多餘馬匹及馱馬六百餘匹，今止餘有馬官軍一萬九千六百八十六員名，況挑選去者皆精健之兵、臕壯之馬，所餘者多弱兵瘦馬而已。兵少而力弱，則行伍難以振揚；馬少而臕損，則緩急何所恃賴？今雖召募及抽丁以充軍額，然亦步兵也。夫輕兵出塞，蓋欲出其不意，攻其無備也。俺答、把都兒等，雖云春初廬居散處畜牧，然每一部落動稱數萬，馳馬一呼，控弦四集。今分道并發，人持五日之糧，出二百里，士馬馳逐之間，其聲必著，其形必露，安保其不意而無備乎？若虜知之而畏我，必徙其營帳避之而北，則不能倍道以深入；若虜知之而備我，必據其險要邀之於南，則又難結營以久持。非得重兵健馬，安能與之縱橫馳騁於沙漠之間以决一戰乎？今大同兵力不敷，必須調遣別鎮精兵，并力合勢，以振軍威；馬數缺少，必須關領買補，以充營陣，然後出塞有備也。兵馬聯絡，又須審勢待時，以俟虜有可乘之釁，而後可動。來春以備寇按伏爲名，將本鎮及調到別鎮兵馬，分布屯駐於應出衝口，相近城堡先爲不可勝以待敵之可勝。今該部議令臨邊衝口每處收買糧料草束，以兵馬五千、足支三月爲度。夫大同往年防秋該用客兵、糧料、草束，每於秋後先發銀十萬兩及時召買，蓋預備也。況大同地鄰沙漠，天寒霜早；今歲灾傷，秋成甚少；歲已云暮，米豆騰貴，已失召買之期，又無儲積之預。大同衝口可以出兵者約有十數處，欲各召買兵馬五千、足支三月糧料草束，共該用銀五十萬餘兩，竊恐大同一隅之地，所産有限，乞將大同不敷之兵，早爲議調，缺少挑選去馬匹，早爲議發。職等礪兵秣馬以待先驅，合用糧料草束銀兩，先解發一半前來召買，其一半或於太倉收貯糧料内，查照嘉靖二十年事例及時挖運送邊濟急」等因；

准此案查先准兵部咨前事該本部左侍郎史題本部覆議：「且國家自成祖北伐之後至今百五十餘年，不復有出塞之師。虜亦信中國無此舉矣，冬春廬居，散出孳牧，不虞我至。我兵分數道剿之，迅雷之下，虜不及掩耳。訪得磧北苦寒，水草所鮮，虜資畜擾，冬春恒在磧南；又其俗冬不積草，馬皆野宿，一遇大雪，疲瘠已甚。若于春二三月之間，彼馬嚙雪瘠甚之際，分數驍將十道并出，每道不五千騎，人持五日之糧，約出不二百里，預尋自歸之路，前發馬軍，後以步軍，連大車爲營者三繼之，騎兵不五日必返步營，步營不二三十日即至塞下，則進有克捷之功，退無追襲之患矣。合候命下，移文宣大總督撫鎮官再行咨議，如果可行，另行具奏。預將該鎮兵馬及家丁通事之類，挑選精鋭，分爲數營，假以虜情將於春來入寇宣大爲由，於本年正二月間分布應出道路、相近城堡，名爲按伏，多給□糧，喂馬飭兵，聽候行事。其斷截泄露、伺察虜情諸□，查照臣道所題，徑自施行。繼後步兵三營，即令宣大總督、巡撫收合；未發餘騎與諸路步兵、團結車輛，重載餱糧，出塞稍北，列營以待。合用車輛之類，徑自查處。東西三團堡皁，率四海民兵，以至浙江處州壯勇，山東、河南槍手，各酌量若干名數，亦聽移文選送。若計該鎮兵不敷，亦須以來春備寇爲名，急將原選調陝西遊兵、家丁兼分路暫用，俱待總督撫鎮計議停當具奏施行，亦毋得互相傳報，泄漏軍機，輕易出兵，致其移徙。其有報稱『空營近邊，即係虜人設計誘我劫營』，不得指此爲由，擅自舉動，以墮其計。」等因，具題節奉聖旨：「出塞并築堡事宜，依擬行。欽此。」欽遵備咨前來；

又准本部咨爲欽奉聖諭事該本部等衙門左侍郎等宫史等條陳款開：「酌地形，合候命下，移咨户部及宣大總督，轉行各管糧郎中、守巡等官，將各臨邊城堡，計算衝口及出路遠近，酌量舊管糧草多寡，大要每處以兵馬五千足支三月爲主，請給銀兩、鹽引等項，趁今秋收之後，米芻價賤，多方收買，蓄集待用。」等因，題奉聖旨：「依議行。欽此。」欽遵備咨前來，俱經通行撫鎮查議去後。

今准前因，切照蠢爾虜酋，悖違天道，騷繹畿甸，慘酷猶深。迹其驕貪，理宜覆滅。我皇上赫然命討，出師有名；屢涣綸音，臣工祇肅。臣愚竊謂，當今之人，有財者宜輸金帑藏，有力者宜請纓塞垣，有謀者宜獻策幕府，同心戮力，共慰聖懷。臣愚待罪邊方，濫司總督，剪此逆孽，永綏疆埸，矢心既深，視衆尤切。况當朝議所及，敢獨後乎？但兵有所當需，機有所可乘。今據兩鎮開稱，有馬官軍除選調外，大同止有一萬九千六百餘員名，宣府不及一萬八千。所少之軍，聽候抽選，猶可充實；選去馬匹一萬三千餘匹，并抽補軍士糧餉，俱應處補。至於兩鎮衝口可出兵者各約十數處，每口召買糧料草束，以兵馬五千足支三月爲准，先給一半，則大同、宣府共計，亦不下五十餘萬兩。兵有所當需者，士馬芻餉，主客多寡，不可不預算也。然王師北來，往返千里，虜駐近塞，竊恐覘知。彼若避鋒遠遯，我兵慮其暗伏，不可窮追；彼若分營示弱，我兵防其詭譎，未易直搗。芻糧有限，士馬過期，遲疑之間，不無重勞廟算。若夫審時度勢，進止緩急，善用兵者，莫可告語。機事貴密，兵道尚詭，似不可限之時與地也。臣愚竊謂，各鎮精兵分布關外，京營精兵待諸關南，聲言防守，各加戒嚴，機有所可乘者，犁庭掃穴，將在一舉矣。臣一得之愚，參酌兩鎮，冒昧上陳。如蒙乞敕户、兵二部議擬具奏，采擇施行，地方幸甚，臣愚幸甚。

自陳不職乞賜罷出以重考察疏

近該吏部題奉欽依六年考察兩京官員，臣忝列卿貳，例應自陳以待擯斥。

切照臣年六十歲，山東濮州人，由嘉靖五年進士，初授吴縣知縣，補束鹿縣知縣，歷任廣東道試監察御史，實授本道監察御史，江西按察司提學副使，山西布政使司右參政，大理寺右少卿，都察院右僉都御史，本院右副都御史，刑部右侍郎，改兵部右侍郎，陞本部左侍郎，嘉靖二十九年六月十八日以原職兼都察院右僉都御史奉敕暫行總督事兼理糧餉，本年十一月内復濫實任今職。

伏念臣猥以庸才，荐叨重任。感恩圖報，雖誓效涓埃；審己自知，實不堪負荷。但以時嚴戰守，恐涉避難，是用力任驅馳，未敢辭謝。兹當考察，用辨幽明。不職如臣，首宜罷黜。如蒙聖慈軫念邊事多艱，臣愚非任，俯垂天鑒，特賜罷黜，别選賢能代任，庶能足稱。□考察之典無淆，而臣曠瘝之愆亦少逭矣。臣無任懇乞之至。

穀原奏議卷之三

督府疏草[一]

接報夷情疏

准巡撫大同地方都察院右僉都御史何咨：「據山西布政司分守帶管朔州兵備道右參議謝淮呈：抄蒙本院白牌前事，依蒙會同副總兵王懷邦審得通事袁相、張來、卜彦千、張福，各於嘉靖三十年正月初九等日，蒙鎮巡衙門票差，出邊哨探達賊住牧遠近、動定消息以憑隄備。袁相等出口至大邊周家嶺墩等處，迎遇虜使小四漢、虎不亥、楊□□□□、丫頭智，引至地名昭君墓、黄河岸等處，見□□□□□。袁相、張來向俺答説稱：『有你先

〔一〕 督府疏草：「督府」二字底本作「巡撫」。印按：底本卷二第四篇任事謝恩疏以下已明確標爲「督府疏草」，則卷三亦應承接卷二皆是「督府疏草」。又，卷三各篇内容，皆表明蘇祐身份爲總督，不爲巡撫。據改。

差達子在宣府西陽河堡送入番書，内寫賣馬求貢，軍門具奏朝廷。因你去年八月内帶領達子從古北口入□，今又詐説求貢賣馬，朝廷不准。』有俺答説稱：『我祖先年也進貢，不是今年我行的事。我從牛年搶至山西，二十九年只爲進貢賣馬到京，放進太監四箇人，拏我番書要求貢賣馬，不見示下。你去見你太師説，准我賣馬進貢，今年不搶；若再不准，我衆頭兒會了兵，到青草上來要搶！』後張來離了俺答，又聽見别的達子説：『就准了賣馬進貢，我們馬壯了要搶。』俺答又説：『要在宣大、延綏等邊俱開市賣馬進貢。』張福等向俺答説：『先年説你們達子三年不搶，纔准進貢。』俺答説：『你拏此番書一紙去見你太師□，我們今年不搶，我與你們立馬市，明年不搶，進貢，只做買賣。』俺答又説：『我與你太師説，要賣馬求貢，却怎麽又預備人馬征我們？』卜彦千回説：『因你們達子不實誠。去年説賣馬求貢，後又搶掠。朝廷震怒，因此見將天下兵馬調來征討你們。』俺答又説：『你太師通不老實，專一哄我！』卜彦千又説：『調取兵馬在前，你要賣馬求貢在後。』俺答説：『既你説是實言，你去見你太師説，與我們立馬市求貢，只做買賣。』前情是的等因。又據西北路參將張騰呈爲達虜求貢事：據助馬堡守備李倖呈，據沙嶺墩夜不收方錦等供稱，正月十四日午時，從西北來達賊分騎到墩下，内有通事二人虎不亥、小四漢答話：『説與你太師，容我們進貢賣馬，便就不搶；若不容，草飽了我們要搶。』等語，説畢去訖等因。各備供具呈到職。具題間，續爲傳報聲息事，正月二十四日，據東路參將王紳差平土山墩夜不收光羊的走報，本月二十二日未時，有軍人趙鐵圪塔瞭見達賊三騎到墩下答話，内真達子二騎説稱，達子從草垛山後往東搶遼東達子去了。内一通事説，有遼東達子差兩箇達子來，叫把都兒、心愛台吉兩箇頭兒，領三萬達子往東搶去了，每賊赶羊十隻、牛一隻，路上吃用，説畢去訖等因到職。隨會同總兵官徐仁具題外，職等覆議得先據通事袁相等供報，俺答欲要求貢開市賣馬，今據光羊兒所報，把都兒等往遼東去搶，前後虜情不一，恐有譎詐，復行北西路參將張騰、中路參將賀慶親詣寧虜等堡，督同守備任漢等前去暗門，如有虜使到彼，督令通事再加詳審，緣何方説求貢賣馬，却又聚衆東搶，前後失信，務要審究真情回報。本月二十八日，據參將張騰、賀慶呈稱：親詣寧虜堡暗門，督同守備任漢、通事郭江、張彦文、王大海等，譯審得邊外來到虜使丫頭智説稱：『有我俺答那顔調我去説，我與南朝番書求貢立馬市買賣；有東邊漢人投順到營，向俺答説稱，調下許多兵馬，要劫你營帳。我們往北移了帳房。你們人説話不實。』又説二月初二日還要來説話，又云達賊月圓了要搶等因，回報到職。又行令賀慶等仍在寧虜堡再候虜使，復行譯審去後。又據山西行都司都指揮程雲鳳會同大同府通判李敏芳審得出哨通事王相供稱：『正月二十四日，蒙巡撫衙門票差，相與張文學前去邊外哨探達賊東行消息以憑隄備。二十八日未時哨至長城西墩，有零賊五騎從本墩下經過。相與張文學向前賊答話探問：「你們大營衆達子如今起往那裏去了？」内有一賊回説：「有黄台吉、把都兒台吉、阿狼克酬台吉、卑忙台吉、莫藥台吉共五箇頭兒，領衆達子各赶牛羊，於這月二十二日起往東去，收遼東達子，若順了我們，就在那裏地方住至草芽上來，不知搶那裏。」等語，其賊去訖。』等因。又據程雲鳳、李敏芳會審得沙嶺墩夜不收李麥良供稱：『二月初六日申時分，瞭見達賊約有三五十騎到本墩下，内有達賊帖木大叫墩軍接文書。有麥良當問是甚麼文書，前賊回説：「是進貢的文書，你們接了，送與三堂，我們十三日來問你示下。」麥良將前文書吊收上墩，看有印信。前賊去訖。麥良齎拏前接番文赴鎮巡衙門稟報。』備呈前來。職將前項情由併原來番文，會同總兵官徐仁呈送軍門查照案候外。二月十六等日，據參將張騰、賀慶呈稱：『節蒙鎮巡衙門案驗牌票行令職等至寧虜堡暗門等候譯審虜使。二月初十日酉時，有出哨通事許伯達、卜彦千，齎拏達賊脱脱與來有印花欄番書一紙到堡。十一日未時，原哨家丁閆大林同俺答大兒子脱脱及丫頭智，領達賊六十餘騎，到暗門品窖北頭，脱脱不肯進墻，令通事丫頭智、井十太、宰鷄兒、瓦凹等數騎往來墻下，與咸寧侯原差來哨探家人時義及許伯達等墻下答話説稱：「我太官來到你墻下，你們太師不肯下來講話？」有時義答説：「將你真達子吊上墻來當住，我出去與你講話。」丫頭智等即與脱脱説知，差令達子井十太、宰鷄兒、瓦凹、虎喇記四名吊取上墻。時義同咸寧侯原差來哨探旗牌官胡公勉，及通曉夷語千户周池，帶領許伯達等數十名出至品窖。脱脱與時義等南北對坐；一半達子馬上，一半下馬，各帶弓箭，俱站於脱脱北面；有二十騎在東山坡劄立瞭看，傍有各山頭架梁達子。時義將求貢開馬市一節，漢語説與丫頭智，番説與脱脱。謹依説誓：「我們説進貢，不止今日。既你們果是真實，將你騎的□、腰刀、弓箭取出來，咱兩箇劄下刀箭，騎上馬，鑽刀過箭，都指天地説重誓，還着你兩箇參將太師出來一處講話。」時義説：「他兩箇是小太師，不敢與我坐，有我在此就是。」當時馬牽出，脱脱身帶全副撒袋上馬，手指天地，番説：「我若領達子再搶南朝，着漢人刀箭殺得我身子爛爛的！」往還鑽走二回。脱脱又令丫頭智上馬説誓：「我若不實，再搶南朝，將我的頭裝在漢人兜子裏！」時義亦上馬説誓畢，坐定，設卓一張，擺放喫食。喫畢，脱脱説：「今日晚了，明日再來。」上馬舉鞭往北去訖。比將丫頭智、井十太當留入暗門。至十二日卯時，有脱脱領達賊九十餘騎，另設架梁達賊二十餘騎，各單騎前來，仍往還瞭看許久，復至品窖迤北下馬坐定，其餘達子各立兩邊。有時義同張騰、賀慶及守備任漢同出暗門外，張騰等行至高阜處所探聽，時義與脱脱野團坐定，張騰、賀慶處備酒食與脱脱喫用。喫畢，脱脱將喫食散與衆賊，向丫頭智番説：「他太師真實依允開市賣馬，咱將騎來馬選二匹送他，當這遭信行。」張騰、賀慶又處備潞紬十疋、紅藍三梭一百一十四□□□來意。脱脱傳令衆達賊上馬往東擺定，番叫□□□布一疋，令丫頭智拔箭一枝，共拔下箭八十五枝，內有脱脱親家名叫少不哈親取潞紬一疋，又有脱脱伴儅人等，將紬布扯分賞畢。脱脱又與時義説：「我回日，將你南朝原投在俺營內白蓮教二人送你。」脱脱當送下赤喇温虎喇馬共二匹，仍當留達賊虎喇記并井十太、瓦凹、辛鷄兒四名在堡，各賊上馬舉鞭往北去訖。至十三日酉時分，虜使丫頭智并通事卜彦千領達賊六騎，將不知名白蓮教二人送至寧虜堡與時義，綁送前來。及據程雲鳳等審得卜彦千供稱脱脱、丫頭智説稱，把都兒等往遼東達子營內結親去了等因。據此案照先准兵部及總督侍郎蘇各咨前事，職當即會同總兵官徐仁，一面嚴行本鎮兵備守巡及副參遊守等官，申戒將士，整集兵糧，比常十分加謹隄防，用圖戰守，一面選差乖覺人役屢次遠出哨探去後。今據前因，職等審得達賊送來説是白蓮教二名朱錦、李寶，乃係我邊墩軍叛入虜中走透消息之人，非真白蓮教也。除發行參議謝淮會同副總兵王懷邦行查審究明白，另行具題，及將達馬二匹、達箭八十五枝發山西□□司餧養收庫。達子虎喇記等四名，在寧虜堡□□□。職會同總兵官徐仁議照去歲醜虜逆天犯順，震驚畿輔，今者復屢以求貢爲請。職伏思之，虜情叵測，變態多端，難以悉數。據其踪迹，探其委曲，約有數説。

蓋聞我皇上赫然震怒，爰整六師，行欲出塞問罪，以洩神人之憤，天聲遠播，遐荒畏威，此其一也。比者歸正人來，傳説醜虜自昨犯順歸巢，人畜多見死亡，天心悔禍，虜罪惡貫盈之象。虜雖犬羊，亦有知覺，能不惕然畏禍乎？兹因悔罪，又其一也。且我中國貨物，虜所甚利，搶掠則利散諸部落，求貢則利歸於酋首。其貪利者，又其一也。虜中小王子者，俺答之姪也。俺答桀驁，鈐制漠北，諸部落漸不聽小王子約束。然亦一部落之雄耳，而猶有其姪壓於其上，乃陰慕東夷朵顔等衛歸順内附，官爵之顯榮，衣服之華麗，意望我皇上比例加授，於焉誇耀於諸部落，中□□□小王子争雄長。此慕名者，又其一也。夫職之愚見，虜之求貢雖云有此四者，職等復恐虜情詭譎，難以遽憑，通事欺隱，不可輕信。故多方譯審，參伍以前後之人，屢次哨探，證驗其彼此之詞，不敢以一次、一人、一時之言即爲憑據。參看張福、許伯達等齎來番文，與其所供大略相同。緣番文潦草，不堪進呈，職等立案訖；其李麥良齎來番文，看其前面詞多遜順，最後又有『若不准進貢，待青草茂盛，統番兵一百萬去搶』等語，該總兵官徐仁經呈總督軍門查照外。今達賊頭兒脱脱等親至寧虜堡邊墻外，與時義等講話説誓，要開市賣馬，復綁送我邊叛入虜營二人前來，又送達馬二匹，拔下達箭八十五枝，及質留達子虎喇記等四名在寧虜堡等候，似有表見其款誠之意。但其往來順逆之言，前後反覆不一。蓋醜虜犬羊也，性本驕狂，禮難責備，得其善言不足爲喜，□言不足爲怒，所謂與禽獸又何難焉者也。在虜則險詐難測，在我則駕馭有定。職以爲求貢之初，其誠與詐似不必深究，許貢之後，其順與逆亦難以逆覩。何也？蓋□□求貢也，其詞爲順，而朝廷之許其進貢也，於義則正。況貢亦備、不貢亦備者，乃中國思患預防之常，未嘗因虜之甘言卑詞而緩我戒備。使其誠也，既在我皇上天覆地載之中；如其詐也，亦不能出籠絡羈縻之内。故曰誠與詐不必深究者，此也。既貢之後，虜仰窺我皇上神武不殺，皇靈丕振，必將終始慕來王之義、效款塞之誠矣。但其部落不一，譎詐無常，異日或肆無厭之求，發難從之請，以起釁端，以開邊隙，亦未可保者。故曰順與逆難以逆覩者，此也。蓋在我者必先自治，而在虜者以不治治之，自古禦夷狄之常道也。職等待罪邊疆，晝夜仰思主憂臣辱，恨不食虜之肉、飲虜之血，以仰□聖心，共狥國事。此職等之志，亦職等之分也。但謀須積久，事必待時，非一朝一夕之計。必在我先爲必可勝之策，以俟虜有必可乘之釁，然後足兵足食，知己知彼，謀出萬全，而功收於百戰。今者虜勢方殷，釁未可乘；我備始修，算未必勝。欲將此百餘年之逋寇一旦盡剿除之，職愚竊謂似不可以朝夕計功云也。職惟爲今之計，當外示羈縻之術，内修戰守之務。若求貢之事，决不可輕信而遽許之以遂彼之奸，亦不可逆詐而峻絶之以激彼之怨。但虜復惓惓以宣大、陝西各邊通行開立馬市、買賣馬騾牛羊爲言，伏望皇上敕下兵部查探遼東聲息：如果前賊三萬侵犯是實，是與其求貢開市之説事已相左，當候廟算計會另行，非職等所敢遽擬〔一〕；如不曾侵犯遼東，仍乞敕下廷臣會同詳議，開立馬市有無利便，參酌歸一，請自聖裁，遵奉施行。如蒙皇上准令各邊通開馬市，一可分散各部落之勢，一可誘結各部落之心。今春及秋，或一二年□□，賊不來侵犯，方可將進貢之事另爲議處奏請。如此，既足遵我中國正大之體，亦不孤外夷納款之心。或既開馬市之後，虜賊外示效順，内復懷奸，於春暖草青之時，秋高月明之候，仍來侵犯，則我邊兵糧自爾照常隄備，未嘗因開馬市遽敢玩弛，或戰或守，俱不相妨，於計亦未爲失也。職等又惟前報達賊三萬，據通事王相等則説稱往收遼東達子去了，卜彦千則説稱往遼東達子營内結親去了。若果連結是實，將來尤爲可慮。乞再敕兵部行令各邊，一面示羈縻權宜之術，務戰守遠大之實，既不失因勢順導之機，亦不失隨地預防之慮，邊方幸甚。職等封疆之臣有所見聞，不敢不實對於君父之前。但事體重大，未敢擅議，除具題外，合咨軍門查照施行。」

巡撫宣府地方都察院右僉都御史劉咨：「據分守西路左參將署都指揮僉事趙臣呈：據守備西陽河堡指揮楊威呈：『本年正月二十日，蒙鎮巡衙門差夜不收通事藍伏

〔一〕非職等所敢遽擬：「擬」字底本作「疑」，徑改。參見卷一集衆論酌時宜以圖安邊疏「查照擬議逐一作速施行」條校語。

勝、王勳、山□康達子賈住、大火力赤到堡等候虜人譯審求貢情由。至本月二十五日，有虜人六十餘騎前到□□下問說：「南朝太師與我們奏討進貢示下如何？」本職說：「你達子去年侵犯京城，朝廷震怒。今次求貢，又不知你心實與不實，誰敢與你奏知朝廷？」虜人說：「我今次求貢都是實心，你若不信，有會說話的通事叫幾箇回去我大營裏與我大官面講。」本職說：「通事雖有，達子人多詐，誰敢便跟你去？你若有真達子當下幾人，我方差人同你去。」當有達虜三人要入邊來，一名白户，一名赤部，俱原係中國人；一名台，係真達子。當時放入，拘留堡內。令藍伏勝、王勳、賈住同衆達子往西北去訖。至二月十一日，藍伏勝等同達虜二十餘騎牽馬五匹、騾一頭到邊。本職量處紬布酒肉，將各虜騎犒賞去訖。審據藍伏勝供稱：正月二十五日，同衆達子行七日，始到俺答營內，見俺答說：「南朝人不肯說實話。去年我到北京時，放回太監九十餘人，奏上朝廷求討進貢，不見示下。十一月內，又差人寫印信番文與你大太師，至今也不見示下，只是哄我！我們等到幾時？」勝等回說：「你達子不老實。常年只說求貢，隨就犯邊搶掠。去年搶到京城，朝廷震怒，調集天下精兵，准備你來與你厮殺。如今你雖是有這番文，誰敢便信？誰敢便奏朝廷？」俺答說：「想我祖上進貢朝廷，常蒙賞賜，至今留下好名。如今西番回回、朵顔三衛都准進貢，倒不准我，我是以連年搶去。我想，只管搶掠殺人也不中用，只願朝廷准了進貢，將我各枝達子分在宣大、延綏、寧夏各邊買賣，將牛羊馬匹換些段布糧米吃用，我也成箇好名，中國也不受害，可不兩家都好？」勝等說：「你這話說的雖好，只怕難信。若替你奏了，你又犯邊，却怎的了？我聽的哨探人又報稱，你達子頭兒二人領數萬人馬，赶着牛羊往東去，却是做甚麼？」俺答說：「是我兄弟把都兒同我大兒子辛愛，去往遼東達子處娶親，若不准，就要搶他，也要收將他來。既是你們不肯信我，我達子人衆多，都要吃用，不搶，將甚過活？若肯先與我做幾場買賣，換些段布糧米，勾有吃用，今年且不去搶，等到明年准我進貢也罷。」勝等說：「若是這等，我回去稟俺太師裁處。」俺答當將馬五匹、騾一頭與勝等，令達子頭兒矮兒令等二十餘騎齎番文一紙，同送到邊。據供得此，理合具呈施行。』等因，據此擬合通行。爲此，今將前項緣由并原來番文、馬、騾同藍伏勝等，理合呈送施行等因。據此，案照先准兵部及總督侍郎蘇各咨前事，職與總兵官趙國忠會差夜不收藍伏勝等候譯審去後。今據前因，除將馬、騾印給各營站軍士騎操走遞外，職會同總兵官趙國忠議得北虜逆天犯順，侵掠畿輔，我皇上赫然震怒，選兵餉，將行天討。虜酋震疊，款塞求貢。詳其番文所陳雖時有不倫，然動稱其祖上蒙恩，希圖效順以成美名，似頗懇切。職等竊惟夷狄之患，三代之所不免，故聖王恒以禽獸蓄之，來則拒之，去不窮追，期於不廢内治、不戕民命而已。今虜酋求貢，雖誠爲難必，顧今方爲戰守之計，姑藉是以覊縻之，使不内侵，我得以從容整集兵糧，修飭邊備，亦我之利。但犬羊無信，見利則動，今遽許之入貢，恐爲所欺。彼其兵馬强勝，西收亦不喇，北服黄毛，今又遣兵東陵三衛。若使盡歸北虜，則與遼、薊二邊止隔一墻，不無撤我藩籬，亦應急處。彼既稱達虜衆多，吃用不足，欲先求開市以濟目前，若令其將衆部落分於宣大、延綏、寧夏俱各開市，以我之紬布米糧，易彼之牛羊騾馬，既可以中其所欲，因借以實我邊備。雖有所費，亦不爲虛。且夏秋之間，分其兵馬，縱有異心，勢難卒合。交易之際，量加犒賞以誘之，亦可以偵其真情，因示以恩信，曉以順逆，謂汝既入貢，臣伏中國，凡事當聽朝廷命令；朵顔三衛久爲中國之臣，汝不當恃强陵弱以傷中國字小之仁。彼既慕利，亦應信從。若此虜果出款誠，今年不來侵犯，候至明春再行譯審，奏請定奪；如或蓄詐不誠，秋高復動，則我之邊備原未敢弛，兵馬芻糧俱有預備，乘時征剿，大振天聲，亦未爲晚也。如蒙敕下該部再加詳議，如果可行，先行遼薊總督鎮巡，將三衛夷人宥其往咎，撫以恩威，使各自爲守，毋遽聽從，以爲我邊之藩籬；將開市易馬定議則例，通行各邊遵照施行。爲此，今將原來印信番文一紙，合咨軍門煩爲具題施行。」

准此案查先准兵部咨前事内稱北虜求貢緣由節該本部會同禮部尚書徐等、總督京營戎政咸寧侯仇、協理京營戎政侍郎趙議得：「蠢兹醜虜，今秋犯順，罪惡深重，天討不容。

我皇上赫然震怒，選將練兵，將興問罪之師，以雪蒼生之憤。天聲震播，遠及窮荒。彼因叩邊求貢，必出畏慴之心。但查往年求請，多在大同地方，而今秋却於宣府，又無堪信番文，抑恐甘心探伺，故緩我師，中間譎詐，俱未可知。以今日事勢計之，難以輕許。在我自治，秪當整飭六師，一意爲戰守之備而已。合候命下本部，一面移咨户部措置糧餉，凡主客兵馬所至，務令充足。臣等查照先題征討事，宜足兵補馬，亟爲舉行。臣鸞等訓練京營士馬，催集原調邊兵嚴裝以待；一面仍行宣大總督撫鎮諸臣申戒將士，比常隄備十分加謹，及選差乖覺人役遠出哨探，或因其來使多方譯審，要見此虜求貢果有譎詐窺伺之情，即便星飛奏報，會兵運餉，相機征討，以伐姦謀；如果畏□悔罪，意出款誠，亦即具實奏聞，以憑覆議施行。」等因會題，奉聖旨：「這虜情求貢，豈可輕信。所司一意整集兵糧，相機戰守。仍行與邊臣，務要嚴加防禦。其餘准議。欽此。」備咨到臣，已經通行宣大撫鎮官會同加謹隄備，遠出哨探，多方譯審去後。

今准前因，爲照虜肆侵陵，未大挫衄，乞請入貢，情僞未真。兹奉欽依，屢經譯究。意者傳聞天威震怒，聲罪致討，悔罪求貢，以緩我師。雖蓄懷詐謀固在叵測，但原來番文與譯審之詞，動稱故典，援比各夷，言有可稽，若難直拒。且綁獻叛人，意存效順，似當因其内向姑示羈縻，納其款誠併驗真僞：倘出真情，東西各邊無少侵犯，則通貢市馬，天覆地載，何所不容？如有詐欺，在我備禦之略，原無廢弛，曲直誠僞，勝負自分，雖有狡黠，再難藉口。

臣待罪總督，恨不即剪此狂虜而後朝食，以仰慰聖懷。顧事有機權，勢當審度。事體殊爲重大，今據兩鎮咨報，大略相同，譯審情詞，頗爲詳悉。除番文潦草不敢進呈，咨行兵部查照外，謹備開陳上請，伏候宸斷施行。

接報夷情疏

准巡撫宣府地方都察院右僉都御史劉咨：「照得職節准兵部并兵部左侍郎史、總督軍務兵部左侍郎蘇咨前事，職會同總兵官趙國忠遵奉欽依，行令參將趙臣、都司官張四教，督令守備官俞尚賓等官軍，於新開口堡騎邊墻修築土堡一座，內築高臺完備。職督同守巡口北道、都司衛所等官，動支兵部原發馬價銀兩，收買段匹紬布及一應牛羊酒麵等物，責令都司張楫、張四教、經歷閻倫分管，預備應用。總兵官趙國忠五月十五日統兵先赴萬全右衛調度防禦間，二十日據原差通事賈住等報：『把都兒、心愛、伯腰卜郎台吉、委兀兒慎台吉五箇頭兒約定二十二日到邊，二十三日買賣。』等因到職。當日，總督蘇、侍郎史及職與主事張才、兵備副使張□臣、參議侯鉞相機俱至萬全右衛會議，總兵官趙國忠、參議侯鉞移駐新開口堡。二十二日，心愛等牽馬前來，內把都兒因病未至，伊子二人隨衆先來。職等當令通事復行宣諭朝廷恩威。諸頭領率領衆達子遥望黄幃香案叩頭，進馬九匹，當即收入。隨令趙臣等同原任參將宋贇、翟欽，都司、守備、旗牌等官張楫、張四教、楊威、竇淮等，與大同遊擊劉潭等協襄交易。先將各頭領就彼量與段紬布疋酒食。各頭領嚴行鈐束，當將馬易换三百餘匹，因晚停止。已經將略節緣由先行具題外，繼於二十四日至二十六日，通共易馬二千七匹，段紬布疋用盡。職等令人傳諭心愛等，將未賣馬匹且令牽回，互市已畢。總兵官趙國忠即與參議侯鉞親詣市所，督同趙臣等各官，將心愛等四人、把都兒二子各安置於帳房，擺設筵宴，人各酬以金段二疋、素段二疋、紬二疋，各虜部下小頭領并隨從夷人，俱以卓席酒食、布疋、豬羊牛隻次第犒賞了畢。心愛等率諸部衆遠望東南叩頭，捧進辭謝番書一紙，即日起營北回。中間亦有未經賣馬達子遲留顧戀，心愛等俱招呼率領，至二十七日盡數去訖。職等恐有遺奸，復令官軍各於近邊山林溝壑巡看無事，砌塞境門，仍將原設伏緊要城堡鄉村馬步官兵各令暫駐，以防其後。總兵官趙國忠亦暫駐新開口堡調度，及差人襲哨衆虜向往遠近，另行酌處。二十八日〔一〕，將原質留達

〔一〕二十八日：「二二」字底本作「一一」。印按：上文自「總兵官趙國忠五月十五日統兵先赴萬全右衛調度防禦間」至此一段，皆按時間先後順敘五月内發生之事，此前已敘述至「二十七日」，此處應接敘爲「二十八日」，而不應逆敘「一十八日」事。又，本書記每月十日至十九日，無於「十」前帶「一」字之例。底本此處「一」字或因雕板「二」字刓缺上面一横筆所致。據改。

虜伯速户、火力赤、桑續、虎力智、合力智等各給賞段紬衣服，管待酒席，遣送歸營去訖。職會同總兵官趙國忠，議照前項易買馬匹毛齒，給過官軍姓名，處買段疋紬布，一切錢糧數目，并各該供事勤勞人員，通候查明，另行會奏，合咨軍門查照施行。」等因。

准此案查先准兵部咨前事，已行遵譯審開立馬市去後。續據報稱虜酋心愛等抵邊，臣隨會同各官前去近市萬全右衛駐劄，分布兵馬按伏防範，及提調搬運段紬布疋，易換馬匹。比臣看得宣府措處段紬不多，各處運買未到，且虜馬數多，求賣懇切，情難直拒。查照兵部咨文事理，權宜召集城堡官軍，諭買二百二十餘匹，以慰虜心，俱各完畢去訖。今准前因，爲照達虜狼子野心，貪詐不常，嚴行該鎮將先發按伏兵馬暫留駐劄防守。原來番文字行差訛潦草，不敢進呈，該侍郎史咨部查照外，其原進馬九匹并番文内稱要八九月再行互市等情，均乞敕下該部查議，奏請定奪。

恭謝天恩疏

嘉靖三十年七月二十四日，准兵部咨爲北虜縛獻妖逆事該本部議擬覆題節奉聖旨：「蘇祐、徐仁、何思各四十兩、三表裏。欽此。」備咨到臣。八月初九日，隨該原差百户時寅領到前項表裏銀兩。除望闕叩頭謝恩祇領外，臣惟夷性難馴，故久湮於王化；訏謀允協，爰始慰於聖懷。款效外藩，勤執内叛。是皆皇上玄威遠布，清問下孚，寬着至仁，終格有苗之旅；剛收獨斷，廣兼充國之仁。外以銷勾引之萌，内以絶叛逆之路。功莫先於發指，時庸附於安攘。臣雖勉賦載馳，極思共濟，幸因成事，未效微塵，詎意聖慈，曲加大賚。珍襲知重，跪捧爲榮。敢不益竭駑駘，仰答鴻造。臣無任感戴稱謝之至。

懇乞聖明先事預防以弭虜疏

准兵部咨該給事中朱伯辰題本部覆議「合無敕下宣大、延、寧、遼東各總督鎮巡等官，遣的當夜不收深入遠哨〔一〕，務於六月以裏，探聽虜中向往真情，星馳奏來；敕下大將，即將前項京邊人馬整搠，赴該鎮緊要處所協力堵截，不許自分彼此，如遇賊犯内地，一聞警報，不拘遼東、宣大、三關、陝西，各路人馬即便統領精鋭，星馳入援，隨賊截殺，不必候本部明文，違者以失誤軍機論」等因，題奉欽依備咨到臣，就行宣大、山西鎮巡各官會同選差乖覺通事，深入虜營，務探向往真情，星急飛報，具奏施行；一面將正奇遊兵逐一挑選，人馬精鋭，盔甲鮮明，器械鋒利，聽候内外警報調遣，合營迎賊截殺去後。竊謂醜虜猖

〔一〕遣的當夜不收深入遠哨：「遣」字底本作「遺」，顯誤，徑改。

狂，未遭挫衄；互市之舉，聊示羈縻；兩鎮事完，無乖初議。内裕戰守，外得虜情，兵家機權，未非一得。本兵、總督大臣猶惓惓申諭戒嚴，固見未能制其死命，恐陽順陰逆，不得不早見預待之也。臣待罪總督，時值艱虞，敢惜捐糜，用圖報稱，誓當畢力盡節，不顧與虜共生，以仰體聖心，期狥國事，臣之志也，亦臣之分也。然薊州、宣府皆京師後門；古北、喜峰諸口，實在左輔近畿之間；居庸、紫荆等衝，亦賊虜避實擊虚之地。近者諸臣具題、本兵議覆，固已詳盡無遺。臣遵照題准明旨，若賊犯内地，臣統兵馬星夜入關，會合京營大將，隨賊向往，迎敵截殺，無容別議。但查續准兵部咨爲節報虜情再乞天恩多調客兵嚴預防以安根本重地事，内開「敕下宣大總督及三關鎮巡、各路遊兵并山西太原、潞安參將守備人馬一體聽候應援，一面行四鎮各選夜不收、通事、家丁人等，責令不拘見任、廢棄謀勇將官，率領前項官軍人役，分投乘虚，直擣賊巢，首級不論男女，一例陞級」等因，中間只有各路遊兵并山西參守人馬聽候應援，未見明開正兵奇兵星馳入援。臨時進退猶豫，恐致緩誤之愆，相應預行請示，俾可遵守。再照通事、家丁人等直擣賊巢，正謂掩其所不備，攻其所必救。散虜之群，奪虜之氣，誠兵志也。訪知虜中被搶漢人，奸猾壯健，甘心叛逆，勾引虜掠，罪固不容誅矣。亦有愚痴老弱，甘受凍餒，任其役使，情極可憐。我軍驟至，趨避實難。不惟貪冒首功，抑恐干違和氣。固知兵刃相接，皂白難分，亦不可不委曲爲求生路。合無行令領兵官員嚴加禁諭，遇有漢語人口，許令招撫入境，照依首級，一體陞賞，庶中國漂泊生靈得還鄉土，皇上好生之德遠及窮荒。臣惓惓之愚見，實有不容已也。伏望皇上敕下兵部議擬明白，上請定奪施行。謹題請旨。

欽奉聖諭疏

准兵部咨内一款議調入衛邊兵，本部議擬：「合候命下，行移各鎮總督撫按等官，將甘肅兵馬不必挑選，亦免入衛，俱存留本鎮防禦；其遼東、宣大，去京不遠，不必更番，只將原選遼東劉大章一枝，與大同朱漢、李欽、麻隆三枝，宣府歐陽安一枝，各就本鎮操練，遞年防秋之時，哨探的確入援。」題奉欽依備行前來。續據宣府遊擊都指揮歐陽安呈「蒙提督軍務都督時陳差夜不收張言傳調本職兵馬，前赴沙河城駐劄防禦。依蒙於嘉靖三十一年十一月十一日領兵自冷口起程，十八日到彼防禦外，呈乞照驗」等因，具呈到臣。查得自嘉靖二十一等年節調延、寧、遼、固、保定等處兵馬，多則十枝，少亦不下六枝、四枝，應援宣大，蓋所以重門户之防，以爲京師之藩屏也。相須之勢，視諸遼、陝等鎮，則甚緊要焉。蓋切近虜巢，密邇關輔，不可一概論者，夫人皆知之也。二十九年，咸寧侯仇鸞奏於宣府選兵一枝三千員名，大同選兵三枝九千員名，五月中赴京，聽候分布要地，兵部議得大同一鎮，西北孤懸，挑選兵數與諸鎮同，亦已足矣；獨擬三路選至九千，恐該鎮守禦有虧，且多寡之間不均，興嘆亦宜，照依各鎮，止選三千。題奉欽依挑選間，仇鸞復奏，必欲挑至九千，而九千之外，又有家丁五百餘名，旗牌、書辦、跟隨、牢伴等項，亦幾三四百員名。則是大同一鎮選去萬人，較諸各鎮之多實四之三，已爲不堪；奈何挑選未幾，不欲行者，則輒稱老弱，賄買求免，欲行者，則夤緣投充，兩相影射。至於馬匹，剋落草料，不肯餧養，一有瘦損，即行搶兑；在鎮各軍見其搶奪，不得自用，亦復不肯着心餧養，倒死相繼，以致正奇遊援兵馬皆不成營伍。雖嘗選補，減城操老弱、舍餘等項未經訓練，亦徒有其名耳。盔甲給領雖足，馬匹奏補未完，亦將何所用哉！夫以一營兵馬三千，行糧料草日費三百餘金，自五月至十月終，散兵計六箇月，一營大約費銀五萬四千餘兩；况自正月以後，即以團操爲名，錢糧支費，日計月會，又不止六月已也，則其數可查矣。使在本鎮，時非防秋則不團操；防秋之外，事非警急則不調發。既不團操、調發，則不得支費錢糧，此各鎮歷年舊規也。但以京營爲名，則不時團聚；既已團聚，則日有供給。以各營通計，當百餘萬，又不止一營已也。司國計者，當亦告匱。年復一年，將恐難繼，又不止一年已也。臣恐有限之錢糧，不能應坐食之費。且如今歲六月間，邊報警急，各鎮入援兵馬俱調集宣、大二鎮，各該將領既有所恃，雖邊塵警急，羽檄飛馳，亦不令一將一兵策應。是使有用之兵，置之無用之地，徒費國儲，曾無一效，豈能不動謀國者之憂哉！至於入衛之兵，心切君父，臣子共懷，但地里有遠近，事勢有緩急，議者未當其事，或未能無遺論矣。前項選兵，猶候防秋哨探入援。夫既定擬入衛，防秋之際，不敢不先期入者，恐緩不及事，違誤之罪重也。在宣府，距京不遠，進可以入衛，退不失捍禦；至於大同，西路去京七八百里，東路去京五六百里，使分布防禦，聞警疾馳，將恐救援不及，不惟空增疲勞，奸黠之虜乘虛而下，則本鎮亦且蹂躪矣。是選兵雖名屬宣大，實不得用。且如今秋誤傳賊犯古北口，臣督發前兵入衛，亦即東馳，方至保安，而虜酋乘虛南下，雖急奔馳，已緩不及事。况歐陽安一枝，自夏調去薊鎮迤東冷口防禦，至今復防沙河，尚不得還鎮，緩急豈得濟哉！臣恐領兵官員襲訛踵謬，過有彼此自爲之分，不究理勢相須之重，將復徵調，而大同三枝兵馬又奔走之不暇矣。牽制猶存，内外莫用，不重可惜哉？矧宣大重鎮，視各邊維均，其密邇京師，逼近虜巢，則與各邊獨異。宣府選兵三千猶之可也，何大同則獨加挑選至九千邪？且夫賞罰所以別功罪也，兵馬所以備戰守也。爲將者，兵馬果足，戰守可效；若夫平昔不能操練，紀律不明，臨敵又復逗遛，心懷觀望，法典甚明，誰能自逭？今也所統兵馬既已挑殘，所補老弱又非精練；馬匹不足，既難追逐；虜寇分番，又非往昔。衆寡既不相侔，强弱亦復殊異，而勝敗因之不重可矜念之邪？臣本疏庸，叨膺重寄，審度兵勢虜情，亦嘗具奏，鮮中機宜；待罪防秋雖逾三載，力短心長，又無寸效。今歲黠虜窺知兩鎮人馬單弱，旬月之間，分番三犯大同地方，仰仗天威，挑殘兵馬尚能接戰，追逐出境。收保不及，疏失亦多，即臣之罪也。復荷皇上洞見幽遐，載垂寬宥。感恩圖報，期盡捐縻，不敢不昧死上塵天聽。

切慮兵馬無用，錢糧虛費；機事有違，虜患未殄；遥貽門户之憂，重廑堂室之念。臣雖萬死不足自贖，亦何益矣！伏望皇上軫念大同、宣府實切門户，黠虜驕貪殊非往昔，選調兵馬多寡不同，入衛道里遠近各異，事機牽制違誤可惜。乞敕兵部再加詳議，合無將大同三枝兵馬，查照各鎮，止留一枝，與宣府兵馬一枝，聽臣分布近境防守，探聽有警，督發入衛；其餘二枝，仍發正奇遊援兵營補足原額；如有不堪，官軍仍歸城操；馬匹不足，容臣查奏給補；仍照各年舊規，時在防秋，分布要害，聯絡防守；事有緊急，則酌量調發，互相策應；機有可乘，外不失出擣，可以奪虜之心，内不失入援，可以爲國之衛。兵糧有用，戰守可圖矣。

虜中走回人口傳報夷情懇乞天恩借給草束以資馬力以備征戰疏

嘉靖三十一年十二月初九日酉時，據大同陽和後口墩軍人曾叫化收送虜中走回男子韓介供「係山西陽曲縣民，嘉靖十九年八月内被達賊擺腰啞不孩搶去，住過十二年，思想家鄉，偷騎馬二匹脱走，一日夜到邊。在虜營時，聽得俺答差人與擺腰啞不孩商説，春二三月間要搶」等語，備供到臣。切緣虜逞驕悍，大肆貪殘，自春徂秋，垂涎南牧。幸賴天威遠布，將士齊力，拒守敵戰，未遂大騁。兹者降人韓介傳聞酋首商説二三月間要搶，緣本人在虜年久，親聽其言，春初寇掠，恐不爲虛。除嚴行督屬大小將領操練兵馬、營繕戰具、聽候戰守外，但各鎮兵馬，自春調防虜寇，入秋列戍擺邊，八月以來，虜賊舉衆分番寇擾；隨其向往，襲追拒剿，東奔西馳，月無寧日。至十月中旬，虜賊遭挫，移營北徙。度無侵寇之機，且慮錢糧供億不敷，遂將正奇遊援，及臣標下官軍家丁人等放散，各回原城，儧喂馬騰，修飭戰具，平居無事，隨同本處官軍操練，遇警跟隨本路將領往來截殺，并不許私下鄉村，遠出遊蕩，以致瘦損馬匹，失誤應敵；如違，治以軍法。是名雖放散，而實團聚，候敵有兵，錢糧節省。但放散之後，宣、大二鎮官軍下馬匹，舊規止是秋月採打青草，自行堆垜，以備冬春喂飼，原無日支草束，以故邊臣節引延綏官軍馬匹冬春日支草束事例奏請，該部以宣大原無舊規，恐增煩瀆，題覆未蒙俞允。矧宣大連年採草之時，正值警報頻仍，防戍緊急，官軍在邊捍禦，不得採積；又值霜旱爲災，禾稼不登。即目每銀一錢，止買小草三四箇，斤重不及官草二束。至如大同左右等衛，威、平、井、朔等城，絶無穀草，盡皆撥摟蒿荻、掘挖草根以充喂飼。況今冬深地凍，蒿荻已無，草根殆盡，若不亟爲酌處，臣愚伏思，在邊買補，一馬官價一十二兩之外，軍復幫價五六兩；至於太僕寺給領山東、河南俵解馬匹，其原買價銀，多則四五十兩，少亦不下三十餘兩。無草餧飼，豈靳死損？計值論費，其所需又不知幾何。若虜賊來春果如降人所言二三月間肆鶩跳梁，舉衆侵寇，馬匹跌落倒損，將何應敵？臣愚竊念事有經常，時當通變，經國遠圖者，宜權其輕重而已。合無不拘常例，每年十二月、次年正月二月三月缺草之時，每月每馬，於防秋草内借支十束；更乞天恩憫念朔漠邊方官軍貧苦，再賜官給五束，共一十五束，放給官軍，以爲一月之費，責令儹喂馬膘，以備征戰；待候七八月十月防秋之日，草茂之時，應支草束，每月每馬少給十束，用補前借。如此則兵不團聚而錢糧可省，馬有草飼而免致跌落，公私兩利，人情便益。如蒙敕下户、兵二部再加詳議，果於國家邊方有益，早乞俯賜施行，庶馬匹不至餓損倒失，官軍不致負累逃竄，而防邊禦虜皆有所仰賴矣。

恭謝天恩疏

准兵部咨開山西鎮官兵節次與達虜敵戰，斬獲功級，該本部議擬具覆節奉聖旨：「這虜寇屢次擾犯，各官設謀迎敵，斬虜有功。蘇祐陞從二品俸，賞銀五十兩、紵絲四表裏。欽此。」續該公差百户石寶齎捧前項欽賞銀兩表裏到臣。隨望闕叩頭謝恩祗領訖。

伏念臣才非統馭，器鮮變通，叨際聖明不棄猥瑣，付以兵戎之重，授以閫外之權。幸逾三年，慚無寸補。顧犬羊之驕貪雖逞，而廟謨之指授實先。勉力驅馳，用圖報稱。乃者將士用命，頗收斬獲之功；邊境乂安，少紓激昂之氣。是皆仰仗皇上神武布昭、玄威震疊所致。臣雖極輸駑劣，方懼無功，詎意冒荷恩私，載承天賚，寵之厚禄，加以匪頒。揣分捫心，感激愈切。敢不整兵秣馬[一]，期永息夫氛塵；竭力盡忠，庶仰答乎鴻造。臣無任瞻天仰聖、激切感戴之至。

夷虜乘市入寇懇乞聖明戒諭邊臣罷止馬市以絶姦萌以振邊紀疏

准巡撫大同右僉都御史侯咨：「據整飭朔州兵備副使馬九得、分巡冀北道僉事王重光呈：『議得賞杓兒等先因北虜酋首俺荅等進馬求貢，羈禁在此，冀其悔罪自新，不復侵犯，仍各以禮遣還，實朝廷浩蕩之恩也。但諸酋陽順陰逆，稔惡不悛，今秋更番入寇，大肆

[一] 敢不整兵秣馬：「秣」字底本作「抹」，顯誤，徑改。印按：此處之「整兵秣馬」義同「厲兵秣馬」。

兇殘。雖盡行殄滅，猶未舒憤。第賞杓兒等原係來貢之人，其罪不在伊等。固難以禮遣還，啓彼狎侮之心；難置諸重典，傷我明正之義。似應照舊禁繫，聽其自斃。各道未敢擅專，呈乞施行。』據此卷查先爲接報夷情事准兵部并總督軍務兵部左侍郎蘇咨該前巡撫大同都御史何題稱，俺答差來虜使賞杓兒、黄台吉，差來虜使火力赤等共六名，仍暫羈留，乞敕兵部從長計議，應該如何處置遣發，上請定奪，行下臣等遵奉施行，該本部議擬『合無將賞杓兒等羈禁嚴密處所，從權管待，不許仍留鎮城縱容出入，致生事端；及令通事人員，待有虜使叩邊，從實宣諭各酋，如果悔罪自新，不敢侵犯，防秋之後，許其轉奏天朝，將賞杓兒等以禮遣還；如順逆無定，朝廷自有殺伐明威，另行議處』等因，備咨前巡撫都御史於，已經備行羈禁去後。近爲夷虜乘市入寇懇乞聖旨戒諭邊臣罷止馬市以絶姦萌以振邊紀事，准兵部咨該巡按直隸監察御史蔡朴題前事，要將馬市閉關絶約，一意戰守，該本部議擬節奉聖旨：『各邊開市自今日不許再行，都着禁止，敢有效逆建言的處斬。欽此。』備咨轉行到職。及准總督侍郎蘇咨同前因内又稱：『羈禁虜使賞杓兒等作何發落，矧今馬市既乃閉絶，前項夷使亦當早爲區處，作速計議，回報施行。』准此俱經備行各道會議去後。今據前因，會同鎮守總兵官吴瑛議得，北虜遣賞杓兒等，以求市貢馬弛我邊備。貢馬未出鎮城，胡騎已滿西路。是蓋以賞杓兒等爲餌以釣重利，既已自棄之矣。縱之歸則不足以示恩，肆諸市亦不足以示武。誠如該道所議，合咨軍門施行。」等因，備咨到臣。行間又據鎮守總兵官吴瑛呈同前因。得此案查先爲前事已經備行議處去後。今該前因，爲照虜酋俺答等，既遣賞杓兒等貢馬求市，復乃糾衆寇掠，奸謀詭計，變詐多端。兹者仰蒙皇上日月之明，乾剛奮斷，閉關絶市，一意戰守。但賞杓兒等未經區處，是以備行該鎮計議。今稱『縱之歸不足以示恩，肆諸市不足以示武』，要行牢固監禁，待其自斃一節，相應奏請。如蒙乞敕兵部再加詳議，上請定奪，行下臣等遵奉施行。

遵明旨效愚忠以圖補報疏

准巡撫宣府右僉都御史劉咨：「准總督軍務兵部左侍郎蘇咨前事『煩查總督侍郎叢原奏，果以糧草若干爲軍儲，户部扣歲額銀二萬兩爲馬價，本鎮節年完過糧草，與本部解發并萬億庫領出銀兩，有無相當。今該部既不給發銀兩，前項糧草應否歸還本鎮易銀買馬或别有議處？查明作速咨報施行』等因。案查先准户部咨該本職題前事節該本部覆議：『查得團種粗糧一十萬六千二百石，穀草五萬三千七百束。及查先年題准事例，每年徵完細糧五萬三千一百石，穀草五萬七百束，繳有通關到部，方准扣發銀二萬兩。今查本部節發該鎮馬價，自嘉靖元年以來共發銀三十二萬兩[一]。計該鎮已完糧五十二萬八千八百七十五石二斗六升，草五十九萬七千四百六十三束。以糧爲率，止彀抵償前發銀內一十九萬九千一百九十九兩有奇，原發之數反多銀一十二萬八百一兩，多發之銀尚無可抵補也。合候督催完日另行議發。再照田制屬之户部，馬政屬之兵部，諸司職掌，爲例甚明。即今夏秋税糧，庶土交正。而宣府一鎮，持團種以與朝廷回易，終非事體宜然。合無以後團種地土，備行管糧郎中徵收本色糧草，專備本鎮軍餉，其騎征馬匹缺乏，該鎮查照各邊事例，奏行兵部撥給，永爲定規。』題奉欽依備咨前來，案查已經具題去後。今准前因，爲照前項團種田地，先於成化初年，該巡撫都御史葉盛見得本鎮極邊窮荒，俱係軍衛，原無有司，邊軍騎征馬匹無處出産，以此設立前地，遞年征收雜糧，連牛料、子種，通計粗糧一十萬六千二百石，穀草五萬三千七百束。每遇豐年，行令花户以粗折細[二]，草每束折豆五升，各隨所在□□□納完□，照依官軍折糧則例，於萬億庫總領□銀。或遇凶年，則令從便折銀，都司官庫收貯，專□□□騎操戰馬。行之數十餘年，馬價無累，稱爲利便。

[一] 自嘉靖元年以來共發銀三十二萬兩：「兩」字底本作「雨」，顯誤，徑改。
[二] 行令花户以粗折細：「户」字底本作「尸」，顯誤，徑改。

後於正德十年，該總督侍郎叢具題，户部議，將團種粗糧每二石折細一石作爲軍儲，每年於京運年例銀十萬兩内秤出二萬兩，另鞘裝盛，徑解巡撫衙門轉發都司，督買戰馬給軍騎操，當時議題止以糧草總數計之，其牛料、子種，略未備載。至於遇例蠲免、災傷拖欠等項，歲不能無。今以嘉靖元年起，至二十九年止，除蠲免、拖欠等項外，實徵完糧五十二萬八千八百七十五石二斗六升零，草折豆三萬九千八百七十三石一斗五升零，通共五十五萬八千七百石有奇，以本鎮折糧爲則，約該銀三十九萬一千餘兩，以時估計之，亦不下五十餘萬兩；其三十年、三十一年徵完者尚不在數。内該部發過銀二十九萬七千餘兩，今稱三十二萬兩，猶内多發銀一十二萬餘兩。况前項錢糧設立買馬已經九十餘年，兩爲稱便，今一旦改議，專備軍餉，其騎征馬匹奏行兵部撥給。及查先該兵部議稱，今後該鎮官軍缺馬騎征，即於椿朋地畝團種銀兩相兼買補，不得一概奏討。况二部所議各有異同，未蒙會處允當。本鎮見今急缺馬匹數多，止靠前項錢糧買補，委的再無别處。軍儲、戰馬，二者皆邊方要務。軍儲固所當裕，而戰馬尤在所急。矧今春初胡馬未動，若不及時買補整搠，將來夏秋虜騎交横，缺馬追征，誤事匪輕。合無具奏敕下户、兵二部從長會計，若將團種屬之户部，專備軍餉，不發年例銀兩；兵部預定每年議發本鎮本色馬匹若干，或發馬價銀兩若干；惟復仍將團種糧草，自嘉靖三十二年爲始，查照先年原設事規照舊徵納本色上倉，以完過數目，照依官軍折糧則例，於萬億庫領銀買馬；其京運年例歲額銀二萬兩，照舊解發管糧郎中，仍作軍儲支銷。合咨煩請裁酌施行。」等因，備咨到臣。

案查先准户部咨前事，已經備行本鎮查議去後。今准前因，切緣宣府窮荒朔漠，界臨夷虜，官軍下騎征馬匹，遇有倒失，無錢買補。以故先年巡撫葉都御史於順聖川等處設立團種地土，徵收雜糧易銀，專備買補騎操馬匹，原不係户部額例田土。後總督叢侍郎以團種糧草易銀買馬，官煩出糶，是以題准將團種糧草改爲軍儲，户部扣歲額銀二萬兩爲馬價，一以省召糴之煩，一以免官糴之擾，兩爲便利。後因年歲不登，時有災傷，蠲免及扣除牛料子種，户部以糧草數有未完，不肯依數給發，每致奏討。今該部議擬田制屬之户部，馬政屬之兵部，要將團種地土備行管糧郎中徵收本色，專備軍儲，騎征馬匹缺乏，該鎮查照各邊事例奏行兵部撥給，永爲定規。然邊方急務，惟戰馬爲先，兹將前項糧草改爲軍儲，缺乏馬匹兵部撥給，馬匹不無耽閣。况今大虜久住近邊，宣府一鎮缺馬數多，除此錢糧之外，別無區處買補。如蒙伏望皇上軫念軍馬錢糧皆係國家重務，在邊方，戰馬尤爲緊急，乞敕户、兵二部會行查議：前項地土果係先年巡撫衙門處設，專備買補騎操馬匹，不係户部額例田土，合無自嘉靖三十二年爲始，查照原設事規，照舊徵納本色，易銀買馬；若係户部額田，其徵收本色，專備軍儲，兵部定擬每年解發本色馬若干匹，或馬價銀若干兩來邊，永爲定例，免致奏擾。如此，庶馬政不致隳廢，而邊方有賴矣。

恭謝天恩以圖補報疏

嘉靖三十二年六月二十二日，伏覩邸報，准吏部咨爲給由事内開：臣歷從二品俸三年，例當給由，題奉聖旨：「蘇祐陞都察院右都御史，仍兼兵部左侍郎，照舊在彼管事。欽此。」臣捧讀綸音，曷勝感激。伏念臣才識庸劣，幸際明時；叨總戎兵，實多疏誤。歷俸雖逾載考，稽效殊乏纖毫，屢蒙聖慈曲垂寬貸。兹當考績，伏俟黜幽。仰荷天恩，不加擯斥；更沐洪造，荐陟崇階。爰加總憲之銜，仍兼兵戎之寄。□天地之大，無所不容，而犬馬之微，實懷自奮。臣誓竭駑駘，期圖後效。臣無任激切感戴天恩之至！

敵拒大虜不得深入關隘起營退遁奉慰聖懷疏

臣於七月二十五日躬督山西總兵官李淶等兵馬，追賊至廣昌迤西，與賊大戰，已將略節緣由具題訖。自後賊見臣等兵馬拒戰於永安堡，大同總兵官吴瑛等兵馬拒戰於土黄溝，宣府總兵官劉大章等兵馬拒戰於黑石嶺等處，犄角敵殺，其賊疑畏襲堵，劄營廣昌周圍，不敢深入，連日分遣輕騎精兵誘敵。見我兵馬四集，連戰不利，殺傷數多，於二十七日早，瞭見灰塵大起，往廣昌迤北行走；二十八日辰時，精兵達賊數萬，復從廣昌地方西來，往永安堡迤南山坡遡走。臣躬擐甲胄，復督官兵拒堵邀擊，自辰至申，戰無休息。每來衝敵，俱混砍一處，傷死賊人賊馬無數；賊衆衝急不能斬首，俱被拉去。賊酋忿恨，吹鳴篳篥，盡將精兵聚集，四圍攻衝。臣分遣旗牌申嚴軍法，凡不用命者，輕則聅耳截鼻，重則斬首以狥。復令贊畫兵部主事王扇遍行營壘，傳諭諸將，以血戰爲功，不以損軍爲罪。但官軍攻戰四日，飲食不充，雖買辦牛羊給賞，數亦不多，又以忠義之言激之。兵不滿萬，無不奮勵，裹瘡血戰，攻殺益力。至酉時分，賊因被傷數多，愈加忿恨，馬步并衝。官軍殊死敵打。賊見勇猛，方纔掣退，往西北去訖。在陣各有斬獲賊首、奪獲旗纛、戰馬、夷器等物及陣亡官軍，尚未查明。臣復督各鎮兵馬追襲剿殺。但犬羊狡黠，糾衆遠來，意在大逞；今既不利於此，恐別圖侵掠。除傳諭各處收保設伏，邀擊隄備，待其出境，與各斬獲首級、攻戰緣由查明另行具題外，謹具題知。

穀原奏議卷之四

督府疏草

捷音疏

案查先節准兵部咨「爲陳時弊、度虜情、慮貽將來大患，懇乞聖明申敕臣工，務懷永圖，責實效，以保萬世治安事」，該兵科都給事中王國禎題前事，議擬每歲預將防秋事宜通限三月以裹，條列具奏，題奉欽依備行前來。臣欽遵備行各鎮鎮巡官從長酌議：本鎮馬步官軍各有若干，作何擺守？宣府切近關輔，與大同應否相同？遇賊侵犯，守者作何遊擊可以取勝？戰者作何設伏可以敵拒，務使外禦内援兩不□誤？續該各鎮咨呈：「議得宣、大皆北邊重鎮，而宣府□大同爲急〔一〕，以其切近京師也。邊長軍少，□□疲勞；虜既入邊，我兵反在其後；内地空虛，遂□□利而去。大要守墻莫若守墩，守墩當併守堡。將□□馬步官軍，照依食糧文册，盡數□出：無馬者就近分伏，各設城堡，大小村屯兼同民壯併力固守；有馬者□布要害城堡，按兵休息，逸以待勞。虜衆入寇，□□□□，堅壁清野；虜若攻堡，奮勇拒守。則處處有□□□□；鎮兵以遏□□，□兵以待於内，則處處□□□□□侈□□□□□□□。」

又准本部咨：「爲申定防秋事宜〔二〕□□□□□□□□□本部議擬内一款，分布邊兵□□□□□□□□□大於京師，應援莫先於入衛。萬一醜虜侵犯近京一帶地方，聲勢重大，在東，關則宣府、遼東，在西，關則山西、大同，各鎮除正、援二兵分有信地外，奇、遊兵馬俱不必候明文，總督等官即便督調，盡數星馳入關應援，獲功重加陞賞，如有逗遛觀望致誤軍機，□□□部參奏拏問究治。」等因，具題奉聖旨：「這申定防秋事宜，都依擬行。」

〔一〕而宣府□大同爲急：「大」字底本刓缺。印按：此一段論宣府與大同軍事地位之輕重緩急。本句論二地緩急，故以大同與宣府相較，則「同」上必是「大」字。據補。

〔二〕爲申定防秋事宜：「定防秋」三字底本刓缺，據下文聖旨批文「這申定防秋事宜，都依擬行」補。

欽此〔一〕。」□□□□□□事本部咨該薊州巡撫衙門揭□□□□□□□□頭兒商量，在大同迤東古北口□□□□□□□□去搶到京。小王子〔二〕□□□黑水□□□到□□□去。又説，辛愛殺□□□□□肉，聚兵□□，東西進搶。又説，把都兒台吉□□□□山後駐營〔三〕，小王子差四箇達子到把都兒營，□差四箇達子往俺答處會話，等俺答來進搶，備咨嚴行隄備，多方哨探，如虜犯宣大，本鎮兵馬戮力血戰；如犯薊鎮，副參遊擊星馳應援；正兵人馬探聽虛實，出奇擣巢。俱要相機舉行，毋得輕率。准此已經通行各鎮遵奉訖。及查先節據各鎮呈報：虜中走回降人趙來、小廝等供報，虜酋會集要搶關南。

臣思北虜自二十一年侵犯山西、二十九年驚擾關輔之後，垂涎内地已非一日，今兹之言恐不爲虛。備行各鎮，將所有步軍分屯堡砦，有馬官軍設伏要衝，逸以待勞，静以待動。臣又慮宣府切近京師，護衛陵寢；衝口數多，皆賊行道路；又兼霪雨連綿，水患異常；城堡邊墩多被淋浸坍塌。萬一果如其言從此深入，未免震驚畿輔，非邊臣捍禦之道。是以

〔一〕欽此：「此」字底本刓缺，據聖旨行文通例補。

〔二〕小王子：「子」字底本刓缺。印按：蒙古「小王子」之名，本篇下文及别篇累見，據補。

〔三〕把都兒台吉□□□□山後駐營：「吉」字底本刓缺。印按：「把都兒台吉」爲蒙古部落首領之名，别篇多見，據補「吉」字。

東行設備，督併修飭。又慮犬羊譎詐，變態不常，聲東擊西，奸謀叵測，但恐竊知東鎮有備，乘隙西侵，臣遠在宣府，急不能躬臨調度，又節經備行大同、山西嚴加隄備，多方探報，遇有警急，互相應援，相機出擣，務成克捷，以紓皇上西顧之懷，以絶醜虜覬覦之望。并傳報兵部及薊、保等處總督、巡撫，如賊寇關，督發兵馬拒堵於内，臣督邊兵敵殺於外，用圖夾攻，共圖制勝去後。及又節次選差乖覺通、夜人等，分番遠出哨探，一向通無消息。臣度虜賊狡猾，知我有出擣之謀，必遠送老小，將圖深入。又經傳報薊鎮軍門及保定巡撫都御史艾景賢多方隄備間，七月十三日，宣府新河口堡邊方走回男婦陳氏等供報，虜酋黄台吉精兵賊衆，已於初七日離邊，往西邊搶去了。又據原差遠哨通事丁來等報稱，本日巳時，哨見西陽河境外白海子達賊三千餘騎往西南行走。十四日二更時分，哨見威寧海子後截，達賊精兵五萬餘騎在彼。臣料此賊先該降人傳言聚兵上都，要搶關南，今兹西轉，必知東鎮防範周密，不敢肆侵，意欲西由大同入境，若不南犯山西三關，則必東犯紫荊、倒馬。隨又傳報薊、保等處，及將原調宣府設伏標下遊擊朱雲漢、大同遊擊張勳督發西馳，隨賊捍禦。及傳令各鎮整兵探援，收保設伏。十七日未時，據大同北東路參將麻禄差夜不收張文相口報，十五日哨至牛心山墩東西二空，達賊約有四萬餘騎往南行走，至牛心山南住劄。得報，臣隨於十八日帶同贊畫兵部主事王扇，從宣府冒雨起行，躬臨調度。十九日寅時，又據鎮守大同總兵官吴瑛差夜不收蘇傑走報，十五日，大舉達賊，一股從北西路破堡子沙河兒進入，十六日至大同城西；一股從北東路弘賜堡邊方進入，至十七日戌時，亦到大同城川合營南行。臣即分投差人催督朱雲漢等，隨同吴瑛相機截剿；一面傳令山西總兵官李淶，督兵拒守鴈門等關隨賊截殺；及令宣府總兵官劉大章，統領本鎮應援官軍并遊擊田世威、竇永兵，徑從南路蔚州拒堵紫荊等關；存留西、北、東、中四路參將陳力、李欽、李賢、歐陽安預防東侵。探報出搗各責，差旗牌官胡江等監督；一面傳報三鎮巡撫都御史，查照兵部題奉欽依内事理，或發步兵設伏歸路以俟邀擊，或發有馬官兵出境搗巢以分其勢。及行朔州兵備副使馬九德，整搠大車、步兵防禦大同東路地方，聽布邀擊。於是宣府巡撫都御史劉，親臨西路新開口堡，督發中路參將歐陽安、遊擊張四教統領有馬官軍三千員名出搗。副總兵焦澤、西路參將陳力帶領步軍於境外接應，於二十二日出境，哨至白海子等處，離邊三百餘里，哨無賊營，回還。大同都御史侯，□督諸各路守備等官，伏大炮七十餘處於賊歸路，候賊退遯，以走綫點放；又帶領馬步官軍一千六百員名，各拏火器，於靈丘俟戰。臣標下把總指揮馬芳等，帶領家丁、通事七百餘員名，亦從新平堡出境，搗殺至野馬川、威寧海子，亦無賊營，回還，馳赴臣處追襲虜賊。山西巡撫都御史趙，帶領義勇步兵，同總兵官李淶馳至應州，因懷仁傳炮，恐西路有警，迎敵住兵廣武。

臣督領標下跟隨官軍及大同遊擊余勛兵馬，兼程馳行至甕城驛，探得賊衆已入渾源磁窑口東行。臣當將余勛督發前行，與吴瑛合營，併力殺賊。及發牌票，諭以朝廷威恩、禍福利害；差遣旗牌官張欽等，賫執令旗令牌，分詣各該將領，監督襲戰；仍傳諭兵部准題事例，惟以血戰爲功，不以損傷兵馬爲罪。各官争奮前進，連日轉戰，與賊攻敵，各有斬獲賊級、奪獲戰馬、夷器等物。二十四日，臣抵靈丘縣。次日早發，追及各鎮兵馬。比因道路險狹，吴瑛統領本鎮副參游遊擊張淶、仝江、馮恩、郭震、張勳、余勛、李桂、朱雲漢兵馬由槍頭嶺，臣督山西總兵官李淶、遊擊趙綸、劉承惠，并大同東路參將殷尚質、北東路參將麻禄、標下家丁通事把總官馬芳等，并朱雲漢營前鋒官千户郝英等官軍八千餘員名，由銀釵、易馬嶺分道并進，本日午時至廣昌迤西二十里劉家嘴、永安堡。比有新設廣昌參將馮登，領有馬官軍二百餘員名在彼設伏。大賊瞭見，從東驟馬前來，灰塵蔽天。臣即策馬疾馳，督令列營以待。酋首俺答率領精兵萬餘，披戴明盔明甲，張打旗號，吹鳴觱篥，四面圍衝。臣躬擐甲胄，親冒矢石，分布旗牌，申嚴軍令，懸以重賞，諭以忠義，激勵官軍。賊遠則用快槍、大炮、佛朗機、弓矢射打；若混戰一處，則用刀棍、骨朵、長槍刺砍。復將銀三百兩、大小銀牌五十面、絹布一百疋，分發總兵官李淶等、把總馬芳等，使將奮勇當先、肯向前殺賊之人，就於陣前給賞，以勵人心。當有山西北樓口軍人姚堂、大同東路參將殷尚質營軍人張賢，并臣家丁李西川、范報、蘇洓、蘇任、張奎、莊力赤，各挺身向前，執持刀棍捨命敵打。虜賊多有死傷。范報亦被賊射傷。自午至戌，撲衝四五十陣。我軍奮勇，一皆當百。賊衆稠密，矢石所及，無不斃傷，死者遍地。衝急不能盡行斬割，止獲首級二十三顆：總兵官李洓部下九顆，遊擊劉承惠部下一顆，大同參將麻禄部下三顆，標下遊擊朱雲漢營前鋒官郝英□□□□□□□□□□□。奪獲戰馬、夷器、盔甲等物。其賊頭陣衝來，官軍將□打招旗一賊砍落馬下，拉入營内斬割首級，奪獲招旗一杆，賊即喪氣。衝戰移日，彼賊終無得利。官軍蹀血死戰，無不帶傷。至晚，賊見勢不可奪，方纔退去，迤東聯絡大賊下營。臣督李洓等兵馬列營於永安堡，大同總兵官吴瑛等兵馬列營於土黄溝，宣府總兵官劉大章等兵馬列營於黑石嶺，遊擊田世威、竇永兵馬列營於金家井等處，犄角敵殺，又值内口拒堵。其賊疑畏，盡將已入寧静庵、葫荽口之賊掣回，劄營廣昌周圍，不敢深入，連日分遣輕騎精兵誘敵，槍炮矢石，多有傷死。賊見我兵四集，連戰不利，損傷數多，於二十七日早，灰塵大起，往廣昌迤北行走。至二十八日辰時，精兵達賊數萬，復從廣昌地方西來，往永安堡迤南山坡遁走。臣復督官兵拒堵邀擊，自辰至申，戰無休息。每來衝敵，則混砍一處，傷死賊人賊馬無數。賊衆衝急不能斬首，俱被拉去。虜酋忿恨，吹嗚觱篥，盡將精兵聚集列營，四周腥塵滿野，目中似無我兵。臣分遣旗牌，申嚴軍法：凡不用命者，輕則聅耳截鼻，重則斬首以狥。復令贊畫主事王扇遍行營壘，又復申明傳諭前令，督令官軍捨死敵打。但官軍攻戰四日，飲食不充，雖買辦牛羊給賞，數亦不多，又以忠義之言激之。兵不滿萬，無不奮勵，裹瘡血戰，攻殺益力。至酉時分，賊因被傷數多，愈加忿恨，將臨近歸併不堪艾河堡居民遺下門扇板卓等物擡拏前來，馬步併衝。仰仗皇上威靈，官軍殊死敵打。火藥匠軍人傅輔，於營西北角點放火炮，將賊打分兩列，死者六七賊。賊人吹鳴觱篥，聚衆衝敵，通事伯顏都用箭將觱篥射破，掌觱篥之賊亦被射死。賊見勇猛，方纔掣退，往西劄立。滿營號哭，震動山谷，至有向兵馬磕頭者。在陣又斬獲賊首五十八顆：李淶部下一十六顆，遊擊劉承惠部下三顆，趙綸部下八顆，大同參將殷尚質部下五顆，麻禄部下五顆，家丁把總馬芳、劉漢部下六顆，標下遊擊朱雲漢營前鋒官郝英部下九顆，參將馮登部下六顆。奪獲戰馬、夷器、坐纛、盔甲等物。賊衆慮恐追殺，二十九日早，復遣精兵達賊五六千餘，於西、南二山登高擺列，防護賊行，不敢下戰。至晚，乘夜裹屍遁去。當督宣、大二鎮，并標下遊擊朱雲漢、家丁把總馬芳等兵馬，從傍取徑，相機邀擊，并行令朔州兵備副使馬九德督發火車步軍，於賊歸路據險守要，設伏拒戰。山西兵馬鏖戰五日，人馬未得飲食，臣督領前至廣昌處辦餱糧，量加犒勞。於八月初一日督發西行襲剿。臣取徑馳行，冒大雷雨，至三更至北口。

初二日巳時，據巡撫宣府都御史劉差夜不收鄭敏報：「本官在蔚州防禦。初一日，大營達賊從西南廣靈直峪等口前來，到蔚州城河北。督發標下人馬與賊對敵。至酉時，往東北去訖。後賊陸續行走不斷。初三日，探得賊衆到於靈丘地方。道路窄狹，一股從廣靈直峪等口往蔚州東北，一股從渾源磁窰口，一股從太安嶺團城子往代州[一]，各行走。各鎮兵馬分道襲追。」臣慮恐兵分勢弱，心力不齊，復差原任副總兵戚銘、遊擊戴昇，各齎執旗牌分投前去，監督各該將領，使知虜賊遭挫敗退，務出奇剿殺，以成大功。又慮山西兵馬連日與賊攻戰，將見疲勞，恐衆寡不敵，又督發臣標下遊擊朱雲漢、大同副總兵張淶、遊擊張勳，各統領本部兵馬前行追敵；及省諭鄉村堡砦原設伏官軍民壯人等，如遇賊至，併力拒打，相機取便，出堡邀殺。續准巡撫山西右僉都御史趙咨；「准總兵官李淶手本內開節日對敵斬獲首級，除永安堡三十七顆前已開報外，李淶、趙綸營各奪獲坐纛旗一杆，遊擊劉承惠七月二十日在渾源渾河斬首一顆，署東路參將郭瀛在渾源東磨莊斬首二顆，遊擊趙綸二十一日在渾源李峪村斬首二顆，李淶二十五日在靈丘平城鋪斬首二顆，劉承惠斬首一顆。平刑守備許昭訓二十七日在團城子太安嶺

[一] 一股從太安嶺團城子往代州：「一」字底本刓缺。依上下文行文之例補。

擁衆入犯繁峙縣地方[一]，落代州川，本官督令參將等官郭瀛等，中軍把總義士王介等，各領官軍家丁勇士人等截殺於代州東段村等處，前後又擒斬賊首四十二名顆，奪獲達馬五十三匹，并夷器等物，及被虜馬牛驢數多。内把總許經部下初二日在東段村斬首一顆、達馬一匹；初三日在代州東十里鋪，趙時春親督官兵斬首三顆、達馬三匹，王介部下斬首八顆、達馬二十五匹，郭瀛部下斬首七顆、達馬一匹，原任副總兵王懷邦部下斬首一顆。烙鐵縣等堡居民楊誦等，初一等日斬首三顆、達馬一匹。郭瀛部下初四日在鴈門關西香爐溝斬首二顆、達馬三匹，王介部下在白草溝斬首一顆，神池堡守備孔賓部下本日在白草溝斬首一顆。續報寧武關守備白清部下初五日在廣武城東斬首一顆，郭瀛部下初四日在鴈門關鴈塌嶺墩榆渠嶺斬首二顆、達馬七匹，八角守備劉應麟部下初五日在白草溝斬首一顆、達馬一匹，白清部下本日在白草溝斬首二顆、達馬一匹，繁峙縣大峪村民張九叙等在本村斬全髪首級二顆，王介部下本日在白草溝太行嶺等處奪獲帳房一頂、盔甲一副、馬牛驢一百二十匹頭隻，廣武守備魏寶部下本日在白草溝斬首一顆、達馬六匹，利民守備周策

[一] 平刑守備許昭訓二十七日在團城子太安嶺擁衆入犯繁峙縣地方：此句疑有脱漏。許昭訓爲我方武官將領，似不應有「入犯」之舉。或「太安嶺」下奪「賊」、「賊衆」等字。姑予指出，以待研究。

部下初六日在白草溝斬首一顆、達馬一匹，鴈門所餘丁楊天禄等在馬邑迤西劫營斬首一顆、達馬二匹，代州民解永寧等生擒達賊一名，武舍施子即小子的總兵官李涞解獲達婦一口，郭瀛部下在白草溝斬首一顆，平刑守備許昭訓部下在馬蘭口斬首一顆、達馬一匹。追賊於初七日未等時，由天同、邵家、威胡等堡徐四嶺等處出境去訖。」又據鎮守大同總兵官吴瑛節夜不收周宣等走報：「本官督領本鎮各營兵馬追襲虜賊，在於弘賜堡邊及沿途與賊對敵，各有斬獲首級，奪獲達馬、夷器等物。二十八等日，在於廣昌土黄溝等處將賊敵退，復有斬獲功級。追賊從渾源磁窑口并團城子太安嶺、落代州川，分投抄截邀擊。其賊至磁窑口，被巡撫都御史侯伏炮打退，從長柴嶺西下，由左右衛地方出境。代州川賊從鴈門關白草溝出口，追從平虜等處邊方出境去訖。」續據本官呈：「查得本鎮各營城堡，除永安堡二十五、二十八日大戰斬獲首級前已開報外，節日又擒斬賊首一百一十九名顆：本官部下二十三顆，巡撫都御史侯標下六顆，副總兵張涞部下六顆，北東路參將麻禄部下一顆，北西路參將郭震部下六顆，西路參將馮恩部下四顆，遊擊張勳部下一十七顆，余勛部下一十一顆，李桂部下四顆，竇永部下一十顆，周邦部下二顆，高山城守備王堂部下五顆，大同右衛守備胡朝、馬邑守備李璋、渾源守備張勇、鎮邊堡守備□□經下各一顆，靈丘城守備黄堯臣下生擒一賊，各村堡設伏軍壯人等一十九顆。前後共奪獲戰馬一百四十三匹，夷器、盔甲等物四千九百一件枝。」等因。又據標下遊擊朱雲漢呈：「蒙軍門督發，隨同總兵官吴瑛截殺。前哨官軍在於永安堡斬獲首級一十二顆前已開報。七月二十一等日在於下王莊等處遇賊對敵，斬獲首級六顆；八月初一日領兵追賊，到於靈丘迤西北口，與賊對敵，又斬獲首級四顆；前後共奪獲達馬一十五匹，夷器、盔甲等物六百一件枝。初四日酉時，同大同遊擊張勳領兵至鴈門關迤西麻布袋、溝連二山，精兵達賊將參將郭瀛拒圍。當蒙軍門原差旗牌洪堂、羅堂傳令官軍摘馬步行，本關掌印官處辦火把執打導引，隨差坐營官姜淮等領兵一千當先點放槍炮，將賊敵退。賊見兵勁，將原搶馬匹衣糧丟棄，乘夜遁去。將郭瀛策應回關，奪回馬匹衣糧，招主認領訖。」又據鎮守宣府總兵官劉大章呈：「查得統領本鎮各營，并遊擊田世威兵馬，七月二十八等日到於張家鋪等處，及襲賊在於順聖川東西城、一柳營等處，節次與賊對敵。除參將馮登二十八日在永安堡與賊大戰，斬獲首級六顆前已開報，節日又擒斬賊首一百八名顆：本官部下二十顆，副總兵焦澤部下五顆，遊擊田世威部下一十七顆，張四教部下一十顆，祁勛部下一十三顆，南路參將張堅部下一十二顆，西路參將陳力部下八顆，廣昌參將馮登部下二顆，村堡設伏軍壯八顆，左衛守備張潤下四顆，深井操守李國珍下二名顆，兵車營坐營張鑌下村堡設伏官軍七名顆。前後共奪獲坐纛旗一杆，戰馬四十六匹，夷器、盔甲等物八百七十一件枝。」

得此查得初四日巳時，據分守宣府北路左參將都指揮李賢差夜不收石聰報：「七月三十日巳時，達賊約有二萬餘騎，從獨石邊方段木溝哨馬拆墻入境。」得報，臣慮恐本路相離居庸不遠，萬一賊衆乘隙南下，驚動關輔。一面差人傳報兵部，及居庸、永寧分守官多方設伏收保，相機拒堵邀擊；一面傳令巡撫都御史劉回還宣府調度，併傳調總兵官劉大章摘領本鎮并遊擊田世威、竇永兵馬急行捍禦。又據總兵官劉大章差夜不收楊茂走報：「本官領人馬到於順聖川東城七馬房與賊對敵，將賊敵退。」下營間，據參將李賢差人走報，獨石城邊方達賊入邊至滴水崖地方。臣復傳令，即移兵□趨，用防關輔。至初六日巳時，又據田世威差夜不收袁志亨報：「初五日午時，本官領人馬至桃花迤東〔一〕，迎遇劉巡撫差人報說，獨石賊退，令領兵照舊跟襲西虜。」續據參將歐陽安差夜不收翟月走報：「初三日三更時分，本官領兵至馬牙山，參將李賢用槍炮打住。本官領兵前去合營拒戰，打死虜賊數多，俱被拉去。共斬獲達賊首級九顆，生擒一賊。虜賊不能越過内邊，從龍門所邊方出境去訖。劉大章等兵馬復回追敵，西虜由順聖川東城丁寧嶺，經過懷安、萬全左

〔一〕本官領人馬至桃花迤東：「桃」字底本作「挑」，據下文「桃花夜渡，復拒退乎東侵」句改。印按：蓋「桃花」爲一地名或渡口名。

衛，於初八等日從萬全右衛新開口、柴溝等堡邊方出境去訖。」又據標下管領家丁通事把總指揮馬芳、劉漢呈稱：「七月二十五、二十八日，蒙總督軍門督領，在於永安堡與賊大戰，斬獲首級一十三顆前已開報。八月初六日，領兵追賊，到於蔚州安定堡北沙窪，精兵達賊三百餘騎從北衝來，督令官軍撲砍一處，就陣斬獲賊首一十五顆，其賊敗退。追從宣府西路柴溝等堡邊方出境去訖。前後共奪獲達馬一十六匹，夷器、盔甲等物六十三件，理合開報。」及據原任宣府總兵官今軍門立功吴鼎稟稱：「弟姪家丁分發各營，節於永安等堡奮力斬獲首級四顆，奪獲達馬二匹，并夷器等物。」

通據得此，案查前賊出入及節次戰略已經具題外，今該前因，切緣醜虜悖逆天道，大肆凶殘，糾集犬羊，屢寇宣、大邊境，雖嘗督兵拒戰，未大遭挫衄。六月以來，各鎮走回降人每傳言虜酋會話聚兵，要從宣府入搶關南。臣思宣府切近京師，拱衛陵寢，關係至重，是以東來設伏備禦，以便拒剿，免致震驚，少盡臣子犬馬之忠，用紓皇上西顧之慮。賊衆竊知有備，遂乃迂途遠從大同迤西入寇。觀其掃境而來，分道并進，臺營南下，其志叵測，實欲出我不意，直犯紫荆等關，深入爲患。仰賴皇上誠敬格天，上玄默祐。傳報既早，堡有設伏，收存亦預，野無所掠，兵馬四集，將士奮勇，連日蹀血死戰，將賊挫敗，疑畏不敢深進，旋復退歸。前後斬獲首虜三百八十六顆，生擒九名，内靈丘擒獲鐵背人，臣於軍前審明，其餘發該道調審；另行奪獲坐纛旗三杆，招旗一杆，并達馬、夷器等物。斬將未知真名，搴旗累見告驗。賊衆號哭，向營稽顙，裹屍護送，共所見聞。夫臣以八千之兵，獨當數萬之虜。其既入之騎，復退掣大營。至於對敵虜賊，每至虛驚，我軍所向，彼多敗衂，遂斂兵結陣，自保分遁。我軍敵愾，殊異往年。實乃天威震讋，聖武丕昭；左右碩輔運籌於中，本兵大臣指授於外，命使經略，營伍充足，兵科建議，得早改圖所致。如鎮守山西總兵官李淶，御下無科斂之擾，素得士心；聞賊有關輔之侵，即嚴東向。枵腹督戰，蹀血鏖兵。鎮守大同總兵官吴瑛，賊衆侵寇雖由本鎮，追殺襲剿各有成功。巡撫山西右僉都御史趙，竭誠體國，虛己拊循。慷慨論兵，久抱平胡之志；勞苦率下，兼長統御之才。教練既精，措置多備。聞報督兵入援，果挫賊鋒；預戒設伏以防，復多斬馘。巡撫宣府右僉都御史劉，調度適宜，機無舛錯。援禦得策，勞効馳驅。蔚蘿早防，已取勝於西虜；桃花夜渡，復拒退乎東侵。巡撫大同右僉都御史侯，協力運謀，常懷共濟之策；臨機應變，動成克獲之功。火器置備於平時，設伏發用於臨敵。醜虜敗衂，資力爲多。以上諸臣，似應分別甄録。內李淶、趙時春，能遵成命，意重關輔。淶則苦戰乎東，春則拒敵於西，尤當重録。關內總督撫按諸臣，督兵拒堵，虜不能侵。禮科左給事中徐，經略無遺，戰守有賴。巡按直隸監察御史蔡、毛，巡按山西監察御史李，憲法嚴明，三軍思奮。激揚得體，諸將效忠。緣奉有禁例，應否加恩，臣不敢擅議。兵部主事王扇，贊畫動中機宜，艱險罔避；應變克成勝捷，忠藎可占。總理山西糧儲户部主事張守宗，總理宣府糧儲户部郎中范充濁，總理大同糧儲户部署郎中事主事張愉，山西布政司右參政傅學禮，區處周備，饋餉無缺乏之虞；查考精詳，帑藏有節縮之益。山西布政司右布政王崇，整飭朔州兵備副使馬九德，整飭鴈門兵備副使趙大綱，守、巡口北道參議楊順、僉事朱笈，分巡冀北道僉事王重光，山西按察司清軍副使高捷，驛傳僉事李九功，守、巡冀寧道右參政周滿、僉事蔣勳，或協力運謀，固守地方，或修邊飭堡，用全保障。内馬九德軍機多算，邊議常勞。以上諸臣，亦當分别甄録。大同副總兵都指揮張淶，參將都指揮殷尚質、麻禄、郭震、馮恩，遊擊將軍都指揮竇永、張勳、余勛，標下遊擊將軍都指揮朱雲漢，宣府副總兵都指揮焦澤，參將都指揮張堅、陳力、李賢、馮登，遊擊將軍都指揮田世威、張四教、祁勛，山西原任參將郭瀛，遊擊將軍都指揮劉承惠、趙綸，標下管家丁通事把總指揮馬芳、劉漢，前鋒千户郝英，或摧强破鋭，蹀血死戰，或出奇應援，克成偉功。以上諸臣，所當陞録。内朱雲漢、張勳，每前驅破虜，勇冠諸軍，復出奇解圍，謀超衆將；馬芳、劉漢、郝英，遇戰則争奮直前，功每多於諸將，衝敵忘身狥義，虜輒至於驚惶，尤當重録。臣下中軍原任參將都指揮僉事王禄、柴縉，傳令明切，士無返顧之心，督陣勤勞，克成全勝之捷。臣下當該典吏蔣林，取用聽撥；當該吏劉天壽，原任百户霍天錫，傳報軍機，多履危蹈險之勞，調布兵馬，有奔馳書辦之苦，亦宜收録。内柴縉，懲創日久，才堪任用；王禄，先因邊事革職；霍天錫，買功謫戍：俱應准贖。臣下旗牌官張欽、洪堂、羅堂，原任副總兵戚銘，遊擊戴昇，監督兵馬，無悮期之失，催軍督陣，有擒斬之功。北樓口軍人姚堂，陽和城軍人張賢，臣下家丁李西川、范報、蘇來、蘇任、張奎、莊力赤，火藥匠軍人傅輔，標下通事伯顔都，或敗衆衝急，而累次當先殺虜；或射箭放炮，而能致强敵敗亡。雖無斬首之功，臣於陣前親見効力當先，均宜陞賞。承差張榮、陳謹、胡崇德，臨陣催督，共歷艱險，亦宜收録。原任總兵官今軍門立功吴鼎，亦有首功，另當具奏。其餘各鎮委用有功有勞官吏勇士人等，已該本鎮徑自查録具奏，臣不敢復叙。

臣本以書生，待罪總督，將及四載，未効寸長。兹者虜衆掃境侵犯，臣意重内援，乃躬臨戰陣，督率官軍敵拒，不得深入關南。各營復有斬獲，地方亦無大失。不過仰遵廟謨，奉揚德意。犬馬職分，豈敢言勞。除將奪獲達馬犒賞原獲及無馬軍士，夷器查給缺少什物之人；陣亡被傷官軍，行令各鎮量加優卹；首級開送巡按御史紀驗造報。矧今時當秋深，正彼跳梁之際；况復遭挫，未得大逞。復寇之舉，難保必無。除行各鎮嚴督大小將領，整搠兵馬，擐甲以待；及選差乖覺人役，遠爲偵探。遇賊侵寇，相機戰守。臣親臨戰陣，各該將領尚有觀望襲常者，容臣與地方失事官員另行查參外，如蒙伏望皇上軫念官軍鋒鏑微勞，乞敕兵部查照諸臣勞勩，分別上請；將斬首、陣亡等項有功人員，早賜行查，具奏陞賞，以勵人心，以圖後效。臣無任懇切仰望之至。

乞恩俯順人情保留將領照舊供職共圖殺賊補報疏

據標下遊兵營官軍王繼等，家丁、通事王孟夏等各擁門告稱：「遊擊朱雲漢、把總馬芳，與士卒同甘苦，又無剥削，兵將相和，上下一心，且各官能奮忠出力，身先戰陣。近日大虜侵寇，各官督領兵馬在於廣昌劉家嘴等處，節日與賊鏖戰，矢石交加，生死不避；賊衝愈急，督戰益甚。故斬獲比諸將獨多。內朱雲漢每戰前驅，復能出奇解圍。茲聞推陞參將、守備，誠恐□□未臨，兵將不識，人心解體，告乞保留，共圖殺賊。」得□，近覩邸報，該兵部推標下遊擊將軍朱雲漢分守大同中路地方，管家丁通事把總指揮馬芳守備鎮川堡。切以因才授任，乃擇將之道，因時用人，實俯順之方。訪得遊擊將軍朱雲漢，莅任甫及數月，教練法出百端；掊尅無聞，撫摩立見。把總指揮馬芳，馭下能同甘苦，衆樂爲用；捐貲厚養人士，戰多獲功。茲者一聞推轉，衆即擁門懇告。夫求將固難，而得人心尤難者也。況二臣在臣標下，東西有警，首先督發，捍禦截殺，素倚成功。今皆推陞轉任，固荐有向進之階，足慰將士之心。但以一時所見，似未有謀勇大過者可繼其任。况虜正猖狂，兵將卒未相識，又非所以俯順人情而圖後效。且馬芳，夷虜知名；所領家丁通事，皆召集四方勇士及投降夷人，久相信向，情同手足。此臣時加犒賞，日所親見，故能樂其撫馭，共倚成功。若使領者未易得人，將恐涣散，不無誤事。可惜！如蒙伏望皇上軫念邊方多警，各該將領才堪提掇而行能服衆者鮮少，乞敕兵部再加詳議，容令各官照舊供職；倘憫念馬芳節有勞効，量加將領職銜，以後與朱雲漢□有獲功，惟陞職級，厚其賞賚，使人心服從，而臣亦得以驅策倚用；其大同中路參將、鎮川堡守備員缺，另推相應官員代補。如此，庶任用各得其人而緩急有濟，人心和悦而上下思奮圖報矣。

乞恩辭免陞廕疏

嘉靖三十二年十月十五日准兵部咨爲捷音事該本部議擬覆題節奉聖旨：「蘇祐陞兵部尚書兼右都御史，照舊總督，還廕一子與做錦衣衛千户；同何棟各賞銀五十兩、紵絲四表裏。欽此。」備咨到臣。

伏以聖德含弘，固曲鑒夫微遠；臣心感激，奚仰答於高深。緣念臣本以庸愚，歷官部院，叨承綸命，總督兵戎。防邊雖積有歲年，竭力實臣之職分。兹者酋虜逆天，竊圖侵犯；官兵用命，幸奏膚功。實皇上誠敬上孚，玄穹下鑒。聖武遠布，故敵愾益增；神祉默成，斯渠魁授首。於臣之分，更有何勞？乃猥蒙渥恩，載加大賚。白金彩幣，已極豐腆；陞職廕子，復過駢蕃。況尚書聯八座之崇，而世禄極千户之貴。臣捫心自揣，稽首良驚。伏望聖慈俯鑒愚悃，收回成命，容臣照舊供職，庶臣安知足之分，得少效於涓埃；勉益勵之心，期永圖於補報。臣不勝屏營懇切感仰之至！

恭謝天恩疏

准吏部咨該臣奏爲乞恩辭免陞廕事，奉聖旨：「卿剿逐虜寇，克著勞績。加恩已有成命，了不允辭。該部知道。欽此。」備咨前來。隨該臣原差百户石寶齎捧欽賞銀五十兩、紵絲四表裏到臣。即祗領，望闕叩頭謝恩外，謹稽首頓首上言稱謝者。

伏以名器之頒，庸著勸揚之典；物采之備，式□喜悅之懷。詎意凡庸，猥蒙恩賚。仰惟皇上，明同日月，神化孚於上玄；道合乾坤，含納敷於下土。臣之謭劣，時幸遭逢。四載防秋，叨寄總督之任；三鎮捷奏，少輸勉效之忱。計虜寇之逞凶，實欲入關肆侮；相神明之助順，幾見對壘虚驚。乃遂遏其憑陵，爰復多成斬獲。是皆天錫威算而敵愾倍增，允賴神握玄機而虜魄自奪。顧臣之分，曾未補於絲毫；貪天之功，將何安於肝膈？是用陳懇，復荷温綸。加臣以尚書之銜，録子以世禄之廕。白金重賜，推食豈止於投醪；采幣載頒，解衣奚啻於挾纊。辭不獲允，報將何能？惟矢心效一面之勤，期以身壯長城之倚。俾呼韓稽顙，而函夏傾心。耿命丕釐，化洽舞干之盛；神武廣運，歷超定鼎之隆。臣無任瞻天仰聖、激切感戴之至。

陳時弊度虜情慮貽將來大患懇乞聖明申敕臣工務懷永圖責實效以保萬世治安疏

准巡撫宣府右僉都御史劉咨云云；又准巡撫大同右僉都御史侯咨云云。看得宣大二鎮地方，逼近沙漠，土瘠人貧，百無所産，較諸腹裏，財力大不相同。故二鎮一切公費，在宣府，止有公務餘地、新增驛傳、租糧；在大同，止有牛具、尖丁户口鹽糧、商税、煤課各銀兩。使每歲盡數徵完，尚不足供一歲之用，况災傷蠲免、虜患逃亡，常不及十分之六。以致宗室冠服、房墳、祭價併各公費等項積欠數多。雖各該巡撫極力措處，供億浩繁，已難支持。今該部復將宣府公務餘地等銀改爲官吏、孤老、驛站歲用之數，大同商税、鹽糧課程、尖丁銀兩改爲代府官校并衛所官吏、武舉等項俸糧，及驛站馬騾料豆、牛具銀括入屯田項下，改解銀億庫軍儲支用。裒多將以益寡，顧此不免失彼。且宣大軍站難比州縣民驛：民驛自有審編馬騾、夫役、協濟等項公用；軍站不過撥軍走遞，合用廪糧、馬騾料豆，比照土木、榆林等軍站，積於軍儲倉支給。宗室冠服、房墳、祭價，先年原係禮、工二部關領，後因内帑詘乏，行大同府并山西行都司於鹽課等銀内支用。牛具銀，先該兵部議覆題奉欽依專備買馬，嘉靖二十四年該吏科給事中李文進等條奏「節浮費以經財用」，亦知牛具銀係該鎮買馬必用之費，款内原未開載。及查宣府有買馬團種銀二萬兩。大同比宣府用馬尤多，止有前數，不敷應用；公務餘地等項糧銀，係各鎮巡撫賞功、給降、恤亡、犒賞與夫諸凡供億，胥此取給。尖丁銀，係各衛所均徭出辦，自有各項支銷。若盡行搜括，纖毫不遺，在衛所官吏、驛站，既以遵照户部裁革，不敢關領軍儲及支前項銀兩，又以供億各有定項，一歲之所入，尚不敷一歲之所出，輒行告匱，卒使官吏困憊，馬騾倒損，驛站廢墜，機務停閣，其弊將有不可勝言者矣。况巡撫大臣撫治一鎮，使賞勞不行，其誰用命？優恤不給，其何示勸？馬匹不補，其孰敵愾？宗室房墳冠祭例不可少，驛站供應走遞勢不可無。供費既乏，展布殊難。不惟坐誤事機，亦恐有傷國體。如蒙伏望皇上軫念宣大重鎮，百凡供億俱在緊急，乞敕户、禮、兵、工四部從長計議，將各鎮所請前項地租、牛具、商税、鹽糧、課程等項銀兩，俱照舊存留該鎮公用并買補馬匹騎操；其官吏、旗校、孤老俸糧，驛遞馬騾料草，俱仍查照舊例於軍儲倉銀億庫關支。如户部必欲更革，乞敕禮、兵、工三部另議請發銀兩，以給各鎮買補操馬并驛遞馬騾廩糧草料及各宗室冠服、房墳、祭價等項應用，庶公務不致偏廢，而邊臣亦得少盡職矣。

比例乞恩改給誥命疏

臣嘉靖三十二年二月内以兵部侍郎兼都察院右僉都御史總督宣大、山西等處地方軍務六年考滿，移咨吏部，查照侍郎總督各邊事例，題奉聖旨：「蘇祐陞都察院右都御史，仍兼兵部左侍郎，照舊在彼管事。欽此。」又該吏部題爲請給誥命事，奉聖旨：「是。欽此。」欽遵恭候撰寫間，續准兵部咨爲捷音事，荷蒙聖旨陞臣兵部尚書兼右都御史照舊總督。臣不勝感戴。思得右都御史與尚書俱係正二品，及查得南京都察院右都御史胡訓三年考滿赴部請給誥命，奉聖旨：「是。欽此。」欽遵撰寫間，又蒙陞任南京工部尚書。本官比照總督三邊軍務兵部尚書兼都察院左都御史劉天和、刑部尚書周期雍、太子少保刑部尚書唐龍等事例，各以見任職銜荷蒙聖慈改給誥命。陛下以至孝治天下，故諸臣得霑曠蕩之恩，各得以顯揚其親也。臣與胡訓、劉天和等事體相同。臣烏鳥之情實不能已。如蒙伏望皇上一視同仁，乞敕吏部查照諸臣事例，以臣今職改給，庶臣祖臣父光賁於九泉，而臣報親之心亦少盡矣。舉家存殁不勝感戴天恩之至！

敷陳末議懇乞聖明修舉實政以永保治安疏

准巡撫宣府右僉都御史劉咨：「據山西布、按二司守、巡口北道右參議王重光、僉事朱笈會呈：節蒙前任巡撫都御史劉案驗准兵部咨前事備行各道照依該部議題節奉欽依內事理，會同東、北二路參將選差的當夜不收、通事，將李家莊等處達子用心招撫，果有歸順實意，就將撫處一應事宜，及應用錢糧作何處備，會議停當，作速具呈，以憑奏請，備蒙行准先任分守東路右參將李欽手本回稱，會同委官原任參將范瑾親詣永寧邊外山墩，責令通事吴宇、長哨夜不收甯四兒等，招誘虜酋燒餅頭兒、哼囉頭兒、孫頭兒、郭通事等，帶同衆達子一百餘騎俱至墻下答話，諭以朝廷恩威，賞罰順逆，詳審犒賞，前虜頗有歸順之意。隨處酒食、布疋等物量行犒賞。職等議照永寧山外零賊，原係朶顔餘派潛住於此，招撫降服，未必非真。犬羊之性，變態莫測，他日照管不周，難保無虞。又准先任分守北路左參將李賢回稱，公同東路參將李欽、原任參將范瑾赴滴水崖邊外，招到虜酋賽吉賴弟克例户，阿兒骨旦弟韓端公、男那那户、啞叭户等五十餘騎到邊。職等宣諭朝廷恩威、順逆利害，叮嚀招撫。及審問永寧邊外之賊，彼稱：『他是車兒營達子，我們與他不和。如若招撫，在永寧邊上招撫。』本職量賞酒肉、段疋訖。職同范瑾至龍門所，差夜不收黄隆、通事劉永徑去虜營，調到酋首阿兒骨旦并弟韓端公、那那户、啞叭户、猛可布克、收卜賴父子七人，賽吉賴同弟克列户、男脱探三人，帶領部落達子老子約百餘騎，前來塘子衝墻下。照前宣諭：『你們如果順從，盟誓鑽刀，我大太師奏請討賞，以後一年二次賞賜，不許再犯邊境。』各賊番説：『我們既已歸順，就是一家，同你通事、夜不收哨探大虜向往消息，如有侵犯你的地方動静，我們即報你們知道。』各賊鑽刀盟誓。當備牛羊、酒食、細布，擇其等第撫賞，各行到道。中間事體尚有未盡，案行通判高淳、知州薛緯、守備田世威、張世業會同計處。續據各官呈稱，親詣龍門所、永寧城會議，每年二次宴賞夷人，一次以六月十五日爲期，二次以十月二十日爲准。蓋我之於虜，其防在秋，欲彼爲我用命，亦莫及於秋。六月者，有事之始，賞之以中其慾而悦其心；十月者，解嚴之際，賞之以酬其勞而起其後。庶事體及時，而恩亦當矣。如定其地龍門所，撫待擇於塘子衝；永寧，撫待擇於蔡官人嶺。二處地勢平漫，可便關防；兩山高聳，可便瞭望。凡撫勞之期，先傳各邊嚴加防瞭，以杜窺竊。撫賞之處既定，宣諭與各大頭目禁約各部下。每年二次大賞，及有功勞者，賞不拘時。此外再不許零賊竊偷，到邊騷擾墩軍，求討米布等物；如違，奏請罷賞，舉兵問罪；如大頭目果能禁約夥内一年不來擾害者，臨賞之時，另加花綵大段一疋，以酬鈐束之義。其永寧邊外達賊，審據夜不收甯四兒、葉名、通事董福等説稱，前賊雖不屬花當都督管束，亦聽他調用，其頭目郭通事、孫頭兒、燒餅頭目、哼囉頭目、白通事、馬通事、王通事七名，大約精兵有一百八九十名，老幼婦女有二百餘名口，住牧地名紅石灣、許家衝等處，其紅花頭目、劉通事、土車押子頭目、擺腰頭目、阿藍頭兒、滿川頭目、大同頭目，俱係李家莊後夥賊，間來永寧求討，可行令北路參將，令郭景等，將穩克與紅花通事喚來宣諭：『李家莊與永寧俱係朝廷地方，今爾既歸順受賞，爾可傳示夥内，再不許過永寧求討酒肉。若是不聽，我便剿殺，爾不許回護；若是聽說，照常賞賚。』如此，庶杜零擾而事體歸一。其用撫賞之物：李家莊大酋長阿兒骨旦、賽吉賴、穩克，每名色段一疋、潞紬一疋、布四疋；大頭目克列户等一十二名，每名色段一疋、布二疋；小頭目阿不害等四十名，每名潞紬一疋、布二疋；精兵六百七十餘名，每名布二疋；老幼婦女八百餘名口〔一〕，每名布一疋。虜住分三哨，每哨牛四隻、羊十隻、燒酒一甕、粟米一石。以上共用銀三百九十三兩二錢二分，二次共該銀七百八十六兩四錢四分。其東路永寧夷人郭通事等七名，每名色段一疋、布四疋；精兵一百八十餘名，每名布二疋；老幼婦女約二百名口，每名口布一

〔一〕老幼婦女八百餘名口：「幼」字底本作「婦」，「老婦婦女」語義難通，依上文「老幼婦女有二百餘名口」之例，改上一「婦」字爲「幼」。

疋；共牛四隻、羊十隻、粟米二石、燒酒二鑊，以上共用銀一百五兩一錢六分，二次該銀二百一十兩三錢二分。二邊通共用銀九百九十六兩七錢六分，相應奏請給發官銀買辦，其餘不及之數，可於該路參、守衛所等官，將自理詞訟紙贖銀兩，責令以城堡大小定□等第湊補，處備紬布、粟米多寡，以備額外求索之費。前項銀兩并用過貨物，仍置循環倒换，以備查考。仍嚴行參、守等官，不得指此冒彼〔一〕，尅扣科歛，違者依律參治。至於防禦之計，要以先得虜情爲急。如前虜果能爲我哨探，覘有的確消息，使我有備，俾賊無所入，縱入，無所掠，果謂有功，則宜厚賞，賞以段一疋、布四疋、羊一隻、酒一瓶，使之有所觀望，互相歆慕警訝，將謂哨探的實者，其酬待如此，若能斬殺首級者，其賞必厚。是乃賞一動百之術。若賞輕，必不能動其貪、滿其欲，豈肯爲我所用哉？如哨探不得，亦可量賞布半疋、酒一瓶、肉一塊，以安其意。仍諭彼通知，每哨不過二三人，如出此數，俱不准賞，庶虜情可得而賞不虛費矣。若夫犬羊之性，變詐不常，以質爲信，事非不可；但前項虜人所以依聽於我者，不過貪我之利與畏大虜之迫脅耳。我之所以撫彼者，亦因彼之所欲所畏而羈縻

〔一〕不得指此冒彼："彼"字底本作"破"，顯誤，徑改。印按："指此冒彼"意爲借此爲由，冒作他名，以徇私弊。"冒破"無講。

之耳。如果傾心拱順，不質而自固，否則雖質而無益，反生戎心。况沿邊求索，與先事傳報，其在往時，彼與墩軍亦嘗相通。所謂因其勢而導之，其機在我；彼後少有依違，即與謝絶。彼犬羊嗜利，固肯捨其所欲而從其所不欲耶？一或大虜犯順，彼能爲我用命，併力堵截，立有功績，是以夷攻夷，中國之福，則當破格重賞。如大花五彩花段，及動夷眼目段紬、金頂大帽、牛羊酒米之類，臨時計度，量功賞勞。約所費銀，僅足五十兩。使虜傍覩垂涎，自相吞併。如前夷勝，則讐在大虜而利在中國；大虜勝，則害除肘腋而中國亦利，亦古人以夷攻夷之術也。又審據夜不收黄隆等説稱，龍門所賽吉賴等，但聞大舉消息，要將老小頭畜入墻潛住。據此，緣前夷歸向未久，心向携二，若不從長議處，恐爲大虜挾收，反被虜用，貽患中國。議欲於原撫塘子衝一帶險峻之處，就崖剷削，挑挖營盤，有警使之潛避，以施固結之恩，爲我藩籬。未敢輕議。及照李家莊賊情，恭順之意頗有，七八未寧零賊，原無頭領，涣散難制，但係李家莊餘黨。乞行令北路參將宣令穩克及阿兒骨旦、賽吉賴，將郭通事等調赴李家莊收服歸一，似爲便益；不然，省諭推一頭領鈐束其衆；又不然，明白示以既不聽撫，調兵剿殺之意。此皆事關邊方大計，在守土者所撫如何耳。其日久變異，難保善終，非職等所能預料等因，備呈到道。議得中國之待夷狄也，順則撫之，逆則剿之。撫之者，所以擴包荒之仁；剿之者，所以示殺伐之義；撫剿并行，恩威相濟，斯不失制禦之常道，可以保境而安民也。李家莊之賊，本朵顔餘孽，盤據山後，依憑險阻，黨類漸繁，沿邊爲患，蓋有年矣。舊時將領曾搗其巢，因而搆怨，每乘機以肆其毒。然吾亦幸其善竊大虜之馬，自保巢穴，不敢深入爲害，間常招之，緣無機會，卒亦中止。去年，彼以妻子、牛羊投虜〔一〕，被其凌虐，由是志氣消沮。又懼我乘其敝，乃心悔禍，陰欲順附。先該科道建議兵部題奉欽依，我始宣諭朝廷恩威，示以順逆禍福，故彼忻然聽從，要盟希賞。此夷情向背之機，疆圉安危之所係也。其永寧山後一帶逼近陵寢、京師，而道路山川，彼固稔知者，失今不爲撫處，萬一迫降於虜，爲彼所用，則將來隱憂，深可寒心。審時度勢，杜漸防微，其在今日，蓋有不可不撫，而亦有不得不撫者矣。各官之議，似爲有見。除永寧零賊原無頭領，涣散反側，待候設法撫順，另行議報；其李家莊之虜，效順頗真，而參將李賢，區畫已定。合無將各官所議再加裁審，如果無礙，行令該路參將，一面責令原宣諭官夜傳布准從歸附、先行犒賞之意，一面仍差老成伶俐官夜通事申明朝廷恩威，審果真心歸順，即與鑽刀説誓，擇其頭領約束部落，爲我哨探，作我藩籬。待後防秋有功，奏行兵部，照依各官所估銀兩給發前來，分給各該參將委官收貯，買辦各物，聽候如前撫賞應

〔一〕彼以妻子牛羊投虜：「彼」字底本作「被」，顯誤，徑改。印按：「彼」承上文指「李家莊之賊」。

用；其餘不及之數，仍行本路所屬城堡守備、操守、掌印等官，將自理詞訟紙贖銀兩，次第湊買紬布米糧資補；仍嚴行參守等官，不得指此尅扣科斂。及行各官，務要嚴加防範，禁絕交通，勿以撫賞爲安，恒以戰守爲慮。再照機會固不可輕失，而事變亦不可以不預防。大抵今日所撫之夷，不過因彼逼迫於虜，我是以招來而牢籠之，蓋内以施字小之仁，弘中國之體，外以伐大虜之謀，省目前之慮。此臺諫建白之初心，廟堂設策之定擬也。若真謂歸誠，倚爲屏翰，抑恐犬羊之性叛服無常，或生聚日繁而漸肆桀驁，或乞求不遂而輒挑釁端，甚至鼠竊狗偷而駕言別部，陽順陰逆而包藏禍心。此則將來之事，莫知所終，利害幾微，固非各道所能逆睹。已經備由通呈。續准參將李賢手本，蒙前巡撫都御史劉鈞帖：『准總督軍門咨備行本職，即將發去銀三百九十三兩三錢二分，選委廉幹官員收買段布等物停當，責令原宣諭官夜傳布虜人准從歸附先行犒賞之意。仍差乖覺人員再加譯審，如果誠心歸順是實，查照原議數目撫賞。』蒙此，本職預差原撫官郭昇、夜不收黄隆等，徑往虜營細查男婦夷名。案查原報虜人名數大約一千五百餘名口，今查實在虜人一千八百九十五名口在官。將發到銀兩照數收領，分發所屬獨石、馬營等城堡守備、防守官張塘等，各將合用段疋、紬布、牛羊、酒、米，照依原降數目買完，帶領龍門、雲州守備張世業、翟翰，於七月初六、初七日到邊撫賞阿兒骨旦、賽吉賴等部落訖。本月三十日，大虜從獨石進境南下，本職責差通事劉永前去傳調虜首阿兒骨旦等，帶領頭目哱囉、紅花、白通事等五十餘人前來龍門所，隨同兵馬夾擊，斬獲首級。陣亡石頭頭目、孫旗牌等二名，被傷白通事、朵朵力等二名，已蒙軍門先行優恤後，該兵部題奉欽依，又蒙議賞訖。九月初二等日，北虜萬餘馳奔馬營邊外南行。復調前夷賽吉賴等五百餘人至邊聽候。五日，因傳大虜圍彼，方各散回。再照前虜先經招撫，向未竊寇，二次調遣，俱集隨用。觀其所行，頗歸向化。又准分守東路參將李欽手本行據永寧、四海冶、靖胡三城堡守備等官朱瀚等各稱，督同提調把總長哨官旗谷堂等，選領諳曉夷情通事吴宇、軍夜甯四兒等，親詣外山墩等處招撫虜酋郭通事等到邊，備將節蒙鈞帖撫賞事宜傳諭各虜，每年比照李家莊事例二次撫賞。其虜俱各順從。隨將郭通事、燒餅頭目等七名，每名段一疋、布四疋；餘賊一百八十餘名，每名布二疋；老小、婦女二百餘名口，每人布一疋；其喫食之物牛四隻、羊十隻、粟米二石、燒酒二簍給賞。仍諭郭通事等，以後不許時常赴邊求討，擾害墩軍，亦不許前往李家莊虜營索討酒食，自起釁端。其賊各情願歸順，似難拒絶。及准二路參將手本，查得李家莊、永寧夷人，原議每年二次撫賞共用銀九百九十六兩七錢六分。今開報李家莊實在夷人比前又多三百七十餘名，各賞布疋牛羊酒米用銀二百一十兩，通前共該銀一千二百六兩七錢六分。總計人數銀物大約如此，但恐以後夷類消長不同，難拘前議。除隨時增損，另行議報，會議得夷狄叛服之情無常，而中國撫處之術靡定。故不當撫而撫之者，是謂務虚名而忘遠恤；當撫而不之撫者，是謂懷顧忌而昧機宜。幾微得失之間，利害安危之大較也。謹按李家莊之夷，本朵顔餘裔，向屬羈縻，後因處置失宜，遂成携二，頻年擾邊爲患。議者久欲撫之，未能也。頃緣臺諫建白，兵部題奉欽依，邊臣仰承廟算，宣布恩威，適值本夷結怨北虜，窮蹙内嚮。一歲之内，該路宴然。去秋八月内，小王子擁衆窺關。一聞傳調，哱囉等争先拒敵，横罹凶鋒，大助軍聲，北虜奪氣而去。近於今年正月内，黄台吉諸部復聚兵於明沙灘，聲言入寇。當該韓頭目、紅花傳報向往；及羊羔兒等隨同軍夜黄隆等遠爲偵諜，悉知動静；且各夷憑高呼譟，警散賊營，即其屢效忠勤，足徵誠款。雖經具題賞賚，但止於調到哱囉等數十人；歆動全部垂涎，均希大賚。此亦可乘之會也。因而撫之，其理甚順，其勢甚易。若不早爲計處，萬一群醜觖望，持疑兩端，脱爲大虜所併，資其鄉導，則東、北二路將失藩籬。况密邇陵寢，關係重大。受患愈近，爲禍愈速，異日當謂邊臣計之不早也。所可慮者，犬羊嗜利之性或者難保其有終，而相繼任事之人未必常得其心服；卒有事變反覆，議者不諒終始時勢、利害多寡，便相歸咎謀始者之不臧矣。理合備由具呈，乞將合用犒賞銀兩早爲請發二三千兩前來，收貯都司官庫，陸續預辦段布牛酒等物；定於每年六月十五日、十月二十日爲止，先期傳示阿兒骨旦、郭通事等諸夷頭目，督束各該人口：李家莊者俱赴塘子衝，永寧邊外者俱赴蔡官人嶺，挨次聽名給賞，令其感戴朝廷曠蕩之恩，誓圖報效。果能探報得實、戰陣有功如哱囉等，即與奏請，重加賞賜；如或驕悖怙恃，即嚴行拒絶，申明大義征討，以彰中國神武之威等因到職。接管卷查先准兵部咨該紀功禮科等衙門給事中等官袁洪愈等題款開一撫夷，該本部議覆：『獨石邊外李家莊之賊，據險自守，雖嘗鼠竊狗盜，實亦爲我扼塞。合行巡撫都御史劉，選差老成通事、夜不收人等，直入虜營，與酋首答話，諭以朝廷恩威，示以順逆利害。如肯效順向化，照依朵顔三衛事例，官以都督、指揮等官，使之鈐束部落，遞年撫賞二次；平時領我通事人役深入哨探，有警併力防守，有功照例陞賞。』題奉欽依備咨前來。續准總督軍務兵部尚書蘇咨爲懇乞宸斷勑勵中外臣工圖實效以宏濟安攘大計事，准兵部咨該兵科都給事中孟廷相等題該本部覆議，及行都御史劉選差能幹官員，帶領通事人役，前去李家莊賊營，厚加賞賚，與之答話，密諭以北虜狼虎之心，天朝恩典之重。或官其頭目二三人，令其與同獨石長哨人役相兼出哨，遇有北虜入犯消息，星馳傳報；或能據險設伏，挫虜鋭氣及斬首有功，俱照我官軍事例給賞。題奉欽依備行前來，俱經節行該道公同東、北二路參將等官查審計處。續據各道議呈前來。又經通行都司措處銀兩，隨宜撫賞，及行該道覆議去後。今據前因，會同鎮守總兵官署都督同知劉大章議得，李家莊并永寧等處住牧夷人，盤據龍門所一帶邊外，耕種自給，乘隙竊發，蓋亦有年。往時窺犯陵寢，邊臣亦嘗統兵擣其巢穴，彼此懷疑，邊地騷動。節行招撫，未見輸誠。近以言官建議，該部題奉欽依，行職等委官撫處。伏蒙我皇上誠格上玄，恩加朔漠，各夷即鑽刀盟誓，出哨聽調，效順頗真誠，今時難得者。但犬羊之性不常，嗜利之心難化。將來雖不可必，而目前已有明徵。今據守巡各道議呈到職，中間反覆區處，事頗詳悉，似應依擬。如蒙聖慈軫念邊民窮苦，藩籬近地恩威撫剿，俯順機宜，乞勑兵部再加集議：如果情法俱安，事體不謬，准照諸臣前議，亟於該部量給銀二三千兩，早爲差官解邊，預備合用段紬布疋并肉食等物，候春秋二次依時撫賞；宣布朝廷恩威，俾悉心哨探，從實傳報；遇有大舉侵犯，併力堵截；有功，照例奏請破格賞賚。年終，將撫賞過銀、物數目造册奏繳。如有餘剩，作正支銷；不敷之數，另行請給。其各道原議，要於各該參守等官自理詞訟紙贖銀兩，分別等第湊補，以備額外之求，意非不善。但饑荒殘害，邊人苦不忍言。萬一各官不能體念休養，指此爲由加派科罰，反滋弊端，似難輕議。再照春生秋殺，天道之常；賞功罰罪，王政之大。古昔帝王所謂蕩蕩平平者，無外是也。前項夷人果能歲時效順，即依期犒賞，以酬其勞苦；變詐靡常，要索無厭，不遂所欲，違命犯順，即大彰天威，擣巢殺伐，明正其罪。縱使今日行賞，明日犯順，不泥其舊功而廢正罪之法，不因其新變而悔既施之恩。仍通行參守等官，無以歸順爲安，無以撫賞爲據；無恃其不來，恃吾有以待之。嚴督哨守人役，比常加謹防備，悉心防守，以爲久安長治之圖。庶恩威并用而國體愈尊，撫剿適宜而邊境永賴矣。合咨裁酌施行。」等因，備咨到臣。

案查先節准兵部咨前事，已經備行前巡撫都御史劉查處去後。今准前因，切惟李家莊夷人梗化葢有年矣。兹蒙聖恩俯從建議招撫，即翻然效順，後來情狀，固未能逆睹。目前之事，頗見其傾心。既該鎮巡等官，督同各道并參守等官，將朝廷恩威賞罰、逆順禍福，叮嚀宣諭，又將撫賞等第一一計處，似頗詳悉，相應上請。如蒙勅兵部再加詳議，如事果有益，别無窒礙，將應用犒賞銀兩，請給巡撫衙門，收買段紬布疋等物，聽候撫賞。謹題請旨。

懇乞天恩俯順人情容令謀勇官員以充將領統兵殺賊共圖補報疏

據標下家丁通事王孟夏等懇告：「暫管家丁通事守備鎮川堡指揮馬芳，與士卒同甘苦，又無剥削，上下相和，兵將一心。況本營新設，號召四方勇士及投降夷人，本官復能捐己俸資厚加撫養，咸得其死力。故每遇强敵，彼皆奮身居前，所至無不克獲。去秋大虜侵寇，本官督領役等，在於廣昌劉家嘴等處節日與賊鏖戰，矢石交加，生死不避，賊衝愈急，攻戰益甚，斬獲比諸將獨多；賊之挫敗不敢深進，亦由本官力戰所致。後蒙推陞鎮川堡守備去訖。役等爲因缺官統率，告行大同鎮巡衙門，會委都指揮林叢蘭暫行代守，取令馬芳回還，管領役等。近該巡撫大同侯都御史奏薦本官『勇而能謀，家丁用命；威以濟惠，夷落歸心；爲今虜人所畏，有古驍將之風，宜任軍門遊擊』。誠恐據此推陞他處，一時懇留：不能別委官員管領，兵將不識，心不相協，必致誤事；告乞常留本官管領，共圖殺賊補報。」

得此案查先准兵部咨推本官鎮川堡守備，題奉欽依備咨前來，已經通行欽遵訖。後因大同、山西報有警急，標下遊兵與家丁通事俱缺官統領，又值各丁懇告，是以暫調馬芳仍前管領家丁通事并署遊擊事務。臣又思前項家丁通事數止五百餘名，常令獨當强鋒，非惟勢孤力弱，不能展布，抑恐卒遇大敵，難以成功。臣愚欲將見有家丁通事五百餘名，再爲招選勇士五百，共湊一千爲前鋒，與標下遊兵三千餘名併合一營，量加馬芳遊擊職銜，總令統領。既省一官，復成營陣。方擬上請，該兵部推陞殺胡堡守備指揮胡吉代補標下遊擊，奉有成命。且胡吉久任邊方，素著勇略，節年防禦，頗見其能。故臣中止，不敢塵瀆。今復據各該家丁通事懇告，咸欲願得本官管領殺賊。切以量才授任，乃擇將之道，因時用人，實俯順之方。訪得守備指揮馬芳，馭下能同甘苦，衆樂爲用；

捐資厚養勇士[一]，戰多獲功。兹見巡撫薦揚，恐别轉他處，故再懇告。夫擇將固難，而得人心尤難者也。况馬芳在臣標下，東西有警，首先督發；捍禦連年，偵探虜情，頗得真實；截殺出哨，多獲偉功，且夷虜知名。所領家丁通事，久相信向，情同手足，懇告乞戀，臣所親見。後委暫代遊擊事務時亦不久，本營軍士亦欲得其統屬。推原其故，葢本官廉以律己，無科擾之私；正以率下，無苛刻之政。兼而法令嚴明，賞罰信必，故人心無怨，僉樂其用。矧今之將領，勇者或失於貪，謀者或短於守。至如馬芳，謀勇勤慎，實寡其儔，撫按交相奬薦，似應超擢，以勵其餘。如蒙伏望皇上軫念邊方多警，乞敕兵部再加詳議，合無俯順下情，將馬芳量加遊擊職銜，令代胡吉管事；將標下見有家丁通事五百，再招五百，共湊一千爲前鋒，與標下遊兵官軍三千餘員名爲家當，并合一營，總令本官統率，聽候各鎮有警督發，往來防禦勦殺；有功，止照例加陞職級，勿令轉官。其胡吉，查有相應地方員缺，另行推用。馬芳遺下鎮川堡守備員缺，亦乞别推相應官員代補。如此，庶任用得人而緩急有濟，人心悦服而上下思奮圖報，臣亦得以倚用矣。

[一] 捐資厚養勇士：「捐」字底本作「損」。印按：此句所言，乃作者轉述并概括上文王孟夏等告文中「捐己俸資，厚加撫養」二句内容，據以改「損」爲「捐」。

附録

爲辯明節討兵糧部臣掯吝不發乞賜查明以保全孤忠生命事〔一〕

爲辯明節討兵糧，部臣掯吝不發，乞賜查明，以保全孤忠生命事。臣本一芥書生，誤蒙皇上付托總督重任，除歷任邊方巡撫外，總督宣大又近五年。功微罪重，每荷皇上天高地厚之恩。常欲粉骨碎身，仰報萬一。犬馬孤忠，言之流涕！近蒙特恩，憫臣衰老，放歸田里。臣身雖退休，念當恭叩玄恩，祝延聖壽，庶足以少伸臣子感激之情。五月二十七日，與總督侍郎許論交代，具本奏謝恩回籍外。後因六月初五日，大同總兵官岳懋陣亡，本兵慮防秋艱危，遂歸罪於臣，以圖將來藉口。是故論及士馬饑疲，錢糧缺乏，謂臣等在鎮坐視不言。伏蒙皇上聖恩，緩臣誅罰，奉旨挐問。臣流離道路，仰辱恩命，罪死何辭？但兵部以一時憤激之言，而不察臣在鎮屢疏之懇。臣雖不敢愛死，亦不敢隱忍以負聖明之世也。

〔一〕原文無標題，取正文第一句爲標題。

兵部論臣「兵馬錢糧，全無一言相及」。臣自嘉靖二十九年閏六月到任至嘉靖三十一年，屢討兵馬錢糧不開外，臣查三十二年，爲邊儲事題請乞勑户部將宣鎮客兵糧料草銀二十七萬八百餘兩、京通倉挖運料豆一十萬石前來接濟；爲邊儲事題請乞勑户、兵二部議發防秋用過并會計標下官軍團聚聽征應用錢糧；爲地方十分饑荒、軍糧缺乏懇乞天恩早賜挖運糧餉以救窮邊以全重鎮事題請乞勑户部速發京通倉糧米二十萬石以濟主客官兵；爲官軍急缺馬匹懇乞天恩速賜給發以備征調事題請乞勑兵部每鎮量給本色馬五六千疋、銀各四五萬兩；爲再乞天恩議覆地方公用錢糧以便供應以免疏誤事題請將地租、牛具、商税、鹽糧課程等項銀兩存留該鎮買補馬匹；爲邊儲事題請乞勑户、兵二部議給三十三年防秋并經過入衛兵馬錢糧與額外討發銀兩、料豆。嘉靖三十三年，爲陳時弊度虜情慮貽將來大患，懇乞聖明申勑臣工，務懷永圖，責實效以保萬世治安事，題請乞勑户、兵二部計議各鎮事宜，并討未發銀兩；爲計臣議處邊鎮錢糧與差官勘報互異未明。懇乞聖慈俯念孤懸重地，再賜亟行查處，務昭實惠，以安人心事題請、多扣并未發銀兩；爲走回人口傳報夷情，乞請預計兵糧，以便防剿事略節；爲各鎮官兵節年屢經戰陣防邊，列戍脩工飭堡疲困已極，又值連歲荒歉五穀不登軍民缺食，死亡相繼，甚有全家相望自縊、投崖、跳井、仰藥，已該撫按議請賑卹，未蒙議覆，庫無儲蓄，錢糧缺乏，官軍月糧拖欠三四箇月，冬衣布花尚未全給。馬匹缺草餧飼，日漸餓損倒死。官軍擺邊列戍，雖有田地，不暇耕耘，縱有草塲，豈能採積。冬時缺草，多至撥摟蒿荻，掘挖草根，或因地凍天寒，採挖既難，無錢買辦，往往例死。計一馬之失，官私價值動則三四十兩。軍疲馬困，日甚一日，若不預爲上請，將來誤事，罪實難辭。伏望皇上軫念猾虜驕貪，地方凶荒，兵馬疲憊，錢糧缺乏，軍民窘迫，乞勑户、兵二部從長詳議，將各各省拖欠宣大主兵糧銀、布花，或嚴限速爲解運，或請發内帑補給，并將撫按奏請賑卹與臣等會計防秋錢糧，均乞給發，賑卹貧困，召買糧草，并將陜西入衛兵馬，不必拘以限期調發前來，聽臣調度遏截。此皆據臣疏稿所記者，一年之餘，討過兵糧九次，自覺冗繁。走回人口疏内尤爲激切。顧邊方疏遠，該部多不見信。每每時議僻拗，不能仰體皇上軫念邊疆至意，動以缺乏爲言，緩於題覆。間有給不過十得四五。節年屯種無徵錢糧，叩作本色正數。以公務驛傳抵作邊儲，再行巡撫衙門查勘議處。臣得交代回籍。且臣凡有題請，必具揭本兵。陳時弊度虜情咨内兵部覆議：「各鎮合用錢糧，俱係養兵秣馬不容已之費，加以兵荒匱乏，人心動摇，邊陲安危所係。如總督蘇近日所題，他日必當有執其咎者。」又計臣議處邊鎮錢糧咨内，户部會同兵部尚書聶：「看得邊鎮節討錢糧，户部以帑藏空虚，邊費浩大，實難如數給發。既經總督尚書蘇具奏前來，蓋亦親見該鎮兵馬困疲，事勢危急，患在燃眉，有不容已於言者。」查據兩次咨文，本兵已明臣嘗具奏，户部不肯議發。今乃謂臣「無一言相及」，何其異也！但邊務紛瑣，不敢每事上煩聖聽。而窮邊荒歲，給發不前，凡可便益處置，無不攄愚竭力。如宣大地方，節行鎮巡及管糧郎中、守巡兵備等道，多方分投賑卹議處。其陽和等城，尤所目擊者。動支無碍銀八百餘兩，官二錢、軍二錢、老幼軍一錢，案行朔州兵備會同守巡道唱名給散，歡聲滿道，無……（以下底本缺一葉二面）聖明在上，雖屢經請討，户部每行裁阻。臣已離任，兵部輒聽虚傳，妄加參論，使臣期死邊疆之心無以自見，不無虧枉。臣前後乞請數目，奏抄在户部，奏本在該科，咨文在户、兵二部。伏願皇上察臣心迹孤危，事體掣肘，敕下查明奏目項數，特恩分剖，庶臣犬馬心迹，得表白於君父之前矣。臣無任殞越待罪之至！

逌旃瓂言

逌旃瑣言題辭

逌旃瑣言何？著瑣言也。夫瑣，屑也，何著焉而繫以「逌旃」也？以志思也。何思也？向也余嘗夢侍先大夫於亭，扁「逌旃」焉。寤而不能忘，今餘十年矣，有所思焉，心目未嘗不在「逌旃」也，故繫之「瑣言」云爾。固也無所不思，則無所不著，獨瑣言之繫，其義何居？詩云：「獨寐寤言，永矢弗諼。」義可斷章取矣。然而夢也，可盡稽哉？自先大夫之棄背也，今幾三十年矣，有所感而悲，有所憶而思，有所觸而痛。端居長途，瞑坐心語。或一事更端，瑣疊啓對。侍如疇昔，不啻如瑣言，忘其非在膝下也，殆亦夢矣。是故舉「逌旃」以志余思，然亦莫如其所從矣，可盡稽哉？五十而慕茲逌旃也，庶幾近之，將不得爲舜之徒歟？嗟！舜，聖人也，小子奚敢？古之人有齒不濺羊棗、履不加石者，不忍不忘之著，竊比於曾、徐，則可謂云爾已矣。要皆夢言也，君子無徒真説夢哉！

嘉靖壬子秋月，穀原蘇祐識。

逌旃璅言卷之上

轂原山人蘇祐

一　聖人作易，有蓍數卦爻。凡蓍數卦爻所由生由起由立由出，皆易之用。而聖人之所以成，能獨於蓍之生而曰「幽贊神明而生」，不知聖人生蓍，乃所以幽贊神明，如數之起、卦之立、爻之出也。果然，何以蓍至今猶存？蓋蓍，天地自然所生，而曰「生蓍」者，聖人之用也。

二　易曰：「臣弑其君，子弑其父，非一朝一夕之故，其所由來者漸矣，由辯之不早辯也。故曰：『履霜，堅冰至。』蓋言慎也。」西周之東而爲春秋，已不可言矣。又，春秋之末，大夫各執國柄，會盟皆以賄列，而伯道亦不能行於天下，故孔子始傷無王而終傷無伯也。論語曰：「天下有道，禮樂征伐自天子出。自諸侯出，十世希不失也；自大夫出，五世希不失也。季氏執國命四世矣，今夫三桓之子孫微矣。」孟子曰：「五伯者，三王之罪人也；今之諸侯，五伯之罪人也；今之大夫，今之諸侯之罪人也。」若夫春秋後爲戰國，田氏併齊，六卿分晉，夫豈一朝一夕之故哉？

三　星麗於天，墮則爲石，精滅而形著矣。大同城北玉虚觀亭上有墮石，紫色瑩然。江西人呼「如」爲「而」，附會其説者解爲星隕而雨，固而鑿矣。春秋載「星隕如雨」，光之隕，非墜也。嘉靖癸巳十月七日有是變，正朝時，人所共見。

四　大同地極高寒，秋月恒雨雪，冬月唾至地已成冰，謂之雲中西山，名紇干。故語云「紇干山頭凍死雀，何不飛去生處樂」，言簡意足，與「小麥青青大麥枯，問誰穫者婦與姑，丈夫何在西擊胡」聲調何異？兹不足以備樂府之選乎？惜左克明未之見也。

五　琵琶謂爲胡中馬上所鼓之樂，推手前曰琵，引手後曰琶。風俗通曰：「琵琶，近代樂家所作，不知所起。長三尺五寸，法三才五行；四弦，象四時。」疑非胡樂。今教坊司所奏有名胡拍思、察兒吉、肚兒米失、那兒不納，真胡樂云。

六　簫，編竹爲之，長尺有五寸，大者三十三管，無底，謂之洞簫；小者十六管，有底。又雅簫，長四寸；頌簫，長尺二寸。頌簫疑今所吹簫也。筑之形未見，豈亦箏之類歟。箜篌，一名坎侯，見之晉府，形如懸磬，繩以朱絲，音清而幽。

七　陽城、沁水間，土阜有手印形，宛然五指，或披墮斷厓中，仍不一，按巡時所親見。

八　長平田中，耕者時獲箭鏃，視之，製頗大，可見趙兵之衆。今有驛，元賈魯故宅。

九　大同婦人好飾尚脂，多美而艷，夫婦同行，人不知是夫有是婦也。宣府教場東西幾十里，南北二十里。蔚州城，磨磚所砌。朔州近山，易採木，市房簷廊今頗傾頹。語云：「大同婆娘，蔚州城墻，宣府教場，朔州營房。」亦不誣也。

一〇　盂縣兩嶺，東有程𡼖金墓，松樹甚大。輿夫云：「樹可避雨，不能濕衣。」晴行未之驗耳。

一一　馬邑有金龍池，即桑乾源，百步外聲即振耳。池上柳紋皆左紐。土人云：「尉遲恭得龍馬，急馳，抱樹止奔所致。」愚意未然，或土之性。

一二　盂縣山中有程嬰祠，前祠程嬰侍立，後祠孤兒侍立，似有辯於君臣父子之義。及考趙武之立，韓起告晉侯曰：「成季之勳，宣孟之忠，而無後，善者懼矣。」乃取諸莊姬之懷。豈嬰既脫真孤之難，而姬後收之宮中耶？

一三　臺、諫皆以言爲職，本同一體，自互相糾劾也，始相疑舛。嘗聞成化、弘治時，既罷朝，御史例該候都御史左掖外，揖而退，給事則迤邐緩行，候齊，相與議今日有何事何人可劾論。如事關吏科，則會於吏科議奏；它科亦然。無所言則散各衙門。已遣人覘視，被論者則閉門以待。今不惟不然，又私爲之地，被劾官且肆掎摭以辨，視事如故，無復閉門矣。厲階作梗，誰實爲之？

一四　解春雨年十四歲登第，稱神童。初入京，朋友兩人拉過教坊伎，欲屈春雨，故令具兩茶。既至，則倉皇謝過，三分之。因出對云：「兩分分茶，解解解元之渴。」春雨應聲云：「一朝朝罷，行行行院之家。」對固佳，要之非春雨事，或以「解」字而擬之耳。

一五 燒荒，題頗俗，華泉爲燒荒行；結腸，事頗怪，空同爲結腸操，皆獨步詞苑。使爲近體，則難措詞矣。詩有字宜於律者、宜於古者，不獨題當辨也。

一六 螺川，在吉州，去府城五里。舊有僧寺，今改爲文山祠。門前有石夾立，高八九尺，圍丈餘，紫色瑩然，金星隱見，其嵌陷處左如螺形，右如川畫，良奇。守者云，石左潤則右枯，右潤則左枯，或間日，或間月，遞潤不爽。斯又異矣。

一七 玉篇鬼部字甚多，琴部止四字。一對云：「魑魅魍魎四小鬼，琴瑟琵琶八大王。」與「魁星鬼踢斗，閏月王居門」等巧對可并傳也。

一八 太學生相聚，各言物産，以相嘲難。東魯生曰：「一山一水一秀才，甲天下矣。」關中生曰：「何山？」曰：「泰山。」曰：「只有天在上，更無山與齊。當在華山下矣。」又：「何水？」曰：「東海。」曰：「黄河之水天上來，東流到海不復廻。乃屬河之委矣。」又：「秀才誰也？」曰：「孔子。」曰：「文章我師也，周公豈欺我哉？孔子，文王之弟子也。」相與一笑。足稱文談。

一九 宋仁宗賢不肖雜進，殊近仁柔。嘗聽北宋書，所言雖多鄙俚，大抵稱楊延昭之功，詆王欽若之佞及八大王之强。史稱仁宗有疾，楚王元儼以問疾爲名留宿禁中不出，群臣患之，吕端以筆蘸盆水，元儼疑有毒，遂馳去，即所謂八大王者。延昭，楊業第六子，紫荆、倒馬、鴈門，如插箭嶺、曬甲石、孟良臼、六郎墩、六郎城、三十六將軍石，遺蹟不一，史不具載。由是觀之，忠賢義士，遺者何限？崔後渠曰：「宋祖任術而裕，太宗則行狡，仁宗容姦而疏，高宗則受制，真宗作僞於好道，理宗掠美於崇儒。」誠哉確論！

二〇　桓温過魚腹浦，觀諸葛八陣圖，嘆曰：「此常山蛇勢也。」常山蛇擊首則尾應，擊尾則首應，擊中則首尾應。按八陣圖非如蛇之長也，何首尾相應之云？此蓋取其善應，非必其長而泥於首尾也。如敵來攻坎，則西北乾、東北艮皆可應；敵來攻艮，則正北坎、正東震皆可應，如首尾也。近有以山、陝、宣大、遼、薊聯絡如常山蛇勢奏以禦虜，不亦長乎？

二一　黄花嶺上有始皇舊長城，岢嵐州有古城墩。趙之李牧守鴈門，則上谷、雲中或開拓在後。抑依險以爲城，如今之内邊耶？

二二　詩人體物情思，讀者未至其地，雖賞其句，其所以工，或未知也。崔灝行經華陰一聯云：「武帝祠前雲欲散，僊人掌上雨初晴。」僊掌插雲，非雨後晴霽，莫可見。蘇東坡夜起見月，再誦杜工部「四更山吐月，殘夜水明樓」之句，擊節嘆賞。如此者難可一二數矣。

二三　霍山下龍祠，皇通渠灌田，界以澧石，趙城什之七，洪洞什之三，無混於多寡，兩邑人至今免於爭競。功竭心思，前人偉矣。蔚州水利，鐵版分限如澧石。晉祠惟築堰浚渠，歲有勞費。有田則用水，有水則用力，力之多寡視田，刻石紀事，亦免於競。

二四　滹沱發源繁峙，由代州、崞縣、忻口折而東，歷定襄、五臺東下，在太行之西引以灌田，爲山西之利；過太行至真定、河間則爲害矣，不惟不可灌，亦浮沙難以楫。地勢高下、土脈疏密使然，非水之性也。

二五　黃河發源星宿海，元人嘗至其地。九折東下崑崙山之中，是在山之東南，故東南流；山之西北，水文當西北流矣。釋迦四大神洲之説，亦以中國在崑崙東南爲南贍部洲，豈盡幻妄？河套爲九曲之一，舊時虜以冰結爲出入，近或尾騎，或以筏，或以渾脱徑度，在黃甫川之上，亦津渡也。嘗至滑石澗視河水，不甚洶湧，亦不甚闊，獨石崖陡直不可渡，斯稱天險。南有石生成，名天橋，東岸可裹升米擲西岸。水懸流南下，盤渦不動如碧油，深不可測。龍門南，水亦不泛濫，見舟筏泛泛。過潼關，會汾、晉、涇、渭諸水，歷砥柱，下三門七津，地勢漸下，土脈又疏，則狂淦廻渦，泛濫旁溢，或南或北，莫可底定。瓠子之歌止憂生民，今則兼虞運道，築堤捲埽，民多勞困矣。

二六　郡中先達中丞劉公一二遺事，可以敦俗範世。聞公嘗從其女兄之夫高先生受業，既貴，執弟子禮益恭。知台州時，命工繪執經圖；先大父與郡中李公皆連姻劉氏，公之父執也，雅懷敬重，繪二逸老圖，咸不遠千里馳寄云。陞方伯，過郡中，步行拜親友，無不入門者。台州滿九載歸，止積俸三百金。

二七　嘗由江浦歷六合至儀真，遠見江水明如素練，浮天滉漾，將下傾瀉，始信李太白「惟見長江天際流」之句之工。

二八　丙戌冬，過泗州，淮水清淺，鑿冰以度。及丙申，按泗州，則合流於河水，渾黄矣，勢亦洶甚。河自孟津以下分四支：康家渡、符離集、飛雲橋、小浮橋，咸會之淮口入海，勢漸南矣。弘治間，决金堤頭，歷曹、濮、鄆、范趨張秋，會壇沙河入海，遂阻運道。後卒塞，改稱安平鎮，可并漢宣防。然河南趨則北岸漸高，北趨亦然，迥無故迹。夏潦水退，土皆淤，畝穫數鍾；秋皆沙，地利薄矣。俱不可曉。

二九　陳謙齋禹學高才不羈，然雅度偉識，實副任使。載被詔獄，旋昭雪家居，課農桑，好賓客。性雖不飲，紅拂清酣，殊無厭倦。亦寡構怨於人。摴蒲之好，至老猶有一擲百萬之興。歸數年卒，不知者猶薦云可當一面。至於待其弟之子無異其子，則眼中所稀見，兹一節尤足以範世。

三〇　公冶長縲絏之困，謂識鳥語所致。《選詩》「三荆歡同株，四鳥悲異林」，解爲孔、顔問對云。今鳥聲似向所見人母子生離悲泣之聲，知將異林，與牛鳴知哀其三犧。禽有禽言，獸有獸語，信矣。無譯學，則侏儒莫辯，奚擇於禽獸也？

三一　鎮遠侯顧公鎮淮，道經濟寧，甄生廣以滑稽數得進見。一日厭之，欲徑度，不使之知也。既而廣造謁，顧迎謂曰：「已戒從者莫以告，今誰語汝？」對曰：「公有命，誰敢語我？」固問，曰：「非吾家鴿相報『望望顧都督』，幾失禮於公矣！」乃相視大笑，待之如初。其與陸魯望能言之鴨可作事對。

三二　憲副馮公景暘嘗按河南，廉介不畏强禦，有違犯必寘之法，豪右歛迹，相率呼爲閻羅。既而陞憲副，中州民相戒不敢犯。繼與鎮守論不合，毆以拳。未幾，中侍病且死，誣逮至京，奪職歸田。平居無事，閉門静坐，或繞楹礎數十百匝，飯飽則以手摩腹，中庭行百餘步，以爲常。如事不當意，但連呼云：「好！好！」年九十，無疾卒，殆得於内養者乎。東山李公孔暘，登進士高第，能文善詩，喜談兵，以孔明自待。顧性好高，每論説，傍若無人，以故仕途多齟齬。與馮公素不相能，既歸，稀相見也。一日，會於里中，李公縱談琅琅，公徐曰：「某按部時，聞一婦人詈人『窮嘴餓舌頭』，思之未有以對。及還，一老總兵相見，自矜曰『老手舊胳膊』。喜曰：『「老手舊胳膊」，正好對「窮嘴餓舌頭」！』」遂不揖而去。

三三　辨事進士入部，門外下馬。一少年騎而入，爲門官所阻，不勝憤恚，將入白，勸者莫廻也。至後堂，部尚書徐語之曰：「謙，美德也。子如謙，大門外下馬，否則大門內亦可。」其人始愧悔無所容，次日入謝，亦卒無介意。則是公德量之美，足抑浮躁。

三四　廖鳴吾、倫彦式偕入朝。洞野曰：「人心不足蛇吞象。」或搆思也，白山徐應云：「天理難亡獺祭魚。」殊的對，再思亦莫能易矣。廖楚人，倫粵人，蓋以物產相嘲云。

三五　翰林穆玄庵早入朝，誤聞傳免歸，既而鼓起，馳不及，遂坐調南太常。諸同鄉郊餞，酒半，張御史子良因誦唐詩曰：「煉汞燒鉛四十年，至今猶在藥爐前。不知子晉緣何事，只學吹笙便得僊。」張太常允薦，由鄉試筮仕推官，轉通判，以事罷歸數年矣，夏桂洲嘗省侍伊翁至臨清，知其達於音，因更定郊廟樂，薦歷今官。意詩含譏，乃大詬。子良遜謝，散去。蓋二張同郡，素不相能云。

三六　大同右衛申報：「舍餘馬禄女名吴舍兒，年十六歲，自十四歲以來，其體漸變，今已成男。」督府委官驗視，本女牡形已具，有類嬰兒，牝質漸平，不同坤道溲便，屬新氣血，峻作無異常男，亦甚異矣。然世有二儀子，陰陽各具，亂污人家者，事發磔之耳。此形亦或初生之異，其家無知，妄希賞賚，地方官從而和之，咸謂陰消陽長，以爲祥。翁東涯獨以爲未然，乃以書相訊。余曰：「物理機祥，驗之人事，天反常爲災，地反常爲妖。考之前史，此殆不然。欲磔之則無罪，揚之則滋惑，直言則犯忌，曲言則取譏，置之不問可矣。」後見尹僉憲，言初生有二形，如所料云。

三七 嘗過訪胡亥峰方伯，見懸一絶句，詩字徑五寸，下書「方海山人胡」，因言在四川所得之詳。向在西江，俞文峰方伯示余與方海山人倡和詩刻。又聞澶州宋僉憲敬夫幼失怙，不識面，懇請貌其父之像持入家，其母夫人見之如生，悲痛倒地。獨重楊南澗尚書，過親狎，常對飲，但不見形耳，每托名文文山。竊常疑其事，今歷若此，尚可以理求耶？聞在徐州，有爲人作詩；在湖廣，爲人作畫。又，士大夫所親見，相告如方海云。俱不可曉。

三八 朝邑劉公綽知登州，卒，還鄉葬數年矣，同邑韓苑洛，山西少參時過市上，劉立衆中，自語曰：「韓二官仕顯大矣！」既入司，從者以告。急尋至相見，與道故舊，并言其先大夫事。韓爲感動，留飯間，問曰：「公已亡，何得來此？」笑曰：「吾烏能亡？」既去，訪諸寺中，無有也，獨遺一竹籃，内小釘數十。及問之人，則云常在此。後亦不至。韓親語余如此。桑澤山憲長亦云見之陝西省内，言多驗。嘗有人見之終南山中，令寄信至家，其子怒撾其人，云：「老父無違法事，你爲此言，豈詐死耶？」其母亟出問故，乃止之曰：「記大殮後，舉就木，稍輕如空殼，當時固疑，顧爾少不知耳。」今觀之，殆屍解云。浚川王公有文記其事。

三九　衡山禹碑，初見了不可讀。既而刻諸楊州。後有真書，南京一生儒所辨認，文殊古。後得丹鉛餘録，見楊升庵所辨認，與楊州刻三字不同耳。升庵博雅當時鮮儷，生儒亦難得，不然，則將同天書雲篆，空落人間耳。

四〇　記稱，江爲南紀，淮爲北紀，河之源最遠，與濟并稱四瀆，皆天地氣化，靈秀互會，要非遐方僻隅、一水一山小結融者可比也。夷考往古帝王聖賢所生，繼天立極，開來繼往，自雍而冀而徐而豫而兖，可睹記也。我太祖之生，河之陽、淮之陰，諸功臣咸在；今上之生，在江之北、河之南，業茂中興，功光列聖，尤可證驗。

四一　相面算命者遊於公卿之門，雖間有驗者，不中亦多。視爲狎客，置之不較，李虛中、徐子平、一行和尚、耶律楚材，世可泛責其人耶？其奇中者，見人性之靈；未能盡然者，見造化之妙。可泉胡公知蘇州，揭門外一聯對云：「相面者，算命者，打秋風者，各請免見；撑廳者，鋪堂者，撞太歲者，俱聽訪拏。」蘊藉可敬愛，不盡述。

四二　吕覽曰：塗山女令其妾往候禹，女作歌，始爲南音。有娀二女候帝，令鷰遺二卵，北飛不反，二女作歌，始爲北音。〔一〕則音分南北，遐哉邈矣！今之北曲有黄鍾、仙吕、南吕、中吕、商調、越調等調，可諧之五音。南曲雖亦有宫商，近有改西廂爲南曲者，破碎俗鄙不成章調，人顧好之，議者擬爲逐臭，諒哉！

四三 釋名曰：「屏風，障風也。」「扆，在後所依倚也。」禮記曰：「天子當扆而立。」則屏風之制亦古矣。右掖思善門下泥金八疊屏風一座，製甚精，一中官曰：「此琉球國所貢，中國不能造也。」李白詩云「屏風九疊雲錦張」，在唐固已有矣，豈其然？侯門主第有料絲、琉珠、羊皮、羊角、裝金、嵌翠、螺鈿、藺紙等屏，以爲元宵盛賞，在内府，可知矣。

四四 杜子美有「雨抛金鎖甲，〔二〕苔卧緑沉鎗」。緑沉，非鎗也。劉劭趙都賦有緑沉、黄間、堂溪、魚腸、丁令、角端六弓，〔三〕則緑沉亦弓矣。鄴中記曰：季龍出時乘輿用桃

〔一〕「塗山女令其妾往候禹」至「始爲北音」：「塗山女令其妾往候禹」，「妾」底本作「女」；「有娀二女」，底本作「有絨二氏」；「北飛不反」，「反」底本作「起」。印案：開首一段爲作者引述吕覽大意，非吕覽原文，且用字有明顯錯誤。今據吕覽音初篇改，且引文不加引號。

〔二〕雨抛金鎖甲：「抛」底本作「飄」，據杜工部集卷九重過何氏五首之四改。

〔三〕劉劭趙都賦有緑沉黄間堂溪魚腸丁令角端六弓：「間」底本作「洞」，據藝文類聚卷六十一引劉劭趙都賦改。

枝扇，[一]或緑沉色，或紫紺色，或鬱金色，則緑沉又扇矣。蓋鎗、弓、扇皆以染色而名耳。

四五　吴音呼「大」爲「垛」，「酒」爲「就」，「行」爲「杭」，「生」爲「喪」。雖方言，「大」亦屬「個」韻。説文曰：「酒，就也，所以就人之善惡也。」「行」，以屬「陽」韻。「生」，叶韻思江切。如此者不一而足，然猶正音，但聲氣剽清稍爲轉耳，非如閩、廣一字爲兩字甚三字，與有音無字，視正音絶相遠。則夷語呼「天」爲「撑可犂」，「地」爲「哈札兒」，「雨」爲「忽剌」，「雪」爲「撒剌」，「城」爲「可團」，「墩」爲「可剌」，「馬」爲「母林」，「雷」爲「刀郎都難」，「婦人」爲「哈吞」，「殺」爲「哈剌」，「跪」爲「抹骨」等語，又何怪也？

四六　吴中天平山下有范文正先壠暨義田，裔孫嫡長承主其事而奉祭祀，謂之主奉。觀公與忠宣畫像册卷計三十餘，中有文正所書小楷伯夷頌，像皆幞頭袍笏如今制，衣獨褐領錦綺，非今之素緣也。

合肥觀包孝肅畫像，冠服之製如范公，其家尚藏其履。下蘇潁濱後亦在合肥，子由告身一通，字行書也。郟縣有三蘇墓，老泉先已葬之蜀，此但其衣冠云。

[一] 鄴中記曰季龍出時乘輿用桃枝扇：「輿」底本作「興」，據輯本鄴中記改。

河東聞喜道上竪裴、趙兩公坊，兩公裔孫迎於其下。忠簡在東，去尚五六里，晉公在西，近數武。因入謁其祠。河津有卜子夏祠墓，後甚微弱，一生具衣巾迎候，問，云：「數年前尚有六七人，今益散亡。」因命其縣令賙恤之。世獨遠云。

四七 恒言「羊羔美酒」，意羊羔佳肥，儷之美酒云。孝義張君大綱携以見惠，謝曰：「酒，固所需也，請辭羊。」笑曰：「第羊羔釀耳。」既剖罌酌之，香美清冽，非微有羶臭，將不信矣。許以方寄，不果。聞善釀家有數也，慶成、竹溪殊好事，能作秦之桑落，亦不得是法。

四八 菊名今有「舊朝服」，譜不著也，蓋因其色耳。盧山石上生耳，性寒，可食，人呼爲「破頭巾」，形實相類，可以作對。

四九 貧賤生勤儉，勤儉生富貴，富貴生驕奢，驕奢生貧賤，相循。亦理勢之必至，非賢智者先見，鮮不及矣。然由儉入奢易，由奢入儉難。記曰：「爲善如登，爲惡如崩。」諒哉！郡俗：余自有識，見婚嫁之禮、宴會之席尚朴儉，果肴有定數，三湯兩飯，獻割切，成禮而散。今奚啻十倍！肴果疊稠，謂之「添換」，日見糜麗耳。巾服履製，東坡程子，折角凌雲，二十四氣，前七後八，三才，鶴氅深衣，雲履琴鞋，罔分貴賤，甚至忠静冠亦僭用無忌憚矣！

五〇 襄陵酒，楊邃庵評爲清醇天下第一。山路崎嶇，難以遠致。嘗在慶壽寺前見一帖云「自造襄陵酒」，時同行者相顧一笑。又一日至午門外，見巾鋪前標書「古製忠静冠」，因自笑曰：「蓋未嘗無對云。」

五一 嘉靖初年，西域進天馬一、獅子二。天馬形似鹿，色稍青，籠以金羈；獅子如人家屏畫狻猊形，耳、首有拳毛，尾大如斗，又或一種也。爾雅曰：「狻猊，如虦猫，食虎豹。」内苑虎嘗逸，見獅子，墮圈下，良信。

五二 乳哺，雞以毨，獅以爪。今公館神祠外，及人家門下，範金鏤石獅子，左拊毬，右乳子，分牝牡云。相傳遠矣，人未暇考也。

五三 説文曰：男入罪曰奴，女入罪曰婢。凡人，男而婿婢曰臧，女而婦奴曰獲。臧者，犯罪没官爲奴；獲者，在逃被獲爲婢。今制：惟公臣家有給賞奴婢，其餘有犯男稱顧工人，女稱使女。在卿大夫家且不得有奴婢，况士庶人乎？

五四 正、五、九月不上官，勝國之制也。元人崇尚佛教，謂諸神是月下南贍部洲察人善惡，故禁屠酤上官，祭祀當殺牲，公宴當飲酒，故不到任。今無所禁也，而泥其説，殆不知類。

五五 記曰：「身者，親之枝也，敢不敬歟？」昔人有云：以父母遺體而偶賤倡，比之不孝。不敬乎身，莫大乎是。

五六 唐之文稱韓、柳，韓之詩視柳爲劣；宋之文稱歐、蘇，而其詩視唐則遠。韓限於才，宋泥於習。語曰：「酒有別腸，詩有別才。」又曰：「詩有別才，非關學也；詩有別趣，非關理也。」其知言乎！

五七 張公藝書百忍以對高宗，議者責其未能諷諫。傳曰：「匪苟知之，亦允蹈之。」家庭之間，恩嘗掩義，一忍之外，別無他術，斯公藝之懷也。中庸曰：「父母，其順矣乎！」能知所以忍，斯得所以順矣。

五八 平虜城地極高。翁東涯曰：「凡視山，視水之流，則可知其源委高下。」煩題「最高峰」刻置山峰，不果。在太原視北斗在樓上，代州視北斗在樓前矣，平虜視之，又近於代。天如倚蓋，北斗繫處在北，固宜視之愈北愈近也。北征録云「沙漠南望北斗」，信然。

五九 振武衛申報：夜中官店龍起雷振，屋中柱折，一人死其下。論衡曰：「盛夏時，雷霆迅疾，折樹壞屋，時犯殺人。」謂有陰過。不然，則鬼神之道荒矣。

六〇 典論曰：袁紹常三伏痛飲酣醉，以避一時之暑，故河朔有避暑飲。雲中地極寒，雖溽暑亦無需葛苧，衣被多夾，夜須裝綿；寧武、代州雖稍間，亦無酷暑，何以發本初之興？蓋朔北也。故曰「朔南暨聲教」。紹時居河北，故曰河朔。

六一　廬山上有顛仙碑，太祖御製，覆以石亭。東山覆手巖之北有「竹林寺」三大字，疑即赤脚僧所奏顛仙與天眼尊者所棲也。顧杳無廊殿，或云天陰時可見影，余未之覩也。是故世人有竹林寺有影無形之説。又西行三里餘至天池寺。殿前有池，水不滿尺，寺所由名。寺西爲文殊巖，蜿蜒十五里始至山下。

六二　龍虎山僊巖，漢張道陵修真處，跂望倉庫厨廊户壁杳可見，殊無路攀躋，雖善樵者亦莫能登也。山下人云，所見器物多移置不一，亦神異云。

六三　武夷第五曲峰上仰視，有物如船，歲時間有，尺寸太下，不知何以置之在上。或云此山舊在海中，船，當時所漂泊也。疑即臆説。抑滄桑遞遷，理或然乎。

六四　嚴州呼如「年」音，辰州呼如「神」音，初疑其訛。及考韻要，嚴，魚杴切；辰，市真切，呼「年」「神」者，又似非方言也。名臣録稱「年公富，本姓嚴」，六壬抄本日上課、辰上課，「辰」作「神」，字雖異而音同也。

六五　韓昌黎友人被回禄，不以弔，而以賀，詳在書中。〔一〕刑部主事王椿元齡，家杭

〔一〕韓昌黎友人被回禄至詳在書中：印案：韓愈并無賀友人「被回禄」事。柳宗元柳河東集有賀進士王參元失火書。應是作者記憶有誤。「韓昌黎」應作「柳河東」或「柳柳州」。姑爲指出，暫存原文不改。

之王金箔也。嘗會決江北囚，見其文雅謙慎。後它事左遷松江司刑，委署上海縣事。因季考，出「白馬之白」等句試諸生。無名子揭一對於壁云：「無學推官考秀才，六個白字；有錢監生買進士，千兩黃金。」蓋亦因富，謗騰不已，竟坐罷去。

六六 仕者之情，多重內而輕外，其在內者，又重北而輕南。一進士初授華容令，首尾吟一聯云：「縣丞主簿皆寮友，通判推官且上司。」無乃近虐乎？又外嘲內云：「你有牙牌，我有排衙。」南嘲北云：「腰下輸君三寸白，頂門讓我一輪青。」蓋南京官多張傘云。斯善謔矣。

六七 秦有白、鄭二渠。歌曰：「田於何所？櫟陽谷口。鄭國在前，白渠起後。舉鍤爲雲，決渠爲雨。涇水一石，其泥數斗。且溉且灌，長我禾黍。衣食京師，億萬之口。」[一] 則□水之利博矣。按壽守欲復芍陂塘以續孫叔敖之績，得代而止。都御史王公珣巡撫寧夏時，嘗修李王渠與靈州金積渠，惜工并興，不能成功。潘大參九齡曰：「寧夏今有漢延、唐來二渠，使王公次第舉事，可與斯渠并利。夏秋間，虜騎不能一至城下，阻於

[一]「歌曰田於何所」至「億萬之口」：此歌始見於班固漢書溝洫志，文字與此處所引微異。底本缺損「且溉且灌」一句下一個「且」字及「禾黍」二字，據漢書補出。

溝塍泥淖故也。今財殫力屈，非其時矣。」

六八　正聲載唐人詩：「建牙吹角不聞喧，三十登壇衆所尊。」有多少温柔敦厚！三體載宋曹翰詩：「三十年前學六韜，曾將聲譽與時髦。」則叫譟粗厲似開談矣。試諷咏之，則唐宋之辯。

六九　宋人咏雪云：「亂飄僧舍茶烟濕，密灑歌樓酒力微。」説者爲村學究，嘗用字翻案云：「茶烟盡濕飄僧舍，酒力全消度館樓。」又：「酒力已消還密灑，茶烟半濕更斜飄。」似覺宛曲。

七〇　戊巳校尉，漢官名，蓋甲乙丙丁庚辛壬癸皆有正位，惟戊巳寄治耳。千文：「丙舍傍啓，甲帳對楹。」我朝有甲字等庫，榜稱甲榜乙榜。皆本十支，又如以千字文編號云。

七一　程式之文，忌深晦俗腐而貴典、淺、顯，猶太湖之石，賤粗礪頑樸而貴瘦、露、透。

七二　恒山，北嶽也。風俗通曰：「恒，常也，萬物伏北方有常。」亦謂之常山。史記載，趙簡子謂諸子藏寶符常山，得者立爲後，無恤曰：「常山臨代，代可取也。」簡子喜，謂得符，竟立爲後。則渾源近代，嶽當在渾源。常一登覽，東巖有窟，闊深方徑丈餘，上有「飛石窟」三大字，傳爲舜望於山川，北至大茂山，大雪，不能前，有石飛墮，遂祀焉，即今曲陽廟。初意石不能飛，縱飛，必方闊徑丈如窟。及謁廟，覽所謂飛石，乃長不滿丈，闊僅四尺，厚尺餘，如琢碑形。且史記去古未遠，不載舜事。自燕雲北陷，嶽在虜地，宋遂崇祀於此，而爲是説耶？廟門畫兩鬼形，甚獰惡，亦名筆。陳公德卿提學時有記。

七三 趙州寺壁畫，吴道子筆也。其水之波浪動盪，欲向人流，如臨大海長江浩森萬頃之勢。記載顧愷之畫龍點眼飛去，[一]此可加坊堰矣。

七四 温泉在九州者，奚止驪山華清池也？以近都邑故獨著耳。和州北三十里有香泉寺，冬月經過，濯手如沸湯，煖氣上蒸，清澈見底。朱子謂，沂水地志有温泉，理或然也，其亦未之見乎。獨石赤城下亦有温泉。

七五 果菜花卉，生形如雞頭、雀舌、羊肚、龍鬚、鹿角、雞冠、猴頭、鳳尾、牛角、虎鬚者，不一而足。至於蜒菜肖陰形，又異。

七六 北京城九門，正陽門禁止車行。閹瑾怙寵，乃載長木自西橋入，車轉，木擊東石狻猊，出血淋漓。嘗驗之，自肩下有紫斑色。豈因赤石之迹，而都門人遂附會之歟？

[一] 記載顧愷之畫龍點眼飛去：「愷」底本作「覬」，顯誤，徑改。

七七　王威寧大父與寺僧相厚，間語云：「願作翁孫相報。」一日，翁坐堂上，見老僧直入其媳之房，怪問之，已聞呱呱聲，乃生孫。既而行者報云：「師涅槃矣。」又其時適兩武弁避雨坐門下。王靖遠居官，每置鼓皮閣，令人撾，得勝。王新建，海日公之子。日者云：「跨灶命也。」海日笑曰：「此灶難跨。」后陽明勳爵果過海日。兆之異，志之大，命之靈，皆非偶然矣。

七八　永城張太后初選時，群鴉數百隨之飛鳴，如朝鳳然。興濟張太后初度辰，適迎詔龍亭，避驟雨，停諸門下。記稱漢元后有鷊啣石字。魏文昭甄后有人覆玉衣之祥。殆足相證。

七九　地理之説，江西稱曾、楊二氏。未有顯者，何也？江南地多白蟻，葬不得地，有穴棺嚙屍之患。人子之心，能無泚乎？宅居水道失方向，則蟻入房，嚙衣書立盡。尤善嚙松木，椽楹無不洞中，斯又所親見。大江以南無蝎，江北無蜈蚣，關北無蟬，亦地氣也。

八〇　本朝大魁：丁顯，傳臚之先，帝夢釘懸絲午門簷下。李旻，偶過伎館，未前識也，待之加厚。固問之，則對以「夢報狀元來顧」耳。既而下第，李慚，徑赴張灣買舟南下。伎乃使人遠送，厚贈遺，致慰解之詞。李雖感之，莫信也。明年，果及第。商輅，發解再不第，以家貧，將就學職。已投牒待試，夜夢入一官府，如謁王公。上坐者顧命侍者檢商禄命，如案牘，歷繙閱，凡再稱首，上坐者頷之。既畢，命商趨出，而寤。乃稱病歸。明年，會元、狀元，蓋三元云。錢福，夢中狀元，初入禮部投卷，視部尚書大鬚于思。既入京都，尚書非夢見也，已而果下第。來科見費公闇，如所夢，乃登第。康海，卜竈出，甫開門，則街行者唱云：「好一箇狀元郎，到走在長街上。」遂闔扉歸，已而應。唐皐，計偕北來，恍然見船，篋笥、牕封識皆「狀元」，且聞人傳呼「接狀元」聲，及前，杳無所見。果奏名第一。楊維聰，秀才時，接官遇雨，脱襴衫，携以奔避，道遇一僧，以手曳之曰：「辛巳狀元且慢行！」不暇顧而去。既念辛巳非開科之期，疑不以爲然。庚辰，禮部中式，武宗行在南，次年嘉靖改元，及第。韓應龍，夢移謝文正坊於門前，騎馬越坊而過。謝，乙未狀元，至韓六十年。謝登第，邑中同登者十六人，後數亦同。謝名位福壽并隆，韓止修撰。費鵝湖，初中式，過省其叔祖吕梁官署，臨别，戒之曰：「須坐北監！」費私自念：「安知其不中也？」既而果下第。乃入北監卒業，來科及第。因問其故，語曰：「彭文憲公嘗由北監登第。」蓋所夢云。後鵝湖亦謚文憲。惟謝、韓迥不同，抑又何耶？

八一　辰州産硃砂，屠文伯憲副得若干斤，泛舟洞庭還武昌。至湖之半，風雨驟至，霹靂聲振烈。須臾，雨過風息，視舟上，擊碎徑數寸，餘物無故，獨一篋微有孔，纔如簪，硃砂檢視無有也。乃知水銀、硃砂天地精寶，亦忌人之多取。有嘲者曰：「買櫝還珠，常見誚於人，今買珠還櫝，足稱識者，但賒帳耳。」聞者捧腹。

八二　汪尚書鋐被臺諫論劾無慮十數餘，以司銓曹，假考察，前後去者殆盡，獨遺管給事一，初既荐陞户科都給事中。凡都掌科，陞者非卿寺則藩大參也。已而王給事少儀以追徵歲辦賞賜段疋奏報稱旨，在京員缺，推用。汪以左右給事無陞京堂例，欲擬陞憲副，以户部言非欽依，不可。乃陞管副使，[一]王補其缺。汪方謂可報管也，既而臺諫復論汪。已有旨。相率章至三四上，殊覺煩瀆，因命舉所知代其任。奏入，掌印者科六人、道七人皆落職爲民，汪亦致仕，餘奪月俸。王適在遣中。管是時甫出都門，後歷陞左轄，以謝病歸。升沉崇卑，人奈命何！

八三　「打起黄鶯兒，莫教枝上啼，啼時驚妾夢，不得到遼西。」説者謂有風人之旨。嘗記清江引詞：「誰家女，妖嬈十六七。見一對蝴蝶戲，香肩靠粉墻，玉指彈珠淚。喚丫鬟赶他去別處飛。」其不盡之意，視「不分桃花紅勝錦，生憎柳絮白於綿」，反淺直矣。

八四　宋江斆讓尚公主表，其略云：「自晉氏以來，配尚公主，雖累經華胄，極有才名，至於王敦攝氣，桓温斂威；真長佯愚以固辭，子敬奔走以求免；王偃無仲都之質而裸

[一] 乃陞管副使：「陞」底本作「陛」，顯誤，形近所致，徑改。

雪於北階，何瑀闕龍工之姿而見投於深井；謝莊迨自害於矇瞍，殷仲幾不免於强鉏。制勒甚於奴隸，防閑過於婢妾。往來出入，人理之常；當待賓客，朋從之義。而令掃轍息駕，無窺門之期；廢筵抽席，絶接對之理。非惟交友離異，仍乃兄弟疏闊。姆妳争媚，相勸以嚴；媪媪競前，相諂以急。其間又有應答聞訊，卜筮師母，乃至殘餘飲食，詰辯與誰？衣被故弊，必責頭領。或進不獲前，或入不聽出。不入，則嫌於欲疏；求出，則疑有别意。召必以三更爲期，遣必以日出爲限。夕不見晚魄，朝不識曙星。至於夜步月而弄琴，晝拱袂而披卷，一生之内，與此常乖。又聲影方聞，少婢奔迸；裾袂向席，則醜老藁來。左右整刷，以疑寵見嫌；賓客未冠，以少容致斥。如臣門分，代荷殊榮，足定家聲，便預提拂。青宫美宦，或由才升，一叨婚戚，咸成恩假。是以仰冒非宜，披露丹質，非唯上陳一己，規全身願，實乃廣申諸門受患之切。伏願大慈照察，特賜蠲停。若恩制頓降，披請不申，便當刊膚剪髮，投山竄海。云云。」我朝禮制迥越往代，恨不使江斆見之。王親不許做京官，非祖宗制也，事例别有考載，兹不備。

八五　十七字詩，謂之瘸脚，助笑談者，多不備録。其嘲太學生一首云：「士子謁黌宫，紛紛盡鞠躬，頭黑身上白米蟲。」殊爲近理。

八六　金梓，原浙人，隨其父都御史僑寓南京，宕而未學。舉人龍霓者與之友。金欲入試，賄霓代筆，委以千金，果中浙江鄉試。計偕試禮部，又得連號舍，相抄謄，遂并第。有人揭一詩於壁云：「只緣阿老做都堂，百計千方要入場。金梓位高身子重，龍霓家窘手兒長。有錢使的鬼推磨，無學却教人頂缸。寄與職司臺諫者，請開尊口出彈章。」後被劾論，皆坐黜。孫清、廖鎧事，在河南庚午科，則直草入耳。其幸而不發者，殆尚有也。論者云：「科舉一事猶存公道，乃尚有此人禍，天刑當恢而不漏。」事在某甲科，益醜肆敗矣。

八七 鑛徒鹽徒，雖皆不逞，猶私爲之，心存畏避。至地方有事，乃籍以爲兵，應征調。由是官多假借，遂至無忌憚矣，甚至明目張膽。某家有鎗手若干，某姓有杆子若干，官府召，或不如期，彼一呼而集，且數百矣。家不藏兵，邑無百雉之城，往古炯訓。識微隱憂者，能不思所以弭銷之術乎？

八八 中原音韻載元馬致遠夜行船詞，亟稱其得入派三聲之妙。亦有人疑「天教富，莫太奢」悖上下句及時行樂之意，蓋解「莫」爲「無」，不得其説，又改「太」爲「憚」。苟知「莫」爲不肯，則東籬之心慰矣。

八九 小説載浮槎事與支機石之對，又以張騫嘗通西域而附會之者。要之雖不經，然萬水東流，滿而不溢，稱海爲尾閭，山曰沃焦，則其氣化升降，或人之言亦有所祖。跂瞻天漢，春時覺清淺，時歲旱乾，但微有形，或杳不見，夏秋間似覺顯著。河、漢相通，非太白徒取詩之工也。執者謂水無縣流，獨不驗貯水瓶罌，輪轉不息，涓滴罔遺。氣化流行，杳無停機，大塊中浮，同天悠久，拘器執形，難與語道矣。又曰，若以地爲塊然一土，何震動自限於疆域？身爲塊然一肉，何瞤顫不連於支體？是故海者水之歸，漢者水之化。

九〇　玄庵先生穆公嘉靖壬午主順天鄉試，人皆可以爲堯舜論，中間如曰「一日之間，朝堯暮桀；一念之間，乍堯乍桀」云云，理精詞暢，不惟可式四方，此老之精詣力到，可概見矣，殆堯舜之徒歟。

九一　古有采風之使，正觀其所尚，將以反正，端士習，振民風。今聞小有才者，口肆雌黃，形變白黑，甚可怪也。至如近郡有云某人傘、某人剷、某人輩、某人扁，妄肆譏評，殊無忌憚，風靡俗偷。御史提學有觀風督教之責，其尚重懲之哉！昔唐高宗因鬥雞之檄將虞骨肉爭競之變，王勃徑坐黜廢，誰謂非君道耶？今無盧、王之才，而鼓譸張之舌，終無成也已。

九二　威寧伯王公善詩。嘗記其二首云：「謫來古郢兩年多，蓋得三間安樂窩。杜甫情懷詩裏遺，陳摶歲月夢中過。既然如此且如此，無可奈何將奈何？只好醉翻雙老眼，看人平地起風波。」又：「衲被蒙頭睡得牢，醒來把酒嚼離騷。炎涼世態悲紈扇，俯仰人情嘆桔槔。一紙謗書誰與辯？三邊憂擔我曾挑。莫言老眼渾無用，醉裏猶能識二豪。」其豪邁如此。既見其集未之載，謾爲識之。

九三　世稱錢物曰東西，稱男子曰南北，不知何義。故時人於好男子無錢使者輒詫曰「好南北無東西」云，意蓋鄉語相傳，有自來矣。由此觀之，積而能散者財之主，積而不散者財之奴。則有東西無南北，真守財虜矣。

九四　「量大福亦大，機深禍亦深。」斯言也，未有不中者。何也？量大則善日積。諺曰：「一分量，一分福。」機深則惡日積。易曰：「鬼神害盈而福謙。」是故福禍判之矣。斯二者，初未定之天，或爽，天定未有不應者。語曰：「遠在兒孫近在身。」自有識驗之，多中。吁！可畏哉！

九五　修養家有言：「行住坐卧，不離這個；纔離這個，便是錯過。」此亦收心口印也。收則存，存則有主而百□從令，固亦聖學已夫！

九六　近自京師傳一聯云：「陽爻九，陰爻九，九九八十一數，數合於道，道通元始天尊，一人有慶；雄鳴六，雌鳴六，六六三十六聲，聲聞於天，天生嘉靖皇帝，萬壽無疆。」在祝君，謂之極壽；在摛藻，謂之善文。

九七　蒙時授讀巧對吟，見刻本多有遺者，如：「吴孟子，鄒孟子，寺人孟子，一男，一女，一不男不女；周宣王，齊宣王，司馬宣王，一君，一臣，一不君不臣。」亦對之巧者。餘不悉述也。

九八 昔言以朴直爲「椎魯」，故今稱質戇爲「椎」。丙戌，同年堂邑常子順氏、濟陽江道南氏、鞏縣趙汝賓氏同候朝，環坐垂首，相向不語。光州鄭汝健氏戲之曰：「三陲晏然。」乃共哄然一笑，亦善謔云。

九九 張南野中丞同年嘗同道同參晉藩，或聯輿接席，彼此言笑，不謀多同，文雅機警，談謔風生。一日，過都司，云：「遂隳三都。」乃共一笑。堂上縣「公生明」三字，復云：「爾三都公然要錢，天生要錢，明白要錢。」蓋亦諷之，有玉汝於成之意。

一〇〇 驛壁，人多題詠，若「天不生仲尼，萬古如長夜」，誰能厭之？顧慢言長話，多可厭笑。有人題一詞云：「東來的寫在墻兒上，西來的寫在墻兒上，南來的寫在墻兒上，北來的寫在墻兒上。兀的不氣殺人也麼歌，兀的不惱殺人也麼歌。我也寫在墻兒上！」殊風騷可喜，調蓋亦叨叨令也。

一〇一 髫年過庭，聞解春雨壽太宰詩云：「祝壽不祝松與柏，松柏老來無顏色。祝壽不祝龜與鶴，龜鶴老來變爲雀。祝壽只祝天邊月，夜夜清光長皎潔。每至五更天欲明，引領衆星朝北闕。」吏部六曹之首亦善頌矣。

一〇二　童時，曹州雙河王公時爲御史，枉顧舍下，先君令余相見，出句曰「龍虎風雲會」，余對「雞兔日月交」。時六七歲，未之記也，後鄉親李體希大言如此。又郡守丁公哲以刑部郎中謫來守郡，明習法律，判斷嚴敏，人呼爲「丁一火」。過山莊，以「葡萄子」試余，對曰「橄欖皮」。公大喜，語先君曰：「可擇師教之。」感二公期待，今不能忘云。

一〇三　邃庵楊公，本交趾人，後家湖廣，繼遷鎮江。堂上署一聯云：「江海有心皆戀闕，乾坤無地不宜家。」初以神童應薦，爲翰林秀才，聲名籍甚，從游者多進列卿相。又陝西提學、巡撫、總制、太宰、入閣致仕，又聯云：「四海儒紳多弟子，三邊將領半牙兵。」亦實録云。許少華中丞歸田後一聯云：「歸來二品黄金帶，消受三間緑野堂。」亦殊有風韻。

一〇四　余世家北王趙，古清丘也，自洪武初年爲一則上户。先祖諱亮，好佛，以故人稱爲亮菩薩。先君移居北莊，僅一里許，余所生也。近署好禮堂聯云：「上中下九則經邦，洪武年以來大姓；福禄壽三星錫極，菩薩公承後胤孫。」静好堂聯云：「宜室宜家，茂衍清寧之祉；如賓如友，永歌和樂之詩。」塤篪館聯云：「伯氏吹塤，仲氏吹篪，式喜唱予和汝；德成而上，藝成而下，願言舍己從人。」不敢比言大方，少致承祖教家之意云。

一〇五　「提學來，十字街頭無秀才。提學去，滿城群彥皆沉醉。青樓花暎東坡巾，紅燈夜照西廂記。」長短句云云，乃吾郡憲使澤山桑公口號，諷示門生子弟也。提學出巡，積學待問者固多，其恃聰明遊懶者，見蒸熱賣，三五日内經書翻閲數次，果常如此，又何五車之不盡涉獵爲博雅人耶？

一〇六　西涯李公飲諸會試舉人，公曰：「載數巡，當有一題相告。」諸士離席請，乃曰：「東面而征西夷怨，南面而征北狄怨。」諸生謝曰：「承教！疑難出耳。」公笑曰：「待湯來。」蓋致款留云。近公相家一句云：「十石麥麪烙一個大鍋盔。」復曰：「某公能對。」蓋「沿邊喫來」，却含譏訕意，不同矣。

一〇七　虜呼「雷」爲「刀郎突難」，聞其聲，以口嚙指作畏懼狀。或震擊帳房，人畜則晝竄夜伏，避處窟崖，族類盡將所有收搶一空，密以肉酪食噉，俟數日，方將收搶者還之。又聞：南郡取婦之後，三更後親房，乘屋逾垣，收奩首飾，搜檢一空，雖新婦腰帶膝衣亦不遺，三日後，以所搶檢置之桌案，襲彩加幣具禮，合樂送還，其家設席歡宴。是一搶也，在夷狄謂之恤患，在中國謂之瀆禮。

一〇八　吾郡宋茂才顯章嘗廬其親之墓。正德癸酉，提學石峰先生陳公試之候廩，在族子德元之次。郡案出，郡守白其孝行，易其次。後有缺，竟不拜。過庭，先君語及之，曰：「食廩，貢可圖也，何執也？」余對曰：「斯其當辭也。果然貢成，則人將議『非廬墓不成名』，所辱多矣。況非其志乎？故寧辭也。」先君笑曰：「可以觀其志矣。」又曰，宋氏子初起復也，東山李公欲其至，里門迎之，竟不出，乃亟稱服之曰：「老夫初慮不及此！斯子之孝，吾無間然矣！」

一〇九　正德庚午，母喪在殯，傳聞寇且至，無不驚走，先君亦欲同避焉。余伏哭曰：「賊不見人，將多舉火，火熾柩亡，子何生爲？第守之，資畜固在，任其取耳。賊非讎怨，寧以刃相加耶？」乃亦不避。賊不果來。先君撫而泣曰：「弘治壬戌，州中地震，一秀才隨人逃出城，其母哭聲徹市。丁守問而知之，後歲考，徑坐除名。今併可觀其行矣！」

一一〇　先君嘗曰：「吾聞之人也，財壓奴婢，藝壓當行。雖然，嘗學商張秋，買食壚，誤多兩引；商朱姓者來市木綿，誤授某金，皆笑而還之。利者，義也。爲利傷義，吾不爲也。」先君有膂力，口可啣石米繞場一匝，臂可舉雙輪運行數步。嘗曰：「不侮人，人莫余侮；不欺人，人莫余欺。財藝相壓，市井之言；勢力相競，小人之見。小子識之！」

一一一　余嘗友於郡人解承事秉善，每過庭，稱其人，先君未之識也。三月廿有八日岳廟大會，幾數萬人，物貨委積，車馬喧闐，物色莫辯也。邂逅解氏。熟視之，曰：「子非解大郎耶？」乃秉善再揖謝。先君笑曰：「固眼中所未睹。」至今傳爲口談。

一一二　或問：三人皆端居静坐，車過其門，一人知有車，一人不知有車，一人知車而不知車。是故有心則知車，無心則不知車，無心而無無心則知車而不知車。知車而不知車，所謂心死神活也。心死則勿助，神活則勿忘。勿助勿忘，儒曰惺惺，佛曰如如，道曰綿綿。

一一三　二月萬物盡生而榆莢落，八月萬物盡殺而麥苗生。陰陽各分其半，生殺互藏其機。故月令五月麥秋，至大江迤北皆然。江南不必宿種，不俟麥秋早熟；塞北不能宿種，乃過麥秋方熟，又月令所不能稽也。又曰，江北麥花晝開，江南夜開，是故麥之用亦異。

一一四　記曰「公事有陰陽」，不寧惟是。其考文，投壺、鄉飲、弈碁，骰之三，其七；棋之四，其八，或陰陽各分，或陰陽各成，與三骰、四骰、五骰、六骰，各有意義，不盡述也。

一一五　正德丙子，東塘毛公巡按河南，華泉邊公督視學政，會飲。華泉命承差酌酒勸飲。毛公曰：「承差差矣乎？」邊公曰：「副使使之也！」二公文雅并見。

一一六　「學如元凱方成癖，文似相如始類俳。」文字氣勢所到，自有應對應散，概以俳目之，過矣。如天地、日月、山水、東西、上下、長短、大小、多寡、輕重，天地間未嘗無對，不盡載也。亦未嘗無韻，如易翼象、象、繫辭、説卦、雜卦以至莊、老、諸子皆有韻，可考而知。是故當對而散，偶失之奇；當散而對，奇失之偶。

一一七　遊絲，露氣所結，春秋日獨多，詠者云：「莫言天上無人住，亦有清愁鶴髮翁。」疑於攀伴。神仙皆有職司，或有過被譴，詩曰：「早知天上多官府，且在人間住幾年。」疑於偷閒。送張天師詩曰：「山中宰相無官府，天上神仙有子孫。」疑於歆羡。詠情詩曰：「天若有情天亦老，月如無恨月長圓。」疑於叛援。

一一八　唐文三變，變之善者也；唐兵三變，變之不善者也。唐詩三變，變入於弱；明詩亦三變，變近於古。

一一九　媒婆、牙婆、師婆，謂之「三婆」。啗利納邪，翻唇鼓舌，凡至人家，有損無益，不可令其出入。「我亦不敢先，彼亦不敢先，是以無所争，故能入於不死不生。」此碁隱語也。今有「騎兩頭馬」、「躧兩家船」，謂之「下活碁」，亦當慎其交遊。

一二〇　行天莫如龍，行地莫如馬。禮四時祭馬，蓋重之也。六卿有司馬，貴戚有駙馬，青宫有洗馬，各鎮有軍馬，五城有兵馬，郡邑有種馬，四户貢大馬，陝西有茶馬，排衙聲「人馬」，蓋無不重也。同年相嘲，輒曰：「我有牙牌，你無排衙。」蓋取此云。

一二一　巡撫勅内載「有事送巡按御史問」之言。曹南太宰李襄敏公巡撫宣府時，一行與巡臺不相能。繼公轉巡撫江南，巡臺同一黃門爲錦衣門達所罔，謫戍，差官械繫過江，聞公適在蘇州，自媿難相見也。及至，乃公登舟慰問，厚禮其官，懇浼寬假。其人初以門堂辭，公曲爲之解，且曰：「有罪在某，不相及也。」乃釋械南行。既去，乃列兩人才可用狀上奏，且乞補守鎮江、嘉興，遂得俞允。天子納善容言，大臣以德報怨，盛時君臣，皆可見矣！

一二二　單縣秦公紘嘗被譴謫，發户部解送原籍爲民。三原王公時在吏部，乃奏其材可大用，留陞户部侍郎，見端毅公奏議。

一二三　太原王襄敏瓊自陝西總督還，載蒞吏部。南道御史喬英等劾論被逮，乃襄敏上書捄之，且言：「臣守官不能無過，御史風聞。乞貸言者，以光聖治。」諸御史竟止奪俸。三太宰皆人所難。襄敏，又余所親見也。

一二四　唐人知貢舉，有詩云：「梧桐落葉井亭陰，鎖閉朱門試院深。當念昔年辛苦力，不將今日負初心。」後爲下第者改爲五言。倘不明，猶可諉也，不公不可諉也。初試時，嘗記貢院一聯云：「塲列東西，兩道文光真射斗；簾分内外，一毫關節不通風。」近關節通風，或取七言詩，或以某字爲號，則負初心更甚矣。

一二五　舊過平定，見白泉僉憲懸一名公七言詩四首，因語及皆可五言讀，則三字爲贅矣。唐人王摩詰送人使安西「渭城朝雨浥輕塵」七言絶句，次五言，次三言，皆可歌，謂之陽關三疊，未審然否？

一二六　胡蒙泉少卿侍，博學善談。年豐穀熟，人云市價賤，伯承曰：「獨有一物貴耳。」問之，曰：「錢貴。」相與一笑。諺云：「斗米三文錢，無錢空自看。」又聞穀賤傷農。皆人生之難也。墨子曰：「非無安居也，我無安心也；〔一〕非無足財也，我無足心也。」由是觀之，非無賤貨也，我無賤錢也！

一二七　丁晉公謂酷嗜弈碁。一日，問李畋虛心法，對曰：「請侍中弼諧之暇不以碁子役心，虛已半矣。」曰：「如子之言，何止於碁？凡有所着，皆不虛！」余亦曰，凡有所好皆是貪。是故好名與好利，雖清濁不同，其貪一也，故人以好書畫爲「清贓」。

一二八　白侍郎詩曰：「馬逢回首雖增價，桐遇知音已半焦。」宋梁灝八十二歲方及第，雖爲增價之馬，已屬半焦之桐矣。其謝恩表云：「白首窮經，少伏生之八歲；青雲得路，多太公之二年。」故詩曰：「也知年少登科好，爭奈龍頭屬老成。」

一二九　諸國音聲：吳楚傷於輕淺，燕趙傷於重濁，秦隴則去聲爲入，梁益則平聲

〔一〕我無安心也：「心」底本作「居」，據墨子親士改。

爲去，其韻不可同押。乃讀「清」爲「親」，「歌」「麻」「古」可相叶；乃不知用「真」韻開口、「侵」韻閉口，是平分上下；餘可推也。今吾曹濮兗鄆，入聲多作平聲，蓋亦水土使然。大江以北水輕土重，大江以南水重土輕，聲音所由異也。京師北二門，以入作上，如以「帽」爲「卯」，以「國」爲「鬼」，以「家」爲「甲」，又以「甲」爲「假」，燕涿易鄚水土之性猶存；南三門，清不盡清，輕不盡輕，似南非南，似北非北，江浙淮楚習染之風自變。

一三〇　孟蜀主一錦被，其闊猶今三幅帛，而一梭織成。被頭作三穴若雲板樣，蓋以叩於項下如盤領狀，兩側餘錦則擁覆於肩，謂之鴛鴦被。曾見人家畫絹闊六七尺，又見錦長闊方六七尺。聞一人仰卧，兩人穿梭，不然，非常機可成也。

一三一　唐李益聽角詩：「無限塞鴻飛不度，秋風吹入小單于。」又古詩：「新月高城三百雉，角聲吹徹小單于。」「小單于」，角調也。匈奴謂天爲撐可犂。單于，廣大貌。自謂單于，言其廣大，象天也。諢語云，元人有天下，呼天謂撐可犂上帝，曰：「自三皇五帝以來，皆呼我爲天，今呼我爲撐可犂，氣勢在彼，姑聽之耳；事定，自還我那天。」雖出嘲諷，殊亦有味，其殆天定勝人、人定勝天之意。

一三二　朝中推補各員缺，有立推、坐推、走推。如推内閣、吏部、兵部、總督、總兵副總兵五府，九卿、六科、十三道，松棚下九卿西向，五府東向，六科分而左，十三道分而右，皆北向，故謂立推。如各部尚書、侍郎卿佐，支待房内坐推。如腹裏巡撫，常朝畢，行過御橋，吏部請户部同議；邊方巡撫，吏部請兵部同議，謂之走推。巡撫出行時，腹裏、邊上，户、兵二部分主餞。

一三三　禮重婚姻，尤重氏族。劉宋時，沈約因王源結婚賤族，劾之云：「齊大非偶，著乎前聞；辭霍不婚，垂稱往烈。若乃交二族之和，辨伉合之義，升降窳隆，誠非一揆，固宜本其門素，不相奪倫，使秦晉有匹，涇渭無舛。自宋氏失御，禮教雕衰，衣冠之族日失其序，姻婭淪雜罔計廝庶。販鬻祖曾以爲賈道，明日腆顔曾無愧畏。若夫盛德之胤世業可懷，欒郤之家前徽未遠。既壯而室，竊貲莫非皂隸；結褵以行，箕箒咸失其所。志士聞而傷心，舊老爲之嘆息。臣實懦品，[一]謬掌天憲。風聞東海王源嫁女與富陽滿氏，源雖人品庸陋，胄實參華。托姻結好，唯利是求。王滿連姻，實駭物聽。臣謹案南郡丞王源，忝籍世資，得參纓冕。同人者貌，異人者心。以彼行媒，同之抱布。且「非我族類」，往哲格言；薰蕕不雜，聞之前典。豈有六卿之胄，納女於管庫之人，宋子河魴，同穴於輿

〔一〕臣實懦品：「懦」底本作「儒」，據文選卷四十沈約奏彈王源改。

臺之鬼。高門降衡雖自已作，蔑祖辱親於事爲甚。此風弗剪，其源遂開。點世塵家，將被比屋。宜寘以明科，黜之流伍，使已污之族永媿於昔辰，方媾之黨革心於來日云云。今去宋益遠，氏族莫辨，婚媾乖異，又不知如約當劾者幾多矣！

一三四　吴祐父恢爲南海太守，欲殺青簡以寫經書，祐諫曰：「大人逾越五嶺，遠在海濱，其俗誠陋，然舊多珍怪。上爲國家所疑，下爲權戚所望。此書若成，則載之兼兩。昔馬援以薏苡興謗，王陽以衣囊徼名。嫌疑之間，誠先賢所慎也。」

余按江北時，同年張南墅南京刷卷，欲托以印廿一史，以恐兼輛而止。「瓜田不納履，李下不整冠。」嫌疑之間，君子不可不避也。

一三五　禮有百世不遷之宗、五世則遷之宗，其詳具宗法考，尊祖敬宗之義備矣。是故諸侯不敢祖天子，大夫不敢祖諸侯。成王以周公有大勳勞，賜魯重祭，以故天子禮樂得用於周公之廟，猶太甲以天子之禮葬伊尹，皆報禮重也。魯後用之群公之廟，已非禮矣；而三桓子孫乃祖桓公，遂相襲而用之大夫之廟，是故八佾舞於庭、以雍徹而不知乎非禮矣！然宗國也，孔子不可明言，故見之以致深嘆痛惜之意云。

逌旃璅言卷之下

轂原山人蘇祐

一三六　子産曰：「天道遠，人道邇。」應天以實不以文，僑過人遠矣！日月相蝕，曆家預可推步，載之詩，書之春秋。君子之心若有不自釋然者，是故反常爲變。如父母喜怒失常，則人子寧恝然乎？知事親，可以事天矣。

一三七　詞與詩不同。玉堂餘興咏詞云：「詞家三昧，妙理難傳。下詩壇，登畫品，出文筌。」可謂登彼岸矣。

一三八　詩而騷，騷而賦，賦而樂府，樂府而詞，詞而小令，南北曲分。聲韻之變，隨時化遷，要之達於比興，千古如新。王實甫西廂記，會真詩演義也；高則誠琵琶記，蔡中郎別傳也，南北詞曲之祖，它有作者，莫能尚矣。

一三九　博物志載：天地四方皆海水相通，地在其中，無幾。今東海、南海皆可見；北曰翰海，西曰青海，隔絶夷虜，不可見。以釋氏謂中國在東南，爲四洲之一，驗諸海水，似亦有據。其曰海外有海，姑置之。

一四〇　大傳曰：「禮，不王不禘。王者禘其祖之所自出，以其祖配之。諸侯及其太祖。大夫士有大事者，省於其君，干祫及其高祖。〔一〕」蓋王者推其祖之所自出之帝，於太祖之廟，正東向之位，而太祖暫就昭穆之列，總率有廟無廟之主以共享於其前，故曰配，而謂之禘。禘者，禘也，以審諦昭穆爲義，〔二〕則合食在其中矣。曰「諸侯及其太祖」云者，謂諸侯殺於天子，無所自出之帝，惟大合有廟無廟之主於太祖之廟而祭之，皆合食於太祖，是之謂祫。〔三〕祫者，合也，正以合食爲義也。天子言「禘其祖所自出」，而諸侯不言「祫及其太祖」者，通下「干祫」之文而互見之也。「干祫」云者，謂大夫士則又殺於諸侯，無太祖，亦不得祫，惟當有功德見知於其君，許之，乃得合祭及其高祖而已，故謂之干祫。干者，逆上之名，以其上干諸侯之祫也。由是言之，合祭祖宗一也：天子盡其祖之所自出而止，則爲禘；諸侯盡其太祖而止，則爲祫。天無二日，民

〔一〕大夫士有大事省於其君干祫及其高祖：印案：這一則節引明王道（號順渠）禘祫考，節引時未嚴格按原文引録，今僅就引文中有關宏旨的字作以下校改：「大事」下，底本有「者」字；「高」底本作「太」。今據明嘉靖武城縣志卷八文章志所録王道禘祫考删、改。

〔二〕禘者禘也以審諦昭穆爲義：「諦」底本作「禘」，據同上改。

〔三〕是之謂祫：「謂」下底本有「之」字，據同上删。

無二王，天子之禮不可干也，故曰「不王不祫」。諸侯雖尊，亦人臣爾，其禮可通於下也，故大夫士有可以干其祫者。蓋以位有尊卑，故祭有遠近而名有異同。程子一言以蔽之曰：「天子曰禘，諸侯曰祫，其禮皆合祭也。」魯，諸侯，春秋有禘有祫，故曰魯之郊禘非禮也，周公其衰矣。

少學舉業，讀論語，嘗考禘祫之義，未得其説。今見武城王順渠先生禘祫考，録之以示初學。

一四一　列子曰：孔子東遊，見兩小兒鬥辯。問其故，一小兒曰：「日始出，去人近，中時遠。日初出大如車輪，[一]其中時如盤盂，此不爲遠者小而近者大乎？」一兒曰：「日初出滄滄涼涼，[二]及其中時如探湯，此不爲近者熱而遠者涼乎？」孔子不能決。兩兒笑曰：「孰謂汝多知乎？」

廣雅云：「天去地二億一萬六千七百八十一里半度。地之厚與天高等。天南北相去二億三萬三千五十七里二十五步，東西減四步。」由是考之，人在地之中，未至於極東

[一] 日初出大如車輪：「初出」底本作「出初」，據下文「日初出滄滄涼涼」及列子原文乙正。

[二] 日初出滄滄涼涼：「滄滄」底本作「蒼蒼」，據列子原文改。

極西，則視天，日午宜爲遠，日出入處爲近矣。其卓午暄炎，由寅至午，積陽之氣，如春而夏；至酉，則漸涼如秋冬耳。此亦寓言，本不足辯。著此，亦格物之一端耳。

一四二　月令驗之江南多不合。吕不韋賓客皆周、齊、燕、韓、魏、趙與其國人。楚雖跨有荆、楊，江南開拓自唐始盛。月建在未，大雨時行，在江南則十一、十二、正、二、三、四月雨獨多，六月後殊少。麥秋至之候，關北視關南差一月，關南視中州又差一月。霜降在北亦甚早。在贛州，冬月花木滿山，葉鮮如春，新葉生而後落，無不爾或承，又不獨松柏之茂矣。又曰：百穀以初生爲春，熟爲秋。夏爲麥秋，則秋爲麥春矣。

一四三　建萬國，親諸侯，尚矣。漢興，立爵二等，大者王，小者侯，而王之號謂爲諸侯王。唐宋多顯仕，朱考亭、文文山，登科録所載玉牒所者，可考矣。明興分封，宗藩日盛，禄糧日益不足，載諸玉牒位員已幾二萬。宗社萬年，可不預爲之所乎？顧事關成法，伊府嘗一具奏。宗室多賢，與凡臣工亦往往私相論議，但未敢冒言以速變亂之辜耳。嘗因查處禄糧，疏内亦略見，兹不著。

一四四　語云：「律設大法，禮順人情。」蓋言聖王緣人情而爲法，非禮與法異也。姑舉一二：律載，幼小犯罪，出幼事發，尚從幼小，是幼幼也；未老犯罪，既老事發，即從既老，是老老也。仁至義盡矣。充軍事例，積年惡其害民，包攬惡其用强，否則未減。不然，單丁獨户應諸徭賦，將人百其身。舊規故牘，參對檢查，廢將迷謬。舉此例餘，不暇縷數。用法者尚慎旃哉！

一四五　記曰：管仲鏤簋而朱紘，[一]山節而藻梲。孔子曰：「賢大夫也，而難爲上也。」晏嬰祀其先人，豚肩不掩豆，澣衣濯冠以朝。孔子曰：「賢大夫也，[二]而難爲下也。」

又曰：刑不上大夫，禮不下庶人。上上下下，政之倫紀乎。

一四六　「佛者，覺也，覺一切種智，復能開覺有情。」如睡夢，故名爲佛。要之真詮妙義無出心經。其言「無眼耳鼻舌身意、色聲臭味觸法」，六根六塵，殆近坐忘之學。顧未能推之齊治平，故曰異端也。金丹大要所載謂佛即心，其四金剛八菩薩，皆吾身心所具之假像耳。殊有意味。

一四七　經者，經也，五千四十八卷爲一藏，蓋以日計歲也。且經以教人，欲著身心，念念不空過，如曰「念兹在兹」、「釋兹在兹」云耳。俗僧但口誦，且爲人誦，以藏計而酬

[一] 管仲鏤簋而朱紘：「紘」底本作「弦」，據禮記雜記下改。

[二] 賢大夫也：「也」字底本無，據同上補。

之資利，失愈遠矣。我太祖幸一寺，見僧旋繞誦經，因詰之曰：「何爲如是？」對曰：「報謝天地三光國王水土與諸檀越耳。」上笑曰：「佛之經典，朕之律令也。犯佛之戒，以口誦經典而獲解脱，則犯朕之法者，亦可以口誦律令而得釋免乎？」大哉王言，足破群妄。

一四八　太上立德，其次立功，其次立言，謂之三不朽，自黃虞以迄於今，莫之改也。世乃有久生長視之説何？孔子曰：「朝聞道，夕死可矣。」老子，學僊者宗之。其言曰「死而不亡者壽」，人顧惑之，何哉？充築基煉己之言，亦作聖之功，其餘不縱慾敗德者幾希。

一四九　佛書載，釋迦具三十二相，珠腋、金臂、字髮、輪齒、金精髮、珠火眥、琉璃咽、珊瑚舌、珠澤毛、金花面，亦猶形容清和潤澤、豐厚盈溢、晬盎貴重之意，不然，則「金口玉言」、「錦衣玉食」，將亦口飾黃金、食饌白玉矣。至於千手千眼，亦讚智慧靈通、無不知、能洞照也。鎮州大悲閣鑄金大士像，高七十尺，首徑丈，手眼不千，亦殆百云。佛既神應，奚假如是形狀乎？舜典曰明四目，達四聰，貌重華者，當倍其耳目矣。

一五〇　皇祖嘗曰：「律令行之已久，奈何犯者相繼？由是出五刑酷法以治之，欲民畏而不犯。」「刑亂國用重典」也。又曰：「作大誥以昭示民間，使知所趨避。」有減等之制。「刑新國用輕典」也。孔子曰：「政寬則民慢，慢則糾之以猛。猛則民殘，殘則示之以寬。」實相濟而非相病也。議者疑於既寬之使慢，又嚴之使殘，謂非孔子之言，殆未知世輕世重之説歟！有倫有要者法之經，惟齊非齊者法之權。孔明治巴蜀以嚴，龔遂治渤海以寬，非達於刑之經權者不能。

一五一　讀陳后主授江總尚書令册文與隋江總除尚書令斷表後啓、讓尚書僕射、吏部尚書等表，君道臣節，蕩無倫紀，五代短祚，又可足惜？「遠媿梁江總，還家尚黑頭。」嚴於鈇鉞矣！少陵詩史，於此益信。

一五二　讀書用字，見依邊傍常韻者甚多，不能一二數。如「逕庭」，出莊子，「庭」敕定反，言激過也，今人多讀作「亭」。「膠擾」，出莊子，「膠」音攪，[一]今多讀作「交」。「蕞爾」，出左傳，「蕞」徂外反，小也，今多讀作「撮」。「綸綍」，出禮記，「綍」即「紼」字，今多讀作「孛」。「隃度」，[二]出漢書，「隃」音遥，今多讀作「逾」。「墨杘」、「眠娗」，

[一] 膠音攪：「攪」底本作「擾」。印案：字書「膠」無「擾」音而有「攪」音。唐陸德明莊子音義亦爲「膠」注音「交卯反」，可證「膠」在此讀「攪」音，此處作者或承上文「膠擾」而誤，據改。

[二] 隃度：「隃」底本作「逾」。印案：今查漢書趙充國傳「兵難隃度」，顏師古注：「隃，讀曰遥。」又：下文「隃音遥」及「今多讀作逾」，亦可證「逾」是今人對「隃」的誤讀，「隃度」字是。據改。

出列子，「墨」音眉，「杘」音癡，〔一〕言媚佞相諛悦也；「眠」音緬，「娗」音腆，言柔膩不決裂也。

一五三　蘇子瞻七月既望泛舟赤壁賦曰：「少焉，月出東山之上，徘徊斗牛之間。」書曰：「日永星火，以正仲夏。」心，火星也，五月昏見正南午位，則六月在未，七月在申。詩曰「七月流火」，火既西流，則火之次尾宿九星，尾之次箕宿四星，箕之次斗宿六星，斗之次牛宿六星，迤邐而東，牛宿去火宿五舍，故月出，正徘徊斗牛間也。坡翁匪惟賦事寓懷，天文次舍亦并見矣。

一五四　佛者，心也。其菩薩、金剛、天王、羅漢等像皆教也，故曰像教。佛當陽者，見世也，左過去也，右未來也，所稱三世諸佛是也。今生所受，前生所作。則前生爲因，今生爲果，今生所作，來生所受，則今生爲因，來生爲果，故曰因果。即一日一事論之，已起爲前，未起爲後；已過爲前，未過爲後。故曰意必常在事前，固我常在事後，與此意亦相發云。學佛氏者以爲，已過者不必想，未來者不勞想，則心自清净，是一道也。故曰「種瓜得瓜，種豆得豆」，則積善降祥，積惡降殃，亦因果之説。學者未之察，以爲異端，殆亦吠

〔一〕「墨杘眠娗」至「杘音癡」：二「杘」字底本皆作「床」，據列子力命改。

聲之見。宋太祖入寺，問曰：「拜否？」長老曰：「見世佛不拜過去佛。」後皆不拜。

一五五　憲綱載刷卷六條。刷卷御史，舊設也。巡撫初設，或副、僉都御史亦有左右，侍郎、或通、參、卿寺皆兼憲職，領敕以出，事完還朝。今常添註矣，然皆積有年勞□望方授。近因邊方失事相繼，不責總兵而責巡撫、巡按；又因時過求，戍罷相望，隨自有參政、副使□在按屬，輒加陞授，以故巡按輕之，而自視亦輕，彼此相見相行，事體禮節亦非曩昔。余嘗三巡按，與韓苑洛兩同事；載巡撫暨總督，與諸巡察相敬信。今若此，其究安在？

一五六　諺云：「忙家不會，會家不忙。」嘗聞吾東郡敖公靜之云：「槐花黃，舉子忙。閒時做下忙時用，管甚槐花黃不黃。」公發解登第，由翰林編修陞江西提學副使。初至，聞人云：「千字文，提學能出一百個故事否？」乃以「起翦頗牧，〔一〕用軍最精」爲論，以「孔門七十二賢，賢賢何德；雲臺二十八將，將將何功」爲問，公代答皆有據，由是驚服。公精皇極數學，時與威寧王公越（餘二失記）稱江北四傑云。比督學江西，豐城

〔一〕　起翦頗牧：「翦」底本作「剪」。印案：此處「起翦頗牧」分別指戰國時秦將白起、王翦及趙將廉頗、李牧，史書及千字文記王翦名皆作「翦」，無作「剪」者。據改。

人李知府告余如此，又云童子時猶見公云。介溪嚴公，少奇童著名，其叔父秀才問曰：「汝它日爲何官？」對曰：「我做閣老。」因出一句令對：「七歲孩童，未老先稱閣老。」介溪曰：「饒責敢對，否則不敢。」許之。乃曰：「三旬叔父，無才强做秀才。」笑而走。敖公提學時甚重之，常加諸膝，視其食飲。介溪既相，常有贈遺，爲修墳墓，視其後人，見恩義矣。

一五七 蒼頡造字而原有字，楊雄識字而不識字。六書有象形，如草「天」字三連，乾卦也；「地」字轉折，坤卦也；如篆「水」字，中二畫，左右各二畫，坎卦；〔一〕「火」字，中二畫，左右各一畫，離卦，象形也。上心曰「忐」，下心曰「忑」，左步曰「彳」，右步曰「亍」，會意也。水工爲「江」，水可曰「河」，諧聲也。柯婁爲「鈎」，窟櫳爲「孔」，反切也。餘不悉書。

一五八 天文三垣：太微，前朝也；天市，後市也；紫微，紫禁也。二十八宿，省路也。五星，部使也。風雲雷雨霜露，禮樂刑政也。藩省，秦、楚大，雲、貴小。次舍，井躔

〔一〕如篆水字中二畫左右各二畫坎卦：印案：「中二畫」之「二」疑當作「一」，字之誤耳。篆書「水」字作𣱱，中間一長筆通貫而下，爲一畫，象卦之陽爻；左右各二短筆，象卦之陰爻，整體則象坎卦之卦畫☵。特予指出，而暫存原文不改，以提醒讀者。

多，觜躔少。萬物生之地，萬象見之天，形氣瑣細不遺。人事著於下，天象見於上，經緯推步可驗。

一五九 天下東西南北之山皆原於崑崙而支分，江淮河漢之水皆歸於海而流會。是故山則本同支異，水則原異支同。若夫同歸而殊途，一致而百慮，在山川亦有然者。

一六〇 詠詞有善謔而不虐者。其詠瘧云：「冷將來，一似冰凌上坐。熱將來，一似蒸籠内卧。顫將來，顫的牙關錯。疼將來，疼的天靈破。兀的不害殺人也麽哥！似這等寒來暑往，人難過！」意在末句。曲有務頭如此，尚審聽之。

一六一 魂屬陽，魄屬陰，魂魄相依則生，相離則死，相遊則夢。耳目口鼻手足，魄也，視聽臭味持行，魂也，故曰形色，天性也。日，魂也，月，魄也。月無圓缺，視日圓缺。朔復生，月與日初相盪，則光復生，已有朕兆，顧人不見，至三日見之，庚爲震；初八日半輪上弦，爲兑；十五日相對光滿，相望而圓，爲乾；十六日初消，爲巽；二十三日半輪下弦，爲艮；三十日相背光盡，晦，爲坤。是月魄視日魂消息，以分弦望晦朔。其曰三五而盈、三五而闕，光也，非體也。

一六二 睡心則睡，睡目則不睡。睡心則魂魄相依，故睡；睡目則心意在目，故不睡。語云：「前三三與後三三，三個三三一担擔，擔三容易放三難。」故睡心則擔三，易；睡目則放三，難。提的起，放的下，則心不爲紛擾所引，睡心亦不易也。必端坐，存心、收視、返聽，倦而後卧，則睡。行之良驗。

一六三 人相編曰：「有心無相，相隨心生；有相無心，相隨心滅。」相之格言也。果能此，荀子雖欲非之，將何非之耶？吾嘗見兩山先生李岢嵐相多奇中，告余曰：「初學時，晝五日在房内，出視日良久，進能辨其色，方可學相。」向在塞下，見王生者談天文，有性情，有形體。不識性情，徒泥形體，已多不驗；况部位分野之間，毫釐之差，千里之謬。湖廣、江西皆楚，以安陸之楚爲豫章之楚，失之遠矣。是故宸濠之逆，固心之不善，亦術人之誤也。得一遺二，術志在求食干進，斯不足言矣。

一六四 夫律，刑書也，情法兼盡，文字簡古，法麗五刑，義兼六籍。是故趨吉避凶，易教也；感善懲惡，詩教也；明法布象，書教也；盡性至命，春秋教也；刑措不用，和氣由生，樂教也；出刑入禮，出禮入刑，禮教也。諺曰：「律設大法，禮順人情。」是故律以正經，例以盡變。聖人本人情以爲治，其斯之謂歟！

一六五 龍之脊骨八十一節。九九，陽之極也，極則變，故龍善變。鯉之鱗三十六點。六六，陰之極也，極則化，故鯉善化。鶴守任，任，陰脈之會；鹿守督，督，陽脈之會，故鶴鹿多壽。衆人之息以喉，真人之息以踵。龜踵息也，故亦壽。物生性偏，多獨得，故自壽；人生性全，故非得其養莫壽。是故有天壽，有人壽。若夫壽而不壽，不壽而壽，又有道存焉。

一六六　子、丑等一十二垣二十八宿，躔次之屬，虚日鼠，當子之正，故子屬鼠；餘仿此。然十二相屬，鼠無牙，牛無齒，虎無項，兔無唇，龍無耳，蛇無足，馬無膽，羊無睛，猴無臀，雞無腎，狗無肝，豬無筋，皆缺而不全。

一六七　内經曰：「微者逆之，甚者從之。」夫寒者熱之，熱者寒之，「微者逆之」也；寒者寒之，熱者熱之，「甚者從之」也。以寒治熱，以熱治寒，謂之逆，濟寬濟嚴之政也；以寒治寒，以熱治熱，謂之從，世輕世重之典也。又曰，俗奢則示之儉，俗儉則示之禮，亦燮理陰陽云。

一六八　凡會朝，鼓發，三公九卿曁諸司屬俱以次候立樓棚下；六科對午門，北向；十三道對掖門，東向。時白巖喬公爲太宰，陞張御史欽爲鞏昌守，一老掌科向道中云：「張心齋道長當武宗出居庸，閉關三疏，實稱風力，乃今此陞，何也？」諸御史應之曰：「銓司或有見云。」意蓋使之聞之也。甫八閲月，張由鞏昌陞憲副。太宰有度，臺諫生風，今不可見矣。

一六九　人有四聲，猶天有四時。平字平聲，開音，猶春，化機自内達外；上字仄聲，發音，猶夏，化工盡達外；去字仄聲，收音，猶秋，化機自外斂内；入字仄聲，閉音，猶冬，化工盡斂乎内。平、去東西衡對：以方出地，故曰平；以將入地，故曰去。上、入南北從對：以已出地，故曰上；以盡入地，故曰入。平分二韻，入派三聲，是故以入作上、去、平三聲可也，平聲作上、去、入三聲不可也。有必見之本韻或叶，是故初學當習對偶、辯句讀、知音聲，不可徒恃記聞，摘題取捷，冒取青紫，無得身心，從政數年，筌蹄盡廢，一白丁耳。甚强不能以平爲仄，呼「家」作「價」，呼「多」作「墮」，呼「花」作「化」等類，調南北腔，殆村莊俏矣。

一七〇　變者，化之漸；化者，變之成。月令「鷹化爲鳩」，「田鼠化爲鴽」，變而復化也，故曰化；「腐草爲螢」，「雀入大水爲蛤」，「雉入大水爲蜃」，變而不化也。

水、雪爲雨者，自上而下之稱。水、雪皆成自天，故曰雨水、雨雪，觀於茶鼎酒甑可驗。霜、露皆生自地，故曰霜降、白露、寒露，不曰雨也。

甑酒明流，味平善，視蒸酒酷烈殊勝，近京師愛飲者以其威而不猛，名爲「仁義將軍」，又曰「白水真人」，稱其德也；夏日尤能殺水，俗謂之「燒刀兒」，稱其才也。

一七一　天如覆釜，語其覆也；天如倚蓋，語其欹也；天如旋磨，語其行也。天左旋，水右旋，相激也。日月星辰皆隨天左旋，謂之右旋，遲速相形，則速者爲左，遲者爲右，非真右旋也。兩船同行，速者如進，遲者疑退。雲月相薄，雲行如進，月止疑退。

一七二　韓娥過宋，宋人辱之，娥曼聲而哭，長幼皆泣下。宋人謝之，娥曼聲而歌，長幼皆喜躍。〔一〕聲之感人心如此之甚。今看作戲，能令人悲，能令人喜，其亦曼聲之感也夫！

一七三　各邊鎮守官有總兵、副總兵、參將、遊擊。總兵總一鎮之兵，謂之正兵；副總兵分領三千，謂之奇兵；遊擊分領三千，往來防禦，謂之遊兵；參將分守各路，東西策應，謂之援兵。此邊兵之制也。

一七四　禮樂之用大矣。列之六藝，令先習其器數，固小學事也。然業有專門則精，今之賤師截竹爲管，自能成聲，其習之者，以「六」「凡」「尺」「工」「一」「五」「六」字爲度移宫换羽，〔二〕亦能協於音調。或陽律陰吕，隔八相生，三分損益之要，法如切韻三十六字、算法十八字乎？恨未能見深於音者一問也。

〔一〕韓娥過宋至長幼皆喜躍：印案：這段文字蓋引列子湯問篇，亦即韓娥善歌的故事。只是列子説「韓娥東之齊」，未言其「過宋」，蓋亦作者記憶之誤。三「宋」字應作「齊」。

〔二〕其習之者以六凡尺工一五六字爲度移宫换羽：印案：依近代尺工譜記音之字有「六」「凡」「尺」「工」「一」「五」「上」等字。此處「六」字兩現，疑下「六」字應是「上」字之訛，草書「上」「六」形近所致也。姑爲指出，暫留原文不改。

一七五　人有言曰："詩失而求之野。"是故塗歌巷謡，儘有可採。姑記一二。如："一根竹竿十二個節，我男兒當軍十二個月。刮一陣風兒下一陣雪，誰人知道冷和熱？"又："黄哩黄來黄哩黄，黄河岸上洗衣裳。洗的水兒渾蕩蕩，甚日流到我家鄉？"又："青東瓜，眉兒黑，早晨送飯只到黑，阿娘阿娘受不得。公又打，婆又罵，小姑過來採頭髮，阿娘見了心疼殺。"又："箒帚秧，掃帚秧。""上古路臺，下古路臺。""東屋點燈西屋明，家家小姐織羅綾。""張公喫酒李公醉，丈母牙疼灸女壻。"等語，又與江南櫂歌可合之比興，如竹枝詞"東邊日出西邊雨，道是無情還有情"，不能悉數也。

一七六　國初建御史臺，後改設都察院，十三道如故，非屬官也。如題奏，止稱某道。雖堂官亦論奏。未聞有"都察院某道"如"某部某司"者。則建設之意可識矣。

一七七　大明律犯姦内有官吏宿娼之條，則是太祖時已有禁矣。稱者爲顧公佐掌院時奏禁，豈當時容其供應公宴，禁其姦宿，顧公恐末流人情易犯，併禁之耶？又聞：三楊閣老會飲别館，時月夜，有伎侑觴，因行令，限以古詩二句，用"花""月"二字，伎應云："尋常一樣窻前月，纔有梅花便不同。"意含自喻。三公稱賞，劇飲，大醉而歸。早朝入文華，宣皇問曰："昨宵之飲樂乎？"倉皇莫知所對。上誦應令之句，三公大慚，謝。上笑顧中侍齎錦十端而前，曰："用助纏頭之費。"三公復頓首謝。遂共私自念伎之黠慧乃致沉飲，幾違犯法禮，他人可知矣，因具奏禁止。未知然否。抑或好事者之言。

一七八　字直音視切韻殊簡便，然有聲無字者，是故切不可廢也。如「也吉靄至塞甘塞至歪古列曰且吉擺拔傑柳捨及」，世所謂市語，孰不厭其俗鄙？及考《切要》：「一因煙，二人然，三新鮮，四餳涎，五迎妍，六零連，七清千，八賔邊，九經堅，十神禪。一，也吉切，則「也，因煙，一」，因煙與一同元；二，靄至切，則「靄，人然，二」，人然與二同出；餘可類推。學者苟能口誦心惟，顛倒爛熟，雖無聲，四字皆隨口而成。五聲八音之別，輕清重濁之分，與夫羅文反紐，皆不待停思而自明矣。」今市談回切即雙聲疊韻，則「高板纏絲四平八滿八分」等語，安知其無所祖耶？顧未之詳考耳。

一七九　車同軌，無古今，獨御之六法杳無傳，亦時勢之異。至於車戰，今益無施。議者欲舉以禦虜，難與知變。古之詰朝請見，尚有信也；敗不逐北，尚有禮也。犬羊之習，寇不厭煩，敗不爲耻。且如寇中路以車戰矣，忽轉而東，倏馳而西，勢如飄風，將守而待其復來，抑馳而追其後殿？知不能也。車變而騎，要亦勢之必至。若云阨衝守口，則不可缺。是故結繩之制，難與治亂秦之緒，干戚之舞，不可解平城之圍，斯通儒之論。

一八〇　射有大射、宴射、賔射。大射，武射也，賔射、宴射，文射也，然皆尚右。今大夫士有不能執弓者，亦惰於習，鄙其事而昧於初度懸弧之義，小學之教廢亦久矣。其譏笑賈誼三表五餌之説也固宜。遼之不能抗金，金之不能禦元，雖其君臣之罪，要之豢養於中國，飲食子女，宫室衣服，柔脆嬌惰，其長技非復如晁錯所稱之舊故也。語曰：「百戰之後，豪傑挺生。」又曰：「人與智長，習與化成。」古稱山西出將，豈盡其人之能哉！

一八一　金蟬脱殼算法，前三門因乘加，用「除雙倍數退一還元」八字，後三門歸除減，用「滿法過身一折半身當五」十字，盡括之矣，作者極思。至是，古有算學，今士大夫多不屑。鄭康成遊馬融門下，從高弟轉授，三年不得見。以算河洛經緯數，始得召見樓上，一一質問。後東歸，方動「吾道東矣」之嘆。

一八二　觀象玩占所載步天歌圖，星分青、紅、黄、白、黑五色。今所見者紅、黄色星耳，青、白色漸少，黑則不可見。其萬有一千五百二十當萬物之數，不一一名識。

一八三　太乙統宗寶鑑，或曰此算造化子平也，顧未見有精者。嘗從苑洛韓公得抄本，未能盡叩其藴。陽九之厄，百六之會，固有定數。太乙三年一過宫，二十七年而週，七十二局而畢，已歷之年，計數可合，而災祥不一，是必有活法，非口傳心授，則捫盤索日之誚不免矣。

一八四　刻漏之制肇自軒轅，周官挈壺氏掌之，考時宜民，尚矣。都察院典獄御史終月一易，巡風御史五日一易，提牢廳内置小更牌一百餘面，大更牌五面，牕下置櫃，竅而鑰之，更卒起更後自廳中取牌一面，更道周巡，投之竅中，銅器鏗然，聲徹卧内，復取一牌，巡報如初，一更畢則大牌自内門竅遞出，外巡者報巡風御史互相稽察，牌盡更斷，已報曙矣，毫釐不爽。更牌數相若，更之短長視節氣加減耳。始作者殆亦因刻漏更籌加減之遺法而爲之，亦極思矣。唐詩云「二十五聲秋點長」，今初更五更俱止三點，蓋因一更三點禁人行，五更三點放人行而誤也，不知更皆五點，初更三點始禁人行，爲其晚輟，五更三點即放人行，爲其早作，而點無滅也。宋宮中獨轉六更，乃應六庚之讖云。

一八五 繫辭曰：「一陰一陽之謂道。」本義曰：「陰陽者，氣也，而其理則謂之道。」將氣非道乎？是故大地之覆載，四時之錯行，山川之流峙，日月之往來，鬼神之合散，人物之生成，氣也；形形色色，大大小小，各有畔岸分限，條理脉絡，不相妨害侵陵、混淆滅息，理也，亦氣也，非判然爲二物也。舉所易見，如春暖夏熱，秋涼冬寒，分至啓閉，弦望晦朔，五行順布，四時行焉。斯理、氣之説也。子思曰：「小德川流，大德敦化。」孟子曰：「形色，天性也。」先聖後聖，其揆一也。

一八六 惡惡如惡惡臭，好善如好好色，所謂意誠；非格致功先，善惡鮮不淆矣。先儒謂之「夢覺關」，蓋言好惡塗分，但慮或偏，故捄其失，使心無不正，身無不修，家國天下可措而舉矣。故曰：「自天子以至於庶人，壹是皆以修身爲本。」夫「民之所好好之，民之所惡惡之」，則得民之心，而爲父母自慊之形也。好民之所惡，惡民之所好，則拂人之性，而爲大戮自欺之形也。其誠於中，十目所視，十手所指，蓋有他人所不及而己獨知之者，是故君子誠之爲貴。楊慈湖乃謂：「聖人無意，又何用誠？」「聖人無意」，無私心也；大學「誠意」，無欺心也，猶曰人心道心之不可同也。夫如是，則格致，其功也；誠正，其著也；身，其本也；家，其則也；治平，其推也；好惡，其端也；行恕、絜矩，其方也；用人、理財，其政也。故曰其序不可亂，其功不可闕也。斯大學之旨也。

一八七　古人宮室，門東偏向，故謂西南爲奥，西北曰屋漏。「不愧屋漏」，猶曰不愧暗室也，則其制可知也。故祀禮以西爲尊，南向爲昭，北向爲穆。今制門中開，西南非奥，則不尊矣，猶襲尚右，不反卑耶？今東西相向猶稱昭穆，不失其序耳，而非其義也。議者曰：「不復古禮，不變今樂，不可以爲治。」今之樂猶古之樂也，與好貨等對，斯孟子爲命世亞聖之才歟！易翼曰：「易窮則變，變則通，通則久。」孔子之論禮制也而有損益，孟子之論井田也而曰潤色，可以觀聖賢之政矣。

一八八　國初止有刷卷御史而無巡按等差，是以憲綱獨載刷卷條式。其云内而監察御史，外而按察司，則按察司權甚專重，可徑舉刺。迨後設巡按，又設巡撫，則舉刺不專行矣。今各省按察司官到任，布政司首領及六房參見，布政司官到任，按察司首領官、六房吏則否，猶有初設之意。巡鹽、清軍、提學、巡茶、巡馬、巡關御史皆稱欽差，巡按則否，蓋代巡也。各道分巡僉事官五品，其印章篆文，與總司三品製同，其餘司印文除玉筯篆，外文皆九疊，唯御史印八疊，柄有孔，可繫之以行。總兵印惟九顆，柳葉篆云。

一八九　大辟獄要轉詳待報處決，其原發招由、開報來歷，必須巡按御史會審情真，部院方爲本送大理寺審題，不然，雖巡撫與減刑，衙門縱審情真，亦不轉奏。則巡按固一方刑獄之所寄也。凡所問，事發布政司與府州縣者，布政司轉詳刑部；事發撫、按與按察司分巡道者，按察司轉詳都察院。按察司與六部無行，凡事皆呈都察院轉咨，内外臺固相聯屬云。

一九〇　帝王之興，非偶然也。我朝祖陵在泗州城北稍東十五里，面盱眙山，淮水自西環繞山下東北入海，夏秋間水漲，由州城西北二十里龍窩驛東入，瀰漫城北，陵南宛然一潮陂也。青烏書稱：「明堂容萬馬，水口不通舟。」殆合天造。淮水循山東下又二十里，經龜山，東北入海，山即大禹鎖支祈神處，石井尚在陵後。自徐州南，岡阜迤邐，豈止數十百疊，雖不善堪輿者，亦知爲隩區福地。仁祖陵在鳳陽府西偏十里，背八公山，面淮水，陵山草木蓊鬱，陵下近百步闊，周環無蒙茸纖翳。

一九一　大學傳曰：「彼爲善之小人讀之使爲國家句災害并至。此謂國不以利爲利，以義爲利也。」少時授讀句讀也，正得承上章之意。近取兒等所讀會講，則「彼爲善之[讀]小人之使爲國家[句]」，蓋以善無小人，故改之如此。孟子曰：「善戰善陳，皆能訓也。」茲正言小人之能聚斂，使之爲國家，不可耳。孔子曰：「不有祝鮀之佞，而有宋朝之美。」若不通文氣，「而」字承上起下之意耶？是祝鮀、宋朝非等倫矣，可乎？丹鉛餘録載：「馮婦善搏虎，卒爲善[句]士則之[句]野有衆逐虎，虎負嵎，[一]莫之敢攖。望見馮婦，趨而迎之。馮婦攘臂下車。衆説之，其爲士者笑之。」婦先改行爲善，則爲士所則，後復徒勇，則爲士所笑，豈不明白？視「則之野」之句，不成文理矣。其他云：「子見南子，子路不説。」「予所否者」之「否」，讀爲「否塞」之「否」，道之不行，即天喪斯文之意，故載言「天厭之」，嘆之詞也。不費辭説而得聖賢之心。

一九二　左史記言，尚書是也；右史記事，春秋是也。盤庚，誥體也，其詞聱牙。今之民猶古之民，業是經者，驟讀莫悉其義，安土重遷之衆，顧可家喻户曉之乎？觀皇祖大誥三篇，質簡明白，則知盤庚三篇，乃史臣記言之文，非當時告諭之詞也。

[一] 虎負嵎：「負」底本作「赴」。印案：馮婦搏虎故事始見於孟子盡心下，丹鉛餘録亦屬轉引孟子，而孟子作「虎負嵎」。據改。

一九三　乾有四德。文言曰：「乾元者，始而亨者也；利貞者，性情也。」夫乾，天也；四德，性情也。帝隨萬物以出也，情見乎外；隨萬物以入也，情在乎中。利貞，時當收斂，故曰性情也，猶曰性其情也；始亨之時，情其性也，可知矣。説卦之辭「帝出乎震」、「震，東方也」一章，贊八卦之妙，或以位，或以時，或以才，自可互見，斯聖人之文乎。

一九四　詩曰：「雨雪浮浮，見晛曰流。」又曰：「釋之叟叟，蒸之浮浮。」「浮」字房鳩切，洪武正韻亦從尤韻。唐丁澤龜負圖詩云：「天意將垂象，神龜出負圖。五方行有配，八卦義寧孤？作瑞旌君德，披文協帝謨。乘流喜得路，逢聖幸存軀。〔一〕蓮葉池通泛，桃花水自浮。還尋九江去，安肯曳泥塗。」皇甫湜出世篇内云：「四散號呶，擾僦無隅。埋之深淵，飄然上浮。」〔二〕俱從模韻，今言多如之，似不差。但證之三百篇，唐人又疑誤也，豈別有見耶？

一九五　國家開中鹽糧，最益軍餉。故有荒城孤戍，一懸開中之令，不崇朝而芻粟如

〔一〕乘流喜得路逢聖幸存軀：「喜」底本作「幸」，「幸」底本作「喜」，據全唐詩卷二百八十一丁澤龜負圖詩改。

〔二〕皇甫湜出世篇内云至飄然上浮：「篇」底本作「行」，「深」底本作「沉」，俱依全唐詩卷三百八十六皇甫湜出世篇改。

阜，因謂之飛挽。永樂年間，每鹽一引，輸粟二斗五升，後漸加爲米三斗或五斗。又定爲常股、存積之名。常股者，時常開中以爲經制，挨次而照支；存積者，有警始開，以濟一時，越次而與給。成化以後，准納折色，每引納銀三錢五分，至正德年間，加至四錢五分或五錢。此雖或因時改議，以爲通商惠工，不思祖宗立法，原爲飛芻挽粟。節經臺諫條陳、户部議覆，兩淮等四運司共該額鹽一百三十四萬一千九百二十三引五百一十九斤。先年開中數少，各處用鹽數多，鹽法自然無滯。近年節補各邊歲用不敷，除常股外，將存積數開中，亦自不敷；又將節年存積通融湊補，及將下年鹽引預借給發，開中愈多，鹽法遂滯。事有因革損益，宜自今始，凡開中引鹽，無論常股、存積，不分淮、浙、長蘆、山東，照依原定價值，俱令上納本色糧草，不許折收銀兩。尤須申嚴法令，勢豪不許占中經紀，不得包攬額外；除勸借之科，官攢禁常例之索要，使商客獲利，人自樂從。不知果能復舊法否也？余嘗按江北，過揚州，見商人餘鹽未掣，已梏手索項，追納銀兩，倍息償官，既傷其本；鹽積價輕，又失其利。蓋以本色折銀，已失初意，追加餘銀，多者受上賞，是故繼者雖不徼賞，而心存畏忌。事惟潔己，罔恤於商。户部方且以各邊奏討日煩而供應時缺，亦利折銀之解，爲目前之計。官商俱困，非一日矣。是故君子重變法也，有以哉！

一九六　曲禮曰：「主人肅客而入，主人入門而右，客入門而左，主人就東階，客就西階。」余初仕之肅客也，各由東西階，其入門也亦如階，東西相向而拜。後數年，由階如常入門，則客東主西什之三四。又數年，則什之九矣皆南禮而非曲禮也，初見則相訊曰：「從南禮北禮？」竟從南云。朝著公署之位，咸東上西下，豈緣此歟？朝著東西定位也。公署雖分東西，然皆相向，非今之入門皆北向；而亦分東西，則疑於主左而客右矣。嘗爲之說曰：「東西相向者，先天對待之體；左右隨轉者，後天流行之用。」徐養齋在南京著論辨，竟未能從。今之傳奇作戲，其相揖拜猶存北禮，不從南禮，則固非一日矣。語曰「詩失而求之野」，余曰禮失而求之舊。

一九七 易翼曰：「聖人南面而聽天下，嚮明而治，蓋取諸比。」〔一〕記曰：天子負斧扆南面而立，公、侯、伯、子、男、九夷、八蠻、六戎、五狄、九采，朝著之位不同而皆北面。此周公明堂之位也。東曰青陽，南曰明堂，西曰總章，北曰玄堂，蓋四面之名。若曰四時朝見，群臣之位則不皆北面。稽諸易、禮，不勝悖謬瑣屑，斯漢儒附會之說也。今王府四門，東體仁，南端禮，西遵義，北廣智，亦木屬仁，火屬禮，金屬義，水屬智，取五行四方之義耳，將出入其門，春東、夏南、秋西、冬北耶？殆不然矣。其曰明堂左个即青陽右个，猶曰南之

〔一〕蓋取諸比：「比」底本作「離」，據易說卦傳改。

東即東之南，言其制也。嘉靖初年，五星聚于營室，論者曰火星主禮先至。後有議禮之驗。斯亦五行之說歟？

一九八　樂有聲有音，字亦然。平上去入，其聲也；宮商角徵羽，其音也；東董送屋，其韻也。牙齒舌喉脣，五音所自出，所謂絲不如竹，竹不如肉，漸近自然者也。韻之反切上字從音，下字從韻。鐘鼓曰聲，管籥曰音。鐘鼓感於物而動，有疾徐而無清濁高下；管籥聲備五音，所謂聲相應故生變，變成方謂之音。斯聲音之別。故曰知聲而不知音者，禽獸是也；知音而不知樂者，衆庶是也。樂則非君子不能知也。

一九九　詩本性情，寄興發志。近有二三子高自分標結社，相見歡狎，莫逆於衷；餘不相識，概以俗吏視之，不交一言，或不揖徑去，僻怪甚矣。前閣老洛陽梅庵劉公不喜人作詩，嘗曰：「學到李杜，不過兩個醉漢。」則詩教將遂廢矣！文人無行，固然，詩何可廢也？若不相知，言詩有以長形短之忌，是故任少海瀚嘗寓書云：「同病相憐，不敢不告。」殆談虎而神色獨變者耶！

二〇〇　國家之制：太子，儲貳也，育德青宮。其次分封一字王。王之嫡長襲王，次封二字王。二字王嫡長襲封，其次封鎮國將軍。鎮國將軍之子封輔國將軍，輔國將軍之子封奉國將軍，奉國之子封鎮國中尉，鎮國中尉之子封輔國中尉，輔國中尉之子封奉國中尉。其自鎮國一千石，以下遞減二等，至奉國中尉禄二百石止。能節儉，自足用；不能，雖千石亦稱缺乏。親親之恩無窮而制度有限，賢不賢由是可見。豈惟國姓？士庶有兄弟，分産同而貧富異；買賣有夥計，齎貸同而利息異。可以觀才，可以觀命。

二〇一　總督，初名總制，故稱制府。今上改「制」爲「督」，不以一字輕假也。軍門有五：兩廣原設，三邊繼設，宣大其次，遼薊、浙福又其次也。開府啓閉，列金鉦旗牌，鐃歌鼓吹。獨贛州巡撫奏有旗牌，亦列鼓吹，蓋王晉溪假於王陽明預爲宸濠謀，他巡撫所無也。況旗牌給賜面副若干，某字幾號，金書「令」字旗上，制典甚重。官旗懸執，絶馳御路；軍門雖未行，遣官執懸；督帥道逢，總兵官亦下馬肅立以俟其過，副將以下皆俯伏道左；進城堡，豎之堂上，將佐堦下參拜。近巡撫官署旗牌，門列鼓吹；州縣送迎，皆執「令」字藍旗；其鐃歌鼓吹，本行軍之樂，宴會濫用，下及閭閻。吁！僭越亦甚矣！

二〇二　國朝總兵虎符，鎮虜、征西、鎮朔、定遼、平蠻等印共九顆，皆稱將軍。其平虜印一顆，稱大將軍，皆無定官，或公侯伯、左右都督、都督同知、僉事推授，充總兵官，謂之掛印，猶存推轂遺意。九顆者，延綏、寧夏、甘肅、大同、宣府、遼東、雲南、兩廣、漕運。今薊州、偏頭、固原，皆欽給關防云。大將軍印不輕授，咸寧侯仇鸞曾一掛大將軍印，族誅，實陸都督炳發其事。既陳平江總戎政，與東湖會飲於一賓館，相與猜枚，陳大聲曰：

「大將軍獨一！」陸曰：「拏了一箇又一箇。」蓋各有意云。衆以他詞亂之，哄笑而罷。

初，安化王反，實仇鉞、周經、何錦三人爲之謀。鉞見事不成，稱病不出。乃令小伴當吕仲良紿入問疾。斬首，號召餘人入縛安化王。論功，進封咸寧伯。後征薊寇，載進侯爵。孫鸞襲封，滅其族。孰謂天道遠耶？

二〇三 糧隸户部，馬隸兵部，各不相越。北直隸每馬一疋，有養馬地十頃，是故視地編馬。山東養馬視丁，果有偏累，司馬政者自當清審委處。乃欲照直隸行，不知養馬地之頃畝亦將如何處也。法貴善變。一法立，一弊生。司馬政者尚其慎哉！

二〇四 御史巡按，題差「爲出巡事」。大郡小邑皆當按歷，以考察奸弊，如城池之修廢，倉庫之虚實，學校之振作，兵壯之操練，田土之荒闢，水旱之饑饉，官吏之賢否，以旌别淑慝，以振勵法守，并即可見之行事，方謂之出巡。今坐府或坐大郡守巡，地方相關，不得不隨，乃都司亦以一人隨，謂之備三司之禮。推官理刑，有可説也，甚至帶領守令兵衛等官。公館添設，供應旁午，動經旬月。居者不寧，行者不輟。偏州下邑，曾不一到。刑獄所專，本昭雪冤濫，乃且訪察提拏，甚有假借聲勢，謾露形迹，以增嚇騙；其積年市虎，顧先買免，而以鄉中狂吠小輩應數；及至審録罪囚，點視名籍，拘泥成案，不一加意，死中求生。而州縣里甲勞費已不貲矣。如出巡何？

二〇五　易曰：「先甲三日，後甲三日。」先甲三日爲辛，辛者，新也；後甲三日爲丁，丁者，叮也。又曰：「先庚三日，後庚三日。」先庚三日爲丁，丁者，叮也；後庚三日爲癸，癸者，揆也。庚在西南，月哉生明，故利西南；甲在東北，月全晦體，故不利東北。術家以西南爲人門，東北爲鬼户。仙詞云：「煉庚甲，要生龍虎。」不易言也。

二〇六　「甲己在艮乙庚乾，丙辛坤位喜神安。丁壬只向離宮坐，戊癸遊來在巽間。」蓋甲己起甲子，則丙火在寅，故喜神在艮；丙爲陽火，太陽所照，群陰畢伏，故利出入，爲喜；乾離巽坤仿此。其甲己化土，乙庚化金，丙辛化水，丁壬化木，戊癸化火。蓋甲己起甲子，則至辰逢戊，凡物逢龍則化，戊土在辰，故甲己化土；木水金火仿此。是故喜從丙，重太陽也；化從辰，善龍化也。

二〇七　周天三百六十五度四分度之一，太陽一日一周天謂之一日；太陰一日行十三度有奇，三十日月與日會，謂之一月；三百六十日，月與天會，謂之一年。一年三百六十六日，氣盈六日，朔虛六日，止三百五十四日，則一年餘十二日，三年積三十六日。以三十日閏一月，尚餘六日。又積二年二十四日，共前六日，又三十日，則再閏一月。是謂五年再閏。它可類推。

二〇八　朝屯暮蒙。屯以子、申，乃水生旺之處；蒙以寅、戌，乃火生庫之位。水雷，屯，一變爲比，再變爲純坎；山水，蒙，一變爲睽，再變爲无妄，三變爲賁，四變爲純離。是乾、坤，其體也，坎、離，其用也。餘六十卦，一日兩卦，三十日則六十卦也。

二〇九　臣之見君，朝曰朝，夕曰夕，如海水，朝曰潮，夕曰汐也。朔望、萬壽、長至、元旦，頒制、傳臚、進春，天子御正殿。朔望，群臣皆公服幞頭，餘皆梁冠朝服。先期，教坊設樂。五鼓，執事官先入左右角門，於華蓋殿前候駕；至入殿內，東西序立，禮部尚書跪奏曰：「行禮畢，請上位看馬。」蓋各王府、各鎮所進也。或看否，聽玉音。承旨而起，鴻臚官贊，執事官行禮，五拜三叩頭。給事中候，導駕御史、中書、翰林左右各二人，聞「平身」，先起，分由簷廊趨出左右角門，上𡳐廊入，殿柱南稍東稍西候駕，蓋不先行則不及也。故曰聞平而起，循廊而走。殿五門：正中，御門；左右，王門；又左右，群臣所行也。中門內鋪毯，不見毯，恐以王門爲御門。候駕過，陞寶座，各轉立柱北，序立導駕給事中之次。故曰見毯而止，遇礎而旋。上御寶座，尚寶司官抱御璽，置寶座下偏東案上而退，禮部尚書跪在榻前，鴻臚官在後，展表官在左右，先宣讀表目，次宣讀表文，畢，則文武百官已候立丹墀，侍班御史分立東西第四螭頭下。殿上紅燈起奉天門內，奏樂四拜，畢，鴻臚司引文武班首官一人祝皇帝陛下萬萬歲。壽畢，退就班，復唱□□，鞠躬三，舞蹈，跪，山呼萬歲三聲，畢，四拜，平身，鴻臚司復唱「有制」，乃一人丹陛左西向唱云：「長至之慶，與卿等同之。」復贊唱，四拜。禮畢，駕還宮，導駕官至華蓋殿而退。蓋先四拜，見朝也；中四拜，祝壽也；後四拜，謝貺也。臣祝君壽，君貺臣同壽，其天保、鹿鳴之詩，君臣上下之意，藹然一體。於乎盛矣！其萬壽、元旦同。

二一〇　常朝，御奉天門。鼓動，文武官各以次候之棕棚下；鼓止，鐘鳴，門啓，文由左掖，武由右掖，分兩大班，東西相向立。駕至，立金臺上。後一内使捧寶座進御，高聲云：「安定了！」上方坐定，執静鞭四人，鳴三聲而退，蓋取意「四邊静」云。鴻臚唱：「入班！」文武各照品級序立。唱：「一拜三叩頭！分班！」閣老、翰林由東階上，立金臺左下；錦衣官由西階上，立金臺右下；給事中立階下之東，鴻臚、通政官立階下之西，御史、序班東西夾御道稍南立。鴻臚奏朝見謝辭官品目畢，諸朝見謝辭官在午門外行五拜三叩頭禮。外官退去，京官仍進，隨班立。錦衣官傳嗽一聲，諸文武官皆嗽，御史左右皆轉面北立，御史在前，序班在後，每班六員。御史首班仍留其一待侍，外班御史入，續立亦六云。既定，則鴻臚司奏，通政司過，通政司官過跪後，唱引通政司人，通政司官將吏、户、禮、兵、工五部所干事宣奏，序班引進奏人在後。每奏，先吏部，以次具奏。吏部等官亦以次趨進，承旨各退。三法司另有日奏，是故不同各部也。見奏事畢，鴻臚傳呼六科，六科相向過跪。吏科奏云「旨意題本」，蓋先一日，旨意俱列，奏之以防壅蔽。兵科奏云

「守衛官軍揭帖」，蓋該日守衛姓名，奏之以戒嚴守也。奏畢，吏科轉遞兵科，兵科轉遞接本内官。舊制，宫中不時將鑰匙或它物投之紫禁城下，以試守衛嚴否，次早巡風給事中引宿衛將軍執所投物件在後奏云：「某日夜某更，遞出鑰匙一把，引來奏知。」它物則稱它物。其防計詳密周慎，貽謀遠矣。鴻臚又唱云：「奏事！」侍班御史夾御路直行三步，轉上御階跪，劾奏：「某官某事差錯，合當拏問，請旨。」如旨命當駕官，則當駕官承旨；如諭三法司，則法司承旨。三法司見有劾奏，亦已立階下伺候矣。百官無不肅敬。鴻臚官復唱：「奏事畢！」候駕起方退。正所謂：「從來不信叔孫禮，今日方知天子尊。」

凡差御史巡按，面點，引御史二人在後，都御史等在前，奏云：「巡按某處監察御史，一年已滿，例該差官替换。今引後面跪的兩箇御史，請旨點差一箇前去接管巡按。」如命東邊的去，都御史承旨，則西邊的先起入班。鴻臚唱云：「東邊的叩頭！」畢，亦起入班。或西邊，亦然。今點差巡按旨意猶批「該跪某邊的去」，以存制云。

二一一 巡按不領勅，巡關、巡鹽、巡茶、巡路、巡青、提學、印馬皆題差面領勅。以故覆命巡按奏云：「巡按某處監察御史臣某，巡按一年已滿，事完回還復命。」叩頭畢，又奏云：「臣有題本進奏。」本文册送科，行文皆寫「欽差」，巡按獨否，重代巡也。凡面辭領勅，皆傳酒飯，連叩六頭，蓋辭三、謝三也。三品以上官面恩。六科不五缺不列奏，陞補亦面恩，蓋職侍近禁，人稱黄門青瑣，其重如此。

二一二　懸象著明，莫大乎日月。日，陽精；月，陰精。故「易」字從日從月。日東月西爲明，日上月下爲易。然「易」有交易對待之體也，有變易流行之用也，體、用一源，顯微無間，無非自然。而天文地理，陰陽醫卜，遁甲飛伏，六壬太乙，人相丹經，無不通貫，其大無外，其小無内。楊子雲曰：「説天莫辯於易。」亦知言已夫！

二一三　近之習禮者，喪服之制皆不讀，非教也。是故擗踊，哀之見乎手足也；黧墨，哀之見乎容色也；鼪纊，哀之見乎冠冕也；衰絰，哀之見乎衣服也；苴杖，哀之見乎持履也；呼號，哀之見乎哭泣也；稽顙，哀之見乎動容也；淡糲，哀之見乎食飲也；塊苫，哀之見乎寢卧也；含襲，哀之見乎殯殮也。凡此皆戚之實也，故曰：「喪，與其易也，寧戚。」記曰：〔一〕「思其居處，思其笑語，思其所樂，思其所嗜。」禮曰：生而死之謂之不仁，死而生之謂之不知。致其慤而慤焉，致其著而著焉。凡此，皆孝之實也，故曰：「親喪，固所自盡也。」如此，在人方謂之子，在親方謂之有子；不然，在子不謂之人，在親不

〔一〕記曰：「記」底本作「詩」。印案：「曰」下所引四句出於禮記祭義，不出於詩，是作者記憶之誤。又本書引禮記多作「記」，據改。

謂之有子。

二一四 都察院大門内兩角皆有房，正三傍三，各六間，砌道尚存，蓋各道候升堂暫止之處，十三道左右各六道，貴州道在後之左，照磨所在後之右。各道，五府、六部各有分屬：河南道隸吏部，故各衙門給由與朝覲、考察皆由河南道；貴州道隸都察院，故本衙門御史給由皆由貴州道。河南、京畿兩道，非年深者不掌；司務廳有兩公座，非兩道不坐。故照磨、檢校出入不由南行，不欲先河南掌道御史也。此雖小事，然六科有都給事中、左右給事中、給事中，十三道皆稱監察御史，是故以入道先後序也。

二一五 提學，自天順時方有定員，正德九年始欽給關防、卧碑敕諭，崇教化，振士風，崇正學，禁浮靡，已極詳盡。余嘗叨督江西學政，惟首載碑敕。後以考校造册編號等項，行令遵守。提學官歲考，提調官季考，掌印教官月考，各齋教官日考，大小上下相維，歲時月日不失，今之盡職者未能也。憶在學時，猶見月支廪粮，日有會膳、具衣、出入、鳴鼓、升散，今之修業者未見也。

二一六 檜亡，東周之始也；曹亡，春秋之終也。夫子之删詩也，繫檜於國風之後，於檜之卒篇曰：「誰將西歸？懷之好音。」思周道也，傷天下之無王也。於曹之卒篇曰：「四國有王，郇伯勞之。」思治也，傷天下之無伯也。

二一七　仲尼删述六經，以秦誓繫周書之後，以商頌繫周頌之後，以周繼商，而秦繼周，蓋至誠前知，以見十世可知之意；附於讖緯之説，近誣聖矣。

二一八　太公立九府圜法，鼓鑄以通有無。錢者，泉也，如泉水周流而無滯也。周參將元修築鴈門東十口至北樓，掘得銅器，長近三寸，闊六之一，背厚二分，臘半之柄，孔如錢而圓末半鋭，製似鵲翎小刀，衆莫識也。新莽嘗變漢制，造大錢，又造契刀、錯刀，其環如大錢，形如刀，長二寸，文曰「契刀」、「錯刀」，以黄金錯其文「一刀直五千」，與五銖錢并行。其殆是歟！錢一名曰刀布，疑古製，非始於莽。宋泰始中，通私鑄鵝眼錢，一貫長三寸；減此謂之綖環錢，貫之以縷，入水不沉。今京師所用名「不點燈」、「不下串」、「筆管」、「鉛花」，不辯赤仄，殊甚濫惡，八分書「五銖」字，古老錢也。

二一九　邯鄲北三十里有吕公祠，洞賓探囊枕悟盧生處。黄粱夢，殆亦寓言，息解仕宦奔競、躁進顧戀之慾火耳，傳者因遂實其事云。

二二〇　淛之吴山十二峰，其一名飛來，上平下洞，卓如倒垂。蘇之虎丘，遠望止見寺，入寺始見山，吴王鑄劒池、試劒石、生公千人坐、和靖讀書臺諸勝蹟咸在，又名海湧峰，殆飛來峰之好異也。

二二一　剪燈餘話載永新宋譚節婦趙氏事甚異，雖愛其文詞之美，竊亦疑焉。及試士至吉州，因詢於邑之諸生。對曰：「節婦影浸在磚上者至今在，精誠可貫金石，不亦信哉！」

二二二　凡物，一則精，二則雜。驘之生也，或驢父馬母，馬父驢母，牝牡不自相生。其於果木也亦然，柿、梅、梨、杏接枝之實，不能種樹。可以觀陰陽之道矣。

二二三　六籍所載，殊無嘆老嗟卑如季世窮蹙之談、放蕩之説，惟日不足，脩身俟命，昭哉訓矣！噬嗑之離，繫之詞曰：「日昃之離，不鼓缶而歌，則大耋之嗟，凶。」蓋言日之既昃，從衰得白，從白得老，勢所必至；不鼓缶而歌以樂其常，則惟大耋之嗟以憂其變，偷生畏死，無所不爲，徒取敗德，將奚益矣？故曰凶也。解者曰：「不安常以自樂，則不能自處，而有將盡之悲。」似覺未盡。

二二四　雍門周善彈琴，孟嘗君客也。雍，東、董、送三韻。東坡詩曰：「聊興廣武嘆，不待雍門彈。」字當從於用切。

二二五　語録，諸儒問答論説之言也，門人隨時所録，故曰語録。今之生儒輒用之文字，以見博記，不知俗當避也。風行水上謂之至文，義可識矣，乃以俗語雜之，可謂文乎？

二二六　不山登，不海涉，不知天地之廣且大、久且遠也。神仙傳載麻姑、方平相與言海水三爲桑田，蓬萊水復清淺，行見揚塵，疑其幻妄。及見魯公帖言麻姑山石中有螺蚌殼，心固異之，亦未敢信也。嘗按部過蔚州，歷十八盤，見巖上有小蚌殼。周巡寰宇，足迹殆半，每登山四望，見如波濤動摇，浪痕石脈，層積順布，殆火鍛水激，蓋不知幾萬祀。陽奇陰偶，所以□□□□□□□□□人思慮可擬議也。或曰，人家□□□□羊肚等石，海内水沫飄激，日久□成。即小驗大，思過半矣。

二二七　「晉以僖侯而廢司徒，宋以武公而廢司空，先君以獻、武而廢二山。」稱「先君」者，固國人之言也，引証者猶襲其稱，與今文襲用宋人而稱「本朝」，是何異在家庭而呼他人爲祖宗也？

二二八　「寒城菊自花」，但稱其句之工，不知其菊性耐寒，近霜始開也。嘗在雲中，歷應州，八月菊花已開；在江西，歷南康，九月菊猶未花。北早寒而南遲寒，可以驗矣。

二二九　乙巳四月，余出撫畿甸，歲方旱。既下車而雨，米價猶踴貴，乃令各府出糴倉儲易銀貯庫，秋熟糴還。米價頓減。及見江行雜録載令狐文公除守兖州，州境方旱，公至，首問米價幾何，州有幾倉，屈指獨語曰：「舊若干，四倉各出米若干，以若干定價糶，則可以賑捄矣。」左右竊聽，流語遍郡中，富人競發所蓄，物價乃平。人心之同，事有相合者如此。

二三〇　揚州蕃釐觀，即瓊花觀也。花已無，後人植瑞香高臺上，「無雙」扁亦不見。小説云，德祐己亥，北師至，花遂不榮。趙棠國炎有絶句弔曰：「名擅無雙氣色雄，忍將一死報東風。他年我若修花史，合傳瓊妃烈女中。」信然，則田氏荆樹爲友木，廣陵瓊花爲貞草矣，誰謂果無知耶？

二三一　武則天時小兒歌曰「張公喫酒李公醉」，與宋謠言「東屋點燈西屋明」可作對。或云張公指昌宗兄弟，李指國姓。其曰「丈母牙疼灸女壻」，事皆不對當，猶曰「今日域中，誰家天下」云爾。「東屋點燈西屋明」，照二舍也；次曰「家家小姐織羅綾」，登機也，總是「趙二舍登基」，太宗之讖乎！餘不盡載。又曰：女須，穴名；丈母，「丈夫」之誤。

二三二　修竹王監簿有「信義湯」，其方云：「信義等分，每晨至暮服之無斁，自然心廣體胖。積以歲月，[一]日用常行，惟信義是服，不患不到聖賢地位。」包宏齋樞密年八十有八，陪祀登拜，精神康健。賈似道疑其有修衛之術，因問之。恢答曰：「有一服丸子藥，乃是不傳之秘。」似道欣然欲授其方。徐徐笑曰：「喫五十年獨睡丸。」滿坐皆笑。

[一] 積以歲月：底本無「積」字，據明陸楫古今説海卷一百十五所載「信義湯」方補。

噫！斯二方，奚啻千金？養德養身者，其尚服此劑乎！

二三三　「博浪沙輪鎚太早，鴻門會定計纔高。扶持的漢業興，却纔把韓讎報。將一箇重担兒搥與蕭曹，只恐怕謾罵君王難解交，因此先生�了。」右調沉醉東風，王渼陂所作也，殆有感歟！不惟得詞家三昧，亦可謂之詞史也。九原可作，子房亦當心服頤解。

二三四　人之相契，如石投水，此顔子語終日而不違也；不相契，如水投石，此魏文侯聞古樂而思卧也。聰明人，學易會，亦易忘，如鍼刺氈毯，孔小隨合，故師也難與并爲仁；愚坌人，學難會，却不忘，如棒鑽牛皮，孔大難合，故參也竟以魯得之。

二三五　党太尉目光紫色，望之若神。嘗寫真，謂畫工曰：「畫虎尚着金睛，我顧不當爾耶？」馬到成功，宋名將也，顧朴魯質任。一日退朝，見其子跪之雪中，不敢問，亦褫衣自跪。其母驚問，對曰：「母凍我兒，我凍母兒。」其母笑而免。又一日辭朝，拱立曰：「『朕聞上古，其風朴略』，意蓋不尚文也。」太祖微笑。出語人曰：「官家愛調文袋，聞某言而喜！唐有權龍褒，何代無才！」可共一笑。

二三六　通家、年家、親家，人謂之「三家」。凡以義交，盡心謀托，事無不成；凡以利交，轉心覬望，事反不成。故曰，三家能成事，亦能敗事。孔子曰：「君子喻於義，小人喻於利。」孟子曰：「雞鳴而起，孳孳爲善，舜之徒也；孳孳爲利，跖之徒也。」君子小

人，舜跖之分，在於義利之間。君子其慎辯諸！〔一〕

一二三七　遷史有優旃傳，蓋亦取其諷諫云；優李、優孟，見之雜記者不一也。正德間，鐘鼓司扮一賣雞者，方議直，一人來，倍其直買之，因相競言。一人從傍乃爲之解，口號云：「蘆花老公雞，聲名漸漸低，江南豪富者，買去五更啼。」其意蓋有所譏云。又一日，扮垓下埋伏，漢遂破楚。議功，以張良爲首，以韓信爲次，信不平。蕭何曰：「非張良一管簫，吹散六千子弟兵，如何得勝？」副末者云：「八千！如何道六千？」乃應之曰：「那二千在提督總兵宅上做功。」後不敢私役。如此類尚多，不能悉載。

一二三八　蕭司禮敬能詩善書。有人送枇杷者，開稱「琵琶」。蕭公見而笑，爲一絶：「枇杷不是這琵琶，音韻雖同字義差。若是琵琶能結果，我家簫管也開花。」亦稱警敏云。

〔一〕底本本則所在葉末刻有「逌旃璅言卷之下終」八字。

附録一　行狀　傳記　敕誥　諭祭葬文

明故資政大夫兵部尚書兼都察院右都御史穀原蘇公行狀

公諱祐，字允吉，初號舜澤，穀原其更號也。世爲東昌濮人，居北王趙之原。高祖克明公，當洪武兵後，斬蘆葦而居，〔一〕以田貲甲濮上。克明子義公，爲醫訓科。訓科子贈尚書公亮。亮好佛法，里人號曰亮菩薩。菩薩子贈尚書公恩，號北莊居士，剛方有行義。是生五子：天民，天澤，天爵，天禄，公其季也。

母曰王夫人。王夫人誦觀音經祈子，〔二〕已而公降，烟霧覆室三日。及在襁褓，或撫之晝寢，忽展轉亟啼不卧，抱而下堂，屋梁斷，免焉。識者知其貴人。七歲從塾師授書，屬對

〔一〕斬蘆葦而居：「而居」二字，穀城山館文集無，據國朝獻徵録補。

〔二〕王夫人誦觀音經祈子：「祈」，穀城山館文集作「祓」。今從國朝獻徵録改。

輒出奇語，名公長老無不驚嘆。既補郡弟子員，長吏爲禮送酒，方行，忽大雨霹靂，火光如斗，一座皆驚，曰：「是必有名聞天下者！」居王夫人憂，流賊劫略至郡，大人趣公走避。泣曰：「母殯在堂，兒將焉往？願以死守之。」竟不避。俄而寇去。

正德癸酉舉於鄉。卒業太學，爲穆文簡公所知，才名益著。辛巳，丁外艱。嘉靖丙戌成進士，授吴縣令。吴縣編里五百，徭賦十歲一更，簿書紛不可任。公分置糧里塘長，使各署民産高下，不得雷同，因以參伍定役，役遂稱平。吴俗奢靡，一切用敦朴財省，三年大治。部使表吴治行，章八九上矣，以周夫人喪去。周夫人者，公之嫡母也。舟泊穀亭，穀亭人夢神告曰：「河上有尚書至。」旦日視之，公舟在焉。服闋，補束鹿。束鹿故多繫囚，公下車，一日罷釋數十百人。民有昵妾而殺其妻，沈之井而逸，吏弗問也，是日捕置之法。明日，財罷徭車三十兩。又明日，有詔召束鹿令。束鹿人語曰：「三日官府，百年父母。」

召至，拜廣東道監察御史。癸巳，中丞王公以奏疏過誤，元日下吏。公偕諸御史論救，皆得廷杖。無何，出按宣大。至而大同兵變，遂討平之。初，大同亂軍既賊殺總兵李瑾，因脇都御史潘仿上疏白狀，以爲瑾素虐所致。公聞之大憤，曰：「瑾即有罪，軍可殺乎？即令朝廷胡以施紀法焉？」立上疏請討，辭義激烈。先帝覽之，喜曰：「御史忠悃。」立遣將將兵臨城問罪。御史監軍兵至城下，大同固已大窘，而惑於洗城之說，迄不敢下。公以便遣人入喻曰：「凡兵之來，固欲安之也。而爲訛言逆命者何？趣下即免，不者種族！」久之，鎮撫王寧出見，持城中將吏署狀，乞貸首惡七人。公嘆曰：「尚爲賊游説耶？朝廷二百年生養，何負若屬，而暴亂若是！」寧因前，密訴曰：「七人者，城中非與之也，顧力不能誅，願得當而行耳。」公因與約，趣使馳報城中。於是其魁馬昇、楊林窘，斬黄鎮等，傳首出獻。門闢，公按轡整儀仗，徐行而入。老幼俯伏焚香，填塞道左。左右請爲兵防，公曰：「苟不推心，左右誰非敵者？諸軍皆國家赤子，倉卒迫賊耳，何以兵爲！」聞者遂安。已，有詔戮其餘黨，督臣噤不敢發，公輒與中丞樊公會，驅亂軍於市，日中戮之，大同遂定。而昇、林以自歸不誅，握兵如故。公因出行邊，以林從護，道中徐語之曰：「朝廷賜若不死，幸矣！任職受賞，人其舍諸？」林泣，請命。公曰：「唯解兵可免耳。」林悟，受命。則移記撫臺，亟代其任，遣焉。

乙未，出按江北。江北大旱，疏請大司農金六萬振貸，民賴以濟。每出行行部，戒郡邑吏卒送而不逆，因著爲式。符離集故有河患，公築石堤十里，人號蘇堤如杭。丁酉，按山西。監臨省試，以得人稱。録大辟，減死五十餘人。代還，掌河南道。河南道者，法擢九卿，同臺或忌之。

薦以爲江西提學副使。江西士衆，歲試數月而遍，日閲數百卷，皆有評駁。至面語諸生，率能背誦。決其科名次第，錙銖不爽。凡所獎進，皆一時名流，多顯於世。

壬寅，擢山西參政，分理鴈門三關。廷臣薦公可當大任，晉大理少卿。乙巳，拜都察院右僉都御史巡撫保定。均徭賦，省供億，革冒濫，民用寬裕，右輔以寧。丁未，進右副都御史巡撫山西。協守及營田奏功，兩賜金幣，進秩一等。成寧武關城。己酉，召入爲刑部侍郎。已，改兵部。庚戌，轉左。考績，三代錫如其品，廕孫棨國子生。無何，以所居官總督宣大山西軍務。是秋，虜犯京師。率三鎮兵入援，斬首虜數十，奪馬牛以萬計。論功，賜金幣，廕孫宋國子生。辛亥，虜乞貢市。公請外示羈縻，内修戰守，朝議許之。虜執獻妖賊。論功，賜金幣。壬子，老營堡獻捷，晉從二品秩，賜金幣。咸寧侯鸞之在邊也，公將之入援，入則拜大將，貴寵。至是出行邊，使使言公，請以首功一級官公少子。公謝曰：「辱將軍念甚厚。然兒非嘗從軍也，吾又且朝暮罷去，不敢以累將軍。」

癸丑，三品載考，晉右都御史。虜二十萬衆夾大同南下，將入内關。公聞報，提兵馳赴，至永安堡遇賊，與戰，斬首虜四百有奇。捷奏，祭告郊廟，榜示九邊。晉兵部尚書，賜白金五十，文幣四雙，孫棨改廕錦衣正千户，三代錫如其官。

公居北邊十年，厲兵秣馬，訓練將士，虜慴其威，幾不近塞。知人善馭下，馬芳、劉漢、胡鎮、董一夔皆拔自行伍，爲大將，各樹功名。既致仕去鎮，會總兵岳懋陷虜，幕府者懼，則奏公不請兵糧，樵蘇後期，故及於敗。本兵亦素有郤，言如幕府。逮下詔獄。然公實嘗乞餉，奏牘具在，諸公無以難也。而少師嵩，故尚書時嘗爲公所論，恨公，從中主之，削籍爲庶人。隆慶丁卯，今上即位，詔予冠帶。戊辰，東宫立，覃恩，以長子光禄君請，復故官致仕。家食凡十八年，守臣數薦於朝，竟中尼不召，當世惜之。

公爲人豐肌魁岸，戟髯電目，望之如神，而不爲城府，和易可親。立朝耿介有節，能決大事。御史時，大夫浚川王公署其考曰：「有學識，有操持，有膽量，有作爲。」時目爲「四有道長」。博覽群籍，游心千古，爲文辭歌詩遒麗典雅，海内以爲名家。所著有孫吴子集解、三關紀要、法家哀集、穀原詩文草、奏疏、逌旃瑣言等書。既歸田里，日與故人長老結社置酒爲驩。平生好施，常建倉儲粟以濟貧乏。世故子弟或以貧困來謁，傾貲捐濟，無所悋惜，遠邇頌其高義。

公有四子，皆儒雅多藝，以賢豪稱。諸孫美秀而文，稱其家學。歲時伏臘，更前爲壽，歌舞滿堂，花亭月榭，進牘賦詩，爲歡未厭也。辛未，仲子澹都試，卒京師，公遂於邑發病。以其年九月二十九日薨於正寢，距生弘治壬子七月九日，得壽八十歲。配陳，累封夫人，卒先十六年，公自爲誌。子男四：長濂，南京光禄署正。娶許氏，贈孺人；以子貴，再贈宜人。次澹，舉嘉靖己酉鄉試。娶宋氏。次潰，德府審理正。娶馬氏。次浣，國子生。娶劉氏。女三：長適貢士許玒。次適經歷高迨。季適監生許鶡，禮部侍郎成名子。側室劉出也。孫男七：棨，錦衣衛指揮僉事。娶桑氏。栥，國子生。娶錢氏，繼陳氏。宋，恩生。娶邢氏，繼馬氏。案，儒官。娶張氏。樂，生員。娶吳氏。本，官生。娶邢氏。槀，生員。娶顧氏。孫女九：長適鄆城奉祀仝完。次適生員陳萬殊。次適鄆城尚書樊公繼祖孫重耀。次適生員錢邦龍。次適鉅野都憲宋公滄孫生員良翰。次適曹州馬從龍。次許聘劉顯烈。餘幼。曾孫男五：光偉，光勳，光復，光許，光泰。曾孫女八。

光禄君卜以是年月日葬公於祖兆，將乞銘於某公，屬行爲狀。行里閈末學，舊嘗御公邇。叨塵史館，恭纂先皇實録，得覩公所建白。光禄之請，其胡以辭？謹述其大略，以備采擇。伏惟名公鴻筆，托諸貞珉，用垂無斁。謹狀。（明于慎行穀城山館文集卷二十八，北京圖書館藏明萬曆于緯刻本；參以日本淺草文庫本明焦竑焦太史編輯國朝獻徵録卷五十七資政大夫兵部尚書兼都察院右都御史穀原蘇公祐行狀）

蘇祐傳

蘇祐字允吉，濮州人，嘉靖丙戌進士。相貌魁梧，虬髯大顙，望之若神。初以廣東道御史按宣大，時大同軍亂，殺總兵李瑾，且脅潘都憲爲狀白李瑾之虐以逭重罪。祐聞，奮然曰：「瑾即有罪，豈軍士可殺者！如朝廷紀法何？」亟上疏請討。世宗皇帝遣將興問罪之師，而以祐監軍。至大同，城中人惶懼不敢下。公遣人諭曰：「兵來，戢爾也，毋自爲孽！」久之，鎮撫王寧出見，公密授計，使馳報城中，城中益窘。於是首惡馬昇、楊林者斬其黨，傳首出獻。祐單車入城，軍民老幼環泣車下。撫之曰：「爾皆赤子，遭脅迫耳。」衆舉首加額。既奉詔遷林等他衛，戮餘黨於市，大同遂安。有吊李將軍歌傳於京師。無何，大學士夏公言素知祐有文學名，遷江西督學副使。後拜山西參政，治鴈門三關。尋擢大理少卿，及右副都御史。召爲刑部右侍郎，尋改兵部侍郎。復以本職兼僉都御史行宣大總督事。秋，寇薄京師，祐將三鎮兵擊，斬首數十，馬牛以千計。命爲總督。壬子，敗敵於老營堡。往，咸寧侯鸞在邊，祐將之入援，得拜大將軍。至是行邊，使使言公，請得以他名從軍中爲公子功。祐謝曰：「兒未嘗在行伍得當一隊，而可徼天子之寵乎？將軍意甚厚，不敢從也。」癸丑，進右都御史。頃之，寇將十萬衆南入紫荆關。公馳往，冒風雨日夜行，擊寇永安堡，五日斬首四百，寇遁去。奏上，祭告郊廟，懸示九邊。進兵部尚書，蔭孫棨錦衣正千户。久之，上念勞苦軍中，下輔臣議，已而有詔致仕。總兵岳懋失事，懼罪，奏公不請兵餉，以故被逮。及部查公數請餉，奏牘故在也。先是，祐爲御史時，同桑喬論劾嚴執政，故祐在塞上久之不調。及致仕，意尚未平，故乘此中之，削秩爲庶人。既歸田，有故執友御史倪宗嶽妻喪，葬在百里之外，祐親送。或留曰：「老不宜遠行。」曰：「當令後輩知忠厚之道也。」與父老擊鮮置酒爲驩好。讀書，爲古文辭，稱作者。書法得古人意。著孫吴子集解、三關紀要、法家哀集、穀原詩文草、奏疏、逌旃瑣言諸書。隆慶丁卯，穆宗嗣位，詔復其官。及卒，年已八十矣，上遣官禮部主事梁孜諭祭營葬事。子四：濂、澮、潢、浣。濂字子川，聰慧絶人，尤善辭賦，有伯子集。性沉静簡默，古篤實君子也。屢試弗第，以選貢初授鴻臚署丞，再選南光臚署正。後判鞏昌，有惠政。任滿，解組而歸。以子棨錦衣揮使貤封，别有誥命，終非所樂也。其文集自序云：「桓譚有言，凡人賤近貴遠，親見楊子雲禄位容貌不能動人，故輕其書。柳子厚亦謂，賢者不得志於今，必取貴於後。」〔一〕今讀其詩，顧不偉哉！其弟澮，字子冲，中嘉靖乙酉鄉試。器宇凝重，神采射人，耿耿有丈夫氣。爲文法史漢，古詩法漢魏，即韓、柳、蘇、黄以下，置勿論也。年十四，從宦江西，登滕王閣，薄王子安賦不古。稍長，擬廷試策，揮筆數萬言不了，郡守楊公祐嘆曰：「蘇公有此二子，真奇才也！」後屢下第。余贈之詩曰：「青雲望不極，匹馬向南州。多

〔一〕柳子厚亦謂賢者不得志於今必取貴於後：「柳」，底本作「劉」。印按：「賢者不得志於今必取貴於後」，語見唐柳宗元（字子厚）寄許京兆孟容書。底本作「劉」誤，今據以改正。

少看花淚，年年灑御溝。」嘆服久之。隆慶四年，如京會試，偶驚報曰：「子冲殂矣！」年僅伍十餘耳。是日地震。潢，河南布政司都事。浣，監生。各能詩，盡有俠氣。長孫棨，見前。楶，監生。宋、本，俱官生。案、欒、橐，俱生員。重孫光勛，武舉，多有才藝。一門之盛，今爲烈矣。乙酉，提學副使范謙公舉舜翁奉祀鄉賢。

（清康熙十二年濮州志卷三）

蘇尚書傳

都御史梁夢龍撰

先生諱祐，字允吉，號舜澤。穀原，其更號也。高祖克明，曾祖亮。父恩，號北莊，蓄祉凝祥，乃大發於先生之身。正德癸酉舉於鄉，嘉靖丙戌登進士，授吳縣令。吳俗侈靡，民困於徭役。先生率以節儉平其政，吳人德之。後拜西臺御史，風裁表著。出按雲中，叛軍戕殺總兵李瑾，復持中丞請飾罪。先生方歷巡在外，聞之，曰：「豈有戕主帥而復持中丞者乎？姑息則其釁滋大。」乃疏請討賊，必無赦。遂得旨，命將臨之，即以先生爲監。先生遣諜者入諭曰：「凡吾之來，治渠魁耳，不及脅從也。」於是首惡者七人懼，使鎮撫王甯乞貸。先生復諭之曰：「七人豈盡貸！即一二可耳。」甯回報，七人者益自相疑懼，乃馬昇、楊林果殺其五人黃鎮等，傳首城下，開門迎先生與樊中丞入。下令待二人以不死，移置别鎮。亂乃定。乙未，出按江北。丁酉，復按山西。皆興利除害，嚴先事之防，猶若在雲中焉。入掌河南道，推督江西學政。至則敦士行，崇文教。一經品題，悉顯科第。名賢如東岑王少宰諸公，不可盡舉也。壬寅，拜山西參政，兵備雁門。復徵拜大理少卿。乙巳，轉都察〔院〕僉都御史即三輔，即余受先生知遇時也。丁未，陞副都御史改山西，向所爲按雲中、備雁門者，又大著三晉間。己酉，陞刑部侍郎，旋改兵部侍郎。庚戌，大同總兵張達没於（擄）〔虜〕，〔一〕上命先生行總督事，尋以奏功即真。先生遂陳邊務，其略曰：「宣大爲（擄）〔虜〕酋要衝，即奮（擄）〔虜〕東入，勢不能越。二鎮宜練兵足食，先爲不可勝之謀。」（擄）〔虜〕乞入市馬，先生又言：「（彝）〔夷〕情叵測，姑從之以示羈縻。」上皆可其奏。癸丑秋，（擄）〔虜〕衆數萬自大同南下紫荆關，先生聞報，疾馳窮日夜抵永安堡，與賊遇。時諸將稍集，先生指授方略，一戰大捷，計獲（擄）〔虜〕首四百騎，露布以聞。上拜先生兵部尚書，贈三代如其官，廕孫檠錦衣衛千户，仍賜金幣。甲寅，上忽念先生勞，與致仕，而時宰銜往日彈文，竟摭他事免爲庶人。丁卯，穆廟登極，始復冠

〔一〕大同總兵張達没於（擄）〔虜〕：清代忌諱「虜」「夷」等歧視少數民族的字眼，凡遇此類字，皆以改字、缺筆等手段迴避之。此處以「擄」代「虜」，即以改字法予以迴避。下文以「擄」代「虜」者七處，以「彝」代「夷」者一處，今皆予改回，不復出校。

祓。尋以今上東宫大慶，再復致仕。先生廣頷美髯，有萬里封侯之相。生際明時，位至大司馬，賜金幣者七，加俸級者二，廕子孫入胄監者、錦衣者三。然居官清謹嚴肅，動以法紀爲持循。自爲令以至督撫，未嘗妄市一縑帛，私取一贖金。咸甯侯素爲先生所拔識，間以首（擄）〔虜〕爲先生少子地，先生遜謝之曰：「兒非從軍者，此物奚宜至哉！」侯愧且服。先生自公之暇，多所著述，有孫吳子集解、三關紀要、法家裒集、穀原詩文草、逌旃瑣言藏之家塾。生平樂施予，在林下時，建義倉以備凶荒。其所識親故，尋常解衣推食畢婚喪者，又不可勝數。

讚曰：先生豐宇厚德，具文武才。起儒術，閑將略，敭歷中外，勳業卓然。至雲中之討叛，紫荆之敗（擄）〔虜〕，乃其犖犖大者。雖不幸中遭忌阻，卒能光復舊物，始終稱完名茂福焉。或曰，先生始生，有紫氣繞廬之異；比令吴時，行道之人有夢尚書至者，起詣先生舟告焉。先生蓋應運篤生，名世間出，豈惟海岱耆英已哉！

（清宣統濮州志卷八）

嘉靖十八年七月初九日敕諭江西按察司副使蘇祐

朕惟自古帝王治天下者，率以興學育材爲首務，而學校之興廢、人材之盛衰，治道之隆替繫焉，此蓋已然之明驗也。今特命爾往江西巡視提督各府州縣儒學，爾其欽哉！夫總理一方之學政，是即一方之表率也。然率人以正，必先正己。爾其務端軌範，嚴條約，公勸懲，俾爲師爲弟子者，一崇正學，迪正道，革浮靡之習，振篤實之風，庶幾儲養有素而待用不乏，斯足以稱簡任之意。如或因循歲月，績效弗彰，朕將爾責焉。爾其勗哉！所有合行事宜，申明條示于後，其慎行之毋忽。故諭。

（清宣統濮州志卷七）

嘉靖三十二年十一月二十七日敕諭兵部尚書兼都察院右都御史蘇祐

今仍命爾總督宣大山西等處軍務兼理糧餉。在於邊中緊要地方住劄，經畧一應邊務。不時往來調度各鎮將官相機戰守，務要聲勢聯絡，彼此應援。各該鎮巡以下官員，悉聽節制。官軍臨陣不用命者，自都指揮而下，許以軍法從事。地方事情，有應與各該鎮巡官計議者，從長計議而行。各邊發去銀兩，專爲主客兵馬之用，併命爾總理其事，爾宜督令管糧郎中等官盡心調度，整理軍務，軍餉不匱，士飽馬騰，努力戰陣。勿致侵漁作弊，有誤軍儲。軍衛有司官員有犯，應挐問者，徑自挐問，依律處治。勅内該載未盡者，悉聽爾便宜區處。爾受兹委托，宜殫竭心力，審固謀猷，務使醜虜畏威遠遁，邊方甯謐，斯爾之忠。如或因循怠玩，踵習常態，致誤事機，國有常刑，必不爾宥，其慎之哉！故諭。

（清宣統濮州志卷七）

兵部尚書兼都察院右都御史蘇祐并妻陳氏誥命

奉天承運皇帝制曰：詩曰：「顯允方叔，征伐玁狁，蠻荆來威。」然則周家所以顯用方叔者，正以能壯猶於北伐也。朕纂紹洪業，思乂安方内，不可忘邊陲之事，故惻然惕念於心，而明安攘大計，以副朕側席之求者，今豈易得也耶？爾總督宣大山西等處地方軍務兼理糧餉兵部尚書兼都察院右都御史蘇祐，識才力卓敏，志慮弘深。筮仕名封，晉登臺察。既握文柄，久歷藩維。入典廷平，出撫畿甸。旋從晉幕，召贊兵樞。英畧淵謀，宏裨國計。頃朕以宣大二邊洊嘗虜警，督府所寄罕有成勞，爰采僉言，移纛山右。隆中承乏，峻秩假司馬之崇銜。維爾布威信爲軍聲，持義烈爲戰器。動爾取勝，静以伐謀。收執訊獲醜之功，作疆圉不振之氣。而乃躬履行陣，抗方張不制之虜；茂奏膚功，又近世所罕覯也。最書來上，殊慰朕心。兹特授爾階資政大夫，錫之誥命。夫重門擊柝，易取諸豫；而綢繆桑土，詩人致意於未陰。蓋折衝敵愾之圖，有國者不可一日不備也。爾尚益亶乃心，懋宣忠力，副兹倚重。庶先聲所及，有以奪胡人南牧之心，而敉寧之效可坐致矣。欽哉！

初任授直隸蘇州府吴縣知縣。
二任補直隸保定府束鹿縣知縣。
三任選授廣東道監察御史。
四任巡按直隸廬鳳等處監察御史。
五任陞江西按察司提學副使。
六任陞山西布政使司右參政。
七任陞大理寺少卿。
八任陞巡撫直隸保定等府提督紫荆等關都察院右僉都御史。
九任陞巡撫山西等處提督雁門等關都察院右副都御史。
十任陞刑部右侍郎。〔一〕
十一任轉兵部右侍郎。
十二任陞兵部左侍郎。

〔一〕十任陞刑部右侍郎：「右」，族譜原作「左」。據明王世貞弇山堂别集（中華書局一九八五年十二月）卷五十八刑部左右侍郎表，蘇祐於嘉靖「二十八年任右，本年遷兵部」，無刑部左侍郎之記載。據改。

御史。

十三任暫任總督宣大山西等處地方提督軍務督理糧餉兵部左侍郎兼都察院右僉都御史。

十四任陞總督宣大山西等處地方提督軍務督理糧餉都察院右都御史兼兵部左侍郎。

十五任陞總督宣大山西等處地方提督軍務督理糧餉兵部尚書兼都察院右都御史。

制曰：凡我大臣，敦行累蹟以躋於崇要，固其自樹，亦必内有儆畏之助焉。故寵異之典不獨厚於其身，而必及其閨闈者，義之不可已也。爾累封淑人陳氏，〔一〕乃總督宣大山西等處地方軍務兼理糧餉兵部尚書兼都察院右都御史蘇祐之妻。柔恭有度，克相其夫。勵行飭躬，登兹崇秩。爰申褒勸，晉錫茂恩，兹特加封爲夫人。尚思象服之孔輝，無忘鷄鳴之儆戒。

嘉靖三十二年十二月十二日

（清光緒蒙古濮陽蘇氏族譜第一卷）

〔一〕爾累封淑人陳氏：「封」，族譜原作「贈」。按：本書穀原文草卷三故妻誥封夫人伯陳墓志銘，蘇祐妻陳氏卒於嘉靖三十五年（丙辰）春。則頒此誥命時，陳氏尚在世。依明制，「生曰封，死曰贈」（明史職官志一）。故此前陳氏所得誥命之號不得用「贈」字，而得用「封」字。族譜此處有誤。據改。

兵部尚書蘇祐父母誥命

奉天承運皇帝制曰：〔一〕朕聞古之幽人逸士，葆貞毓和，未究于用，必有嗣而興者以食厥報。蓋天道固然，匪可誣也。朝廷敷錫之典，而可遺其篤啓之功耶？爾累贈通議大夫兵部左侍郎蘇恩，乃總督宣大山西等處地方軍務兼理糧餉兵部尚書兼都察院右都御史祐之父。幽貞而範俗，隱約而直躬。植善有聞，履仁不替。用俾哲嗣，顯有踐更，秩峻夏卿，總予疆圉。爰推卹命，昭布寵光，兹特加贈爲資政大夫兵部尚書兼都察院右都御史。二品之秩，懋渥惟崇。侈爾家猷，式垂不朽。

制曰：〔二〕朕嘗讀蓼莪之詩，而悲劬勞之德，其在父母均也。則所以崇施而顯錫之者，亦豈宜有異耶？而累贈淑人周氏，乃總督宣大山西等處地方軍務兼理糧餉兵部尚書兼都察院右都御史蘇祐之母。性本慈惠，行惟儉勤。子列華途，爾年弗待。永思徽範，良用愴然。兹特加贈爲夫人。庶慰人子之顯親，亦所以貴人親之有子。

〔一〕奉天承運皇帝制曰：「奉天承運皇帝」六字，濮州志無。蒙古濮陽蘇氏族譜卷一有。據補。
〔二〕制曰：二字濮州志無。據明代誥命通例補。

制曰：〔一〕朕惟考母德者必于子，故因子以貴母，今昔彝典也。凡在庶僚，貤恩罔間。矧督府重臣，爲朕所特簡者乎？爾累贈淑人王氏，乃總督宣大山西等處地方軍務兼理糧餉兵部尚書兼都察院右都御史蘇祐之母。早由茂族，來嬪名宗。躬勤儉以相夫，明愛勞以訓子。婦儀母德，又何異古訓所云耶？鼎養永違，良可憫惜。兹特加贈爲夫人。用申罔極之恩，以酬欲報之志。

嘉靖三十二年十二月十二日

（清宣統濮州志卷七）

兵部尚書蘇祐祖父母誥命

奉天承運皇帝制曰：〔二〕水注而爲江河，其發源也必遠；木大而爲棟梁，其植本也必深。蓋慶善之培固，未有不由先世積累之厚而能閎發者也。爾贈通議大夫兵部左侍郎蘇亮，乃總督宣大山西等處地方軍務兼理糧餉兵部尚書兼都察院右都御史祐之祖父。懋修

〔一〕制曰：二字濮州志無。據明代誥命通例補。

〔二〕奉天承運皇帝制曰：「奉天承運皇帝」六字，濮州志無。蒙古濮陽蘇氏族譜卷一有。據補。

不試，雅志丘園，殆古隱君子之流歟？雖長不究用，而流慶則長。睠爾聞孫，爲予良弼。戩穀之遺，天道豈懵懵者耶？茲特加贈爲資政大夫兵部尚書兼都察院右都御史。燕翼式彰乎盛德，龍泥洊荷於崇褒。

制曰：[一]禮嚴孝享，祖左妣右；追卹之典，妣與祖偕。是惟服在大僚者則有之，下此則制有所限，亦奚能以自遂哉？爾總督宣大山西等處地方軍務兼理糧餉兵部尚書兼都察院右都御史蘇祐祖母贈淑人馬氏，克謹内行，動應閨彝。祚爾令孫，膺予閫寄。式旌往勛，茂奂崇章。茲特加贈爲夫人。享茲申錫之榮，益衍克昌之慶。

嘉靖三十二年十二月十二日

（清宣統濮州志卷七）

諭祭文

維隆慶六年冬十月二十九日，皇帝遣山東等處承宣布政使司分守東兖道左參議蔡應揚祭原任兵部尚書兼都察院右都御史蘇祐曰：惟卿端凝之器，恢博之才。擢穎甲

[一] 制曰：二字濮州志無。據明代誥命通例補。

科，馳聲子牧。載遷臺諫而讜議數陳，繼典文衡而士風丕振。遂參藩於名省，特簡畀以巡撫。先聲有却虜之功，内地賴維城之績。爰聲華於六正，仍坐鎮乎三邊。偶以人言，力求休致。兹焉淪逝，良足悼傷。特念往勞，追還原秩；并頒祭葬，以示渥恩。爾靈有知，尚其歆服。

（清康熙十二年濮州志卷一古迹考）

諭葬文

維隆慶六年冬十二月初五日，皇帝遣山東等處承宣布政使司分守東兖道左參議蔡應揚諭葬原任兵部尚書兼都察院右都御史蘇祐曰：卿夙負才名，兼閑戎略。治兵塞上，勞勩有年。歸老於家，益騰令譽。胡焉凋謝，窀穸倏臨。特舉彝章，載頒諭祭。靈其不昧，尚克歆承。

（清康熙十二年濮州志卷一古迹考）

附録二　三巡集稿

三巡集稿序

余初按宣大，繼淮揚，繼三晉，有所作，輒謾録之，爲三巡集云。

余非知詩者也。顧一出按部，恒閲四時，達四境。務則繁焉，體則嚴焉。談晤寡諧，而情思多鬱者矣。唯閲四時則多所懷，達四境則多所見，繁則神苦過勞，嚴則矜忌太甚，寡諧則寂，多鬱則病。是故懷見有時，景象羅會，則劑量以應務，怡曠以適體。游情翰墨，則罔寡和而感通；托興吟咏，則罔靡暢而養節，孰非取適者邪？孔子曰：「興於詩。」又曰：「游於藝。」弗可已矣。是三巡集者，取適多而通方鮮者也，工拙計哉？故曰余非知詩者也。審音者以情求之，其庶幾諒余矣乎。

嘉靖戊戌秋八月丁未日，濮陽蘇祐識。

三巡集稿

秋日過居庸關

北門天險設居庸，嫋嫋干旌映日紅。口轉雙泉猶望闕，嶺盤八達已臨戎。霜清戍逼黄花近，雲起山連紫閣通。聖代車書真混一，寄言諸將謾論功。

鴈

飄泊雲鴻杳，回翔星夜徂。牽波晴蕩藻，避繳冷啣蘆。寒暑期無失，風霜爾亦紆。上林傳羽獵，一札寄清都。

上谷秋興三首

斧鉞臨荒塞，關河屬暮秋。雲黄遥鴈滅，月黑暗螢流。禾黍充場圃，烽煙静戍樓。蒼生無負擔，功豈在封侯。

二

曾聞班定遠，更數霍嫖姚。虎穴横金戟，龍庭按錦鑣。歌傳青海曲，捷報紫宸朝。今日韓門將，誰能奪虜標。

三

笳逐黄沙起，鵰盤白草飛。虜驕氈作帳，戍苦鐵爲衣。戰骨多應朽，逝魂遠未歸。邊城雲晝合，寒日淡無輝。

出塞二首

風急天高動鼓鼙，黄雲白草照旌旗。單于秋牧榆林塞，烽火宵傳花馬池。聲斷悲笳胡鴈起，氣沉明月漢軍知。長驅烏合腥膻壘，安見鷹揚節制師。

二

沙磧偏吹九月風，將軍盡挽六鈞弓。賀蘭自限桑乾水，韃靼常讐兀罕戎。但使軍儲供口北，無煩兵馬掣遼東。乘槎虚擬河源使，投筆誰收都護功。

新月二首

塞城見新月，歲華苦流邁。已自感嘆生，况復關山外。

二

常愛匣鏡圓，亦愛簾鈎細。爲捲雲幕盡，清光滿階砌。

過上谷書院示諸生

甲士如雲偃戰戈，青衿白晝坐弦歌。雍雍謾許東京盛，濟濟虚聞西土多。劉向傳經吾未有，楊雲識字爾如何？真看禮樂通関塞，無使宫墻倚薜蘿。

雪

關隴寒生早，凉秋雪已飛。雲黄初淅瀝，草白乍依稀。虜騎憑陵入，征人迤邐歸。陰山冰幾尺，未解大軍圍。

李將軍歌

君不見，李將軍，近代無。一朝聲名出儔伍，萬里推轂北備胡。金印肘後繫一斗，晝戟門開趨萬夫。感懷誓欲死報國，駑駘下乘徒區區。射虎驍雄良可擬，驅狐狀貌真堪圖。一文不取軍中錢，石二能彎陣上弧。張飛赤心知有漢，豈知帳前軍士變。將軍頭顱已流血，亂士身軀亦被箭。撫鎮循牆走且避，偏裨閉門坐以看。天子聞變按劍怒，但報昏妖晝解散。將軍已死不足云，沙場胡馬誰酣戰？更兼紀綱掃地盡，義士忠臣淚如霰。嗚呼！將軍之死果自取，胡爲天變星隕夜如雨？

除夕

日短天涯夕復除，寒宵濁酒意如何？不是醉拚留客歲，還應愁減念鄉書。

元日寄贈臺省諸寮友

往歲元辰太乙壇，合簪共薦五辛盤。獨憐紫塞行驄馬，常恐清朝負豸冠。柳媚新春應弄色，山驕積雪尚凝寒。乘時俱奮雲霄上，撫景今依斗柄看。

憶書

風塵馳使節，日月滯家書。雲塞堪傳鴈，霜臺不受魚。頻搔雙鬢短，獨對一燈疏。惟有盈觴酒，煩紆暫慰予。

題樊雙巖園景十首

草堂雪霽

雪白三尺深，日出明四野。謾歌陽春曲，調高和者寡。

槐屋春深

結子垂黄金，布葉摇緑綺。試問舞陽裔，何似王公里。

獨山獻奇

獨山儼在東，舉手望可見。千丈青霞色，飛落書牕硯。

盤溝環碧

一曲盤溝水，環流碧如帶。洗耳兼洗心，坐游天地外。

雙巖撑月

堂前一丈石，映月明如鏡。及至堂後看，石影亦圓正。

喬木留雲

木生幾百年，挺挺千仞立。不見雲往來，但見枝潤濕。

菊圃凝寒

寒江木葉下，菊開對重九。朝采黄金花，暮醉紫茱酒。

書樓延秀

堂東樓百尺，架上書萬卷。鴻儒時笑談，世業足仰偃。

篔簹煙雨

蕭蕭萬竿竹，對此愜情素。雨聲滴古今，煙色變朝暮。

臺榭風霜

臺榭豈常寒，但覺風霜發。下有一鳴騶，上有雙行鉞。

元日雙巖中丞宴對觀射

幕府逢春倒玉缸，材官列隊散金鏦。輕風扈歲遊芸閤，麗日回陽上瑣牕。戰將未抛金鎖甲，鳴騶故傍碧油幢。樗蒲戲客先成醉，獵較經心詎可降？

人日

萬里逢人日，孤光映客袍。紆餘心獨苦，望劇眼雙勞。寒尚欺邊柳，春應媚苑桃。坐消寰海瘴，長劍拂雲高。

大同城登乾樓

高城登眺俯雲州，水抱紇干山下流。紫塞應餘秦鬼哭，朱旗常閃漢兵愁。悲歌王粲寧懷土，長嘯劉琨故倚樓。煙火萬家今代北，勳名諸將更何求。

天城逢清明二首

東風空復塞垣城，楊柳春深葉未生。落日哀聲聞野哭，問知今日是清明。

二

寒食年光花自飛，塞城草色尚依稀。應緣物候違風土，不道陽春有是非。

砌草

細草青青尚凍痕，鄉園萬里怨王孫。憶乘款段晴原望，緑滿長堤過遠村。

春暮登鎮虜臺

上谷城邊臺十尋，輕寒薄暮尚相侵。遊絲半拂青林杪，飛絮翻沉碧水潯。塞草自生春漠漠，閑雲不動晝陰陰。臨觴且盡終朝興，倚檻無牽萬里心。

登恒嶽四首

褰帷渡渾河，矯首望恒山。巍巍一何高，雲霧隨躋攀。九折丹磴危，百轉回巉巙。玄武揚光靈，奠兹幽朔間。萬里奄紫極，龍沙皓漫漫。伊昔阻北望，側身愁燕關。振衣覽今昔，綿邈開心顔。

二

州里邇岱宗，川原阻登眺。兹辰玄朔遊，躋恒覽燕徼。廻風吹輕衣，松日暄照耀。虎谷颯欻吸，龍岡欝奔峭。埃壒蕩紛濁，曠朗發孤嘯。向平需婚嫁，莊生悟幽妙。緬懷愜情素，異代可同調。

三

稽古睠重華，御天乘六龍。禋祀類上帝，玉帛望群宗。鳴鑾下蒲坂，翠華馳雲中。精誠先感格，神功倏以通。石飛曲陽野，燔柴禮告終。回馭朝萬國，四夷咸來同。秦漢良可嗤，檢玉勞登封。

四

鬱鬱紫芝峪，杳杳黄雲塞。胡馬一何驕，彎弓爲患害。朝圍白登城，暮絶青海外。周宣示薄伐，漢皇侈封拜。李廣胡不侯？魏尚已被逮。志士多扼腕，古今成嘆慨。含笑問彼蒼，是非竟安在？

四月晦日關中楚職方東平李水部濟南劉司農觴予雲中玉虚觀致謝二首

朋友殊方俱是客，乾坤孤況正思家。襟懷莫逆堪同放，詞賦無能敢自誇？齊魯山川吾土俗，咸秦人物爾京華。重看摇落憐蓂草，相對何須問暮笳。

次第年俱四十餘，逢時感激擬何如？含香君別金華省，攬轡余乘紫塞車。轉樹黄鸝音始變，當階朱槿葉全舒。好將雅興傳鸜鵒，謾待離思寄鯉魚。

二 是年李四十五，次楚，次余，次劉，差少一歲云。

水部李子示予五日聚飲潞城府第之作草率贈答一十六韻

群公來帝闕，五日宴王孫。鸜鵒金開盞，麒麟繡覆墩。歌憐鶯嚦嚦，舞愛燕蹲蹲。仙館雲常濕，丹鑪火自温。玉書看帶礪，玄圃謝崑崙。鳳竹新分尾，虬松老屈根。桂叢方度曲，蘭草謾招魂。梁客枚鄒盛，周親魯衛尊。泛蒲還九節，懸艾已千門。急管休窺豹，繁弦正響鵾。江船懷午競，戎馬報宵奔。笑眼花争發，狂懷海并吞。遥聞雷隱閣，晚見雨翻盆。雅興堪誰共，多情向我論。醉知蒼水使，艷句錦袍痕。倘許看雙柏，先教具一樽。

六月朔日

星見常當午，今年與昨年。麗精沓避日，失度欲經天。萬象森皇極，孤懷鬱紫躔。聖朝多感格，倘見五珠聯。

七夕

會和雙星夜，關山一葉秋。蛛絲縈暗壁，螢火薄危樓。露下凉生襪，雲深翠結裯。橋應横鵲度，河似向人流。天上調琴瑟，人間望女牛。羲和催早發，機杼迴生愁。

塞上雜歌十首

蘇武城邊春草生，李陵臺下暮笳鳴。牙旗分薄休屠帳，羽檄飛傳驃騎營。

二

弓落旄頭滿月開，旗翻豹尾擁雲來。尋常休羡胡塵遠，十萬横行瀚海廻。

三

風裊雙旌幕府高，星羅諸將戰功勞。沙飄殘磧昏金甲，血染腥痕上寶刀。

四

艷骨香魄幾尺墳，至今指點説昭君。能回白草生青草，應散黄雲化彩雲。

五

荷戈西北堪憐汝，挽粟東南太不停。一飯尚當知帝力，百年何以報朝廷？

六

九十九泉繞塞流，噴珠嗽玉散雲州。漢銘虚勒燕山上，嬴識空城青海頭。

七

有虜新從塞外還，自言家在古蕭關。射鵰曾過葫蘆海，牧馬不離草垛山。

八

莽莽天山雲霧黄，歸俘夜入大邊牆。先將雙淚傳通事，徐説連營遁吉囊。

九

邊人多解唱夷歌，能奪胡雛紫駱駝。風起腰間常帶箭，月明枕底亦横戈。

十

雲中健兒固無賴，悖逆天誅豈自驕？幽朔謾歌周屏翰，將軍誰似漢嫖姚？

臺内雙松二十韻

鳳蓋童童并，龍鬚冉冉長。參雲元自直，帶雪竟如常。臭味梅同調，丰姿竹一方。韻悠風瑟瑟，珠綴露瀼瀼。静極驚濤至，寒餘見節彰。翠華行蔽雨，白簡對飛霜。虚辱秦封後，曾凌禹社傍。色含陶令柳，芳映召公棠。蘿裊低隨蔓，苓開細切肪。花香蟬自避，枝勁蟻難藏。森竦凝朝靄，扶疏印夜光。冰霜顔不改，天地氣長昂。媚日羞桃李，扶天棟廟廊。斧斤時可得，繩墨正何妨。匠石懷知己，徂徠戀故鄉。蔭萁堯殿閣，依杏孔宫牆。僊籍曾分赤，龍精擬屬蒼。逢時憐五柞，獻賦笑長楊。鐵石看盤錯，琳琅聽奮揚。猶疑生腹夢，雙倚太微堂。

奉題敕賜務學書院六韻

王孫脩孔業，宸翰煥堯文。堪羨天潢貴，高揚玉牒芬。尊罍嗤問月，詞賦陋凌雲。賜帙分東觀，臨池逼右軍。八公茫昧失，六籍討探勤。仰止高堂在，書聲閱代聞。

尉遲敬德祠有作

閣額遺像凋生色，池古荒祠俯碧泉。天馬千秋空渥水，雲龍一代已凌煙。可憐會合風塵際，最愛飛騰戰陣前。旗鼓倘仍懸大將，犬羊寧復寇頻年？

八月九日應州對菊

常年花開愁後時，今年花蕋忽高枝。九日應妨細雨作，中秋先遣寒香披。捋鬚白眼憐相向，載酒青山憶獨隨。流轉風光亦多意，宋玉無增摇落悲。

八月十二日

去歲當今日，生孫喜上京。秋風吹使節，彌月向關城。鑄鑑嘗徵夢，探環擬解行。昆吾古臺畔，世業是書聲。

桑乾河

杳杳桑乾水，霜沉宿霧收。濬源開馬邑，分委下盧溝。雄撼關雲動，清涵塞月流。巡行今幾度，回首亦并州。

中秋對月

百歲秋仍半，孤城亦自圓。桂宫侵露立，兔杵傍星懸。明逼銀河淺，清分玉女妍。一尊休借問，正照漢營前。

飛將軍歌

萬里横行玄塞雲，問誰姓氏飛將軍。草間伏石没鵰羽，灞橋醉尉寧敢語。挺身蹻健真似飛，唾手勳名不足取。日薄天寒沙磧風，眼中似是無山戎。右撚羽箭左雕弓，往來射獵天山東。部伍静眠宵月白，烽燧不報秋煙紅。牧馬遠遁長城下，踏冰驚渡交河夜。芻粟不勞事飛挽，黍稌喜看連秠稏。貴臣失意獨不侯，至今壯士含悲咤。人生富貴信有命，安能齷齪隨奔競。君不見一言悟主田千秋，寧論百戰嫖姚霍去病！

擬燕歌行

盈盈一水限河梁，牽牛織女遥相望。西風颯颯天雨霜，鴻鴈嗷嗷向南翔。誰能對此不悲傷？終朝機杼猶七襄。一年一會河鼓郎，七月七日珮鳴璫。烏鵲爲橋開洞房，歡娛未畢日扶桑。不覺淚下沾衣裳，斯事恍惚誰能詳？世人好誣竟荒唐，欲排閶闔訴帝傍。竊恐不察轉傍徨，天門九重空淚行。

贈鄒養賢二首

朝日麗雲霞，粲如一端綺。五色紛相鮮，下映扶桑水。我欲裁爲裳，用補衮衣裏。望之遠莫致，相思未終已。有鳥從西來，托以申情旨。鳥飛不肯顧，惆悵迨濛汜。

二

齊國有佳人，容色燿春華。明月爲珮裾，蘭蕙襲髻髽。歸妹愆芳期，含英誓靡它。詎知宕子懷，輕薄憐妖奢。閒静顧睽違，琴瑟虚清嘉。感彼終風詩，中夜長咨嗟。

古路臺行

上古路臺，下古路臺。古臺臨路岐，登臨日一回。上摩青雲際，下瞰洪河隈。登陟良獨難，之子有遠懷。歸寧豈無期，桑榆光摧頹。駕言不得遂，跂予空徘徊。杳杳日西馳，千里浮黄埃。

從軍行二首

苦竹繁枝節，羈愁厭日月。良人久從軍，妾心如飢渴。瀚海一丈冰，天山九月雪。炊爨況獨持，寒熱竟誰察？沉痛無晨宵，音書間燕越。

二

黄河來西極，東流日湯湯。萬里遠戍人，歸心空茫茫。洗衣濁水岸，曝之沙磧岡。借問水東流，何時還故鄉？汩汩無情極，忉怛增憂傷。

壽戴封君

窈窈羅浮山，翛翛采芝翁。華發被鶴氅，渥顔流晴虹。緑瞳炯以方，形神閒且充。黄石問丹道，赤松早相從。逍遥無窮野，游戲太始庭。時與廣成子，并騎雙茅龍。

擬四時詞四首

瓊樓十二欄，簾垂愁上看。燕泥香墮地，知是杏花殘。

二

一曲水畔亭，簟展清無暑。香散芰荷風，凉生薜荔雨。

三

露下衣裳冷，夜長砧杵多。流光入懷袖，人如明月何？

四

寒漏滴疏牕，凍雲滿虚閣。梅花自多情，對雪開如約。

明妃曲二首

琵琶聲斷朔雲橫，靺鞨腥分邊馬鳴。粉黛可憐翻結虜，蛾眉誰道盡傾城？

二

漠漠龍沙漢使稀，長城迢遞妾心違。三千里外無人問，十二樓中有夢歸。

擬古宮詞四首

十二樓邊楊柳枝，珠簾半捲亂游絲。春橫砌草鶯聲細，香裊牕紗日影遲。

二

弄日花枝傍玉堦，惜春環珮試弓鞋。同心羞結香羅帶，交股愁看紫鳳釵。

三

日轉春深花自飛，殘粧更換薄羅衣。香塵不動鞦韆起，粉汗新沾蹴蹴歸。

四

風恬太液漾晴光，女伴臨流擬鏡粧。狎水浴闌兩鸂鶒，背人飛去幾鴛鴦。

九日宴集對雪

繞砌花枝同索笑，浮城雪片亦相尋。風雲豈妒三秋節，天地常横九日陰。未下殊方聞鴈淚，已非往歲釣鰲心。關門令尹應占氣，多病相如欲掛簪。

冬日入居庸關

去年木落迎關吏，今歲霜飛下塞雲。猿術未閑雲鳥陣，龍沙新散犬羊群。林疏疊嶂層層出，冰澁鳴泉細細分。投筆正慚班定遠，棄繻莫擬漢終軍。

彭城謾興五首

風塵重攬轡，驛路暫維舟。遠道通南服，雄圖屬上游。青圍山抱郭，丹湧水涵樓。龍戰今常定，鷗鶩謾未休。

二

寶劍曾留地，烏騅不逝年。楚王元力屈，季札已心懸。古渡沉流水，高城倚斷煙。有懷方伏枕，無寐欲鳴弦。

三

城郭千年在，江山百戰餘。徐君無起日，彭國竟遺墟。鼓角催舟楫，風雲護簡書。經行有詞賦，慨嘆豈離居。

四

山上雲龍望，亭攀放鶴回。禹功饒斷石，漢業有荒臺。興與幽偏愜，囂緣静不來。雖非謝公賞，詎是景侯哀？

五

九曲通星宿，雙洪跨石梁。懸流噴日月，競渡戒舟航。常擬蛟龍鬥，空憐燕雀翔。無須經灩澒，亦足畏瞿唐。

濠梁行

山川萬古開淮甸，賸迹靈蹤今始見。遺宫雙闕峙嵯峨，佳氣五雲鬱葱蒨。岐鎬舊邦肇有周，沛豐故里興炎漢。禹迹茫茫分九州，雍徐兖冀多王侯。風環氣結有運會，開基垂統獨殷周。建旓乘鉞真龍出，義殺仁生刑政一。始信神靈不偶生，萬國仰之皎如日。土壤中原幾千載，九曲西來代遷改。黄河噴浪下金天，長江迸勢歸滄海。元人失御奔其鹿，我皇陟降河之曲。英雄百里齊奮揚，熊羆萬旅隨馳逐。沛上蕭曹即股肱，南陽耿鄧同心腹。二十八宿咸麗天，三十六輻同一轂。叱咤風雲紫極高，汛除宇宙皇風穆。文謨武烈紀旂常，貢琛獻幣開明堂。山川初擬會中土，富貴非徒歸故鄉。堯階三尺示樸素，禹王萬國來趨蹌。此土遂爲湯沐邑，追王比隆周季歷。馳道旌旗日月分，玄宫屋宇螭龍立。王侯將相拜封多，殷夏黄虞不啻過。湛露常賡周雅什，大風不唱漢臺歌。王公設險守其國，大江天塹分南北。舊京百二玉關東，昌期五百金陵側。鍾阜石城繞大江，奉春脱挽説君王。埋金鑿笑秦淮陋，定鼎卜從郟鄏長。鼎成龍去經幾祀？依山尚有龍興寺。疏檜常環古佛龕，老僧頗悉當年事。高亭拜覽御書碑，實函載覲開山記。寺外塗山儼對荆，城邊渦水遥通泗。十王四妃可長哀，諸侯列將空相思。八衛仍屯紫禁城，千官今扈玉霄京。詞人擬撰三都賦，甲士常團十二營。松覆寢宫當晝闃，草侵輦路入春生。風雲尚接郊壇色，鼓角猶傳象魏聲。赤縣神州更創建，虎踞龍蟠舊稱羨。聖神四海本爲家，華夷萬里皆南面。黄金倚斗貯高臺，青玉當天陳寶案。北極重開日月圖，南京深鎖雲霄殿。

贈薛西原二首

海内聞吾子，中園獨著書。遭回鳴鳳羽，偃仰卧龍廬。與物心無競，游情日宴如。翛然抱玄覽，聊復賦閒居。

二

種蘂圍沙砌，開渠傍石田。相如今謝病，楊子自談玄。繞徑行穿竹，臨池坐采蓮。何年税塵鞅，共結静中緣。

東湖

東湖開泱漭，水色净秋襟。謾引滄洲興，寧如鷗鷺心。客懷閒自適，雲影迥虚沉。雅調徵流水，予將弦素琴。

秋日山亭二首

暑伏將捐扇，涼生頗耐衣。露清銜鶴下，雲白背人飛。元化無停軌，浮生未息機。坐驚華髮改，始覺素心違。

二

臺敞凭軒望，亭虚轉徑通。蟲聲增蟋蟀，樹影散梧桐。嘯豈孫登并，悲應宋玉同。未辭嬰物累，仰愧古人風。

七夕二首

七夕坐澄宇，清風生竹林。靈踪不可見，明月向西沉。感嘆情何極，徘徊夜易深。相逢詎云已，猶有隔年心。

二

荷風香冉冉，花露湛微微。期是雙星會，行應幾日歸？明河天外落，烏鵲月中飛。正自牽懷抱，寧須問是非。

臺内柏竹戲成口號

四柏森森俯寂寥，萬竿脩竹更蕭蕭。仙臺漢帝歌空在，瑶瑟湘靈怨未消。丹鳳四方須瑞實，玄霜千歲見危標。伶倫匠石如相遇，輪帛弓旌豈後招。

淮南道中

野曠江清秋思哀，蒼然平楚謾登臺。群山舊接八公繞，二水遥分雙闕開。鴻寶枕中丹鼎訣，茅人洞長緑錢苔。叢蘭幽桂休招隱，鶴怨猿驚正欲迴。

霍丘對紫薇花有懷舊令高憲使

蓐收厲急節，群芳窘逸步。亭亭紫薇花，粲粲燿遲暮。緑滋帶繁條，朱華綴零露。辭枝綺逶迤，麗葉脂布濩。澄陰儼清嚴，陽卉謝讒妒。顏駐勾漏砂，芳麗河陽度。聊取含情眷，暫愜賞心晤。翩翩鳧舄過，亹亹歲年屢。柳覆栗里尊，棠遺召南賦。對此懷緬邈，興謡暢衷愫。

自六安向廬州作

驪車凭輶軒，鷺羽引華旌。徒御儼無譁，驂服騰且鳴。山長坂崎嶇，天高日晶明。已多觸物感，况懷紆鬱情。蝗飛映林薄，龜坼被隰坰。工役無暫停，租税有常征。于役阻程期，赴訴悲憤悖。有懷如渴饑，寤言徒屏營。

感述

龜紐綰赤符，蟬冕簪華纓。珍麗世所需，神理超誰承？達人洞竅妙，至貴卑英瓊。如何形迹拘，而罹世綱嬰？宗旨昧前哲，習心牽俗情。擾擾性靈迷，汩汩耳目營。倏爾變緇髮，居然摇真精。以往悵莫追，方來耻徒驚。執樞斡元化，抱樸謝浮名。願言究真詮，庶以証無生。

冶父寺

寺僻沿谿入，堂虚歷磴遊。人天分上界，佛日麗中秋。故冶藏龍虎，餘光射斗牛。驍騰懷劍客，揮霍動諸侯。

廬江東行夜宿石塘館舍

巢湖湖南夕日曛，東行飛蓋趂秋雲。經過暫甜金城寺，割據曾懸石壘軍。煙火空林生暝色，鴈鴻別浦起歸群。晚來哀柝休争發，野曠清砧忍并聞。

至無爲州作

水以淆而渾，苗用揠斯槁。魚尾勞始赤，繭絲急愈荖。化理貴無爲，雅俗戒紛擾。皇風何熙熙，王道亦皞皞。易垂寂感訓，聃剖有無妙。漢陰耻機械，周道衰恌巧。倘返結繩政，願從抱甕老。

居巢中秋对月

往歲榆城月，今年湖上看。華星分歷歷，白露綴團團。水闊龍虛抱，林疏鵲未安。分明映丹桂，髣髴辯青鸞。

過居巢

澄湖廻近郭，丹洞掩高峰。身幸經時健，思憐弔古重。王喬自舄舄，亞父亦人龍。洗耳臨秋水，歸心劇暮鐘。

宿包城寺

妙香鬱清馨，净土敞華燈。錫卓三生石，禪參隻履僧。松風流淅淅，蘿月貯澄澄。牽夢愁虛榻，翻經諦大乘。

中秋十六夜寺内對月

龍象沉金色，蟾蜍吐玉輝。望嫌光大滿，虧取道知微。桂似南枝減，潮應汐勢非。無增須究竟，返照可皈依。

贈送皇甫儀部

玄鳥基景運，鉅迹啓鴻休。聖制崇園陵，皇情昭玄丘。誠孝暢文告，駿奔應賢求。雲錦載龍函，揚舲汎中流。晤言阻紛冗，相逢訊芳洲。故人欣良覿，白日快遲留。寒暄辭未畢，省覲駕言遒。清秋騖廣川，轡組沃且柔。無以慰闊懷，翻爾增離憂。

早登泗州城望謁陵廟

泗州城南淮水流，泗州城北白雲浮。鼎湖草暗歲年暮，華表霜沉天地秋。明祀時陳閒稷黍，光靈宵聚紛龍虯。須臾海日辨江樹，葱靄朝霞横御樓。

奉延甘泉大宗伯與陳秋曹高繕部因登瑞巖觀覽眺

廣宴集瑞巖，夙駕凌翠微。絶流亙浮梁，穿雲躡丹梯。路狹蹲石廻，林密低枝欹。隈隩歷長阪，逶迤帶疏籬。川原下凭欄，城郭分洄谿。村塢遠煙澹，巖岫蒼苔滋。水光獻明滅，山色呈參差。鐘磬雲巘沉，霧靄芝洞移。髣髴聞笙鶴，想像肅靈祇。碑剥辨龍蛇，泉清鑒玻璨。眼隨朗曠適，心與幽静宜。返服振緇塵，畢志還山棲。

九日中都登樓簡謝江司農

帝城宫殿鳳原深，影下寒蕪起夕陰。劍佩萬年餘想像，樓臺九日共登臨。輕煙漠漠偏浮闕，落木蕭蕭故傍砧。賴有彩毫揮素節，莫憐黄菊對華簪。

十日登第一山得笑字

浮驂薄行遊，逶迤步靈嶠。百草何萋萋，零雨被廣道。鴻鴈紛廻翔，雲日忽照燿。時節莽遷遞，誰能常歡笑？佳辰已昨日，攜手此登眺。葳蕤嗅寒芳，古人可同調。逍遥適情志，豈懼末路誚。歲月無終極，義命安所好。

游醉翁豐樂山亭奉同崔東洲三首

宦遊無奈賞心違，此日招攜歷竹扉。山色濛濛侵坐濕，泉聲淼淼隔林微。已看俯仰成今古，莫向醒酣辨是非。一自謬通金馬籍，至今寂寞釣漁磯。

二

亭留豐樂憐遺迹，山接琅琊亦俱瞻。霧隱深林昏并入，天連遠水净相兼。虚簷落日頻移蓋，空閣廻風半下簾。六巒青驄慚獨攬，五花彤管羨常拈。

三

嵓下幽亭帶澗斜，山昏游興阻琅琊。疏燈欲亂三星色，殘菊猶存九日華。已共神仙餐石髓，真從霄漢泛靈槎。須臾海月懸鈎上，細印青莎錦石莎。

過香泉寺

天地調真息，陰陽會秘符。近看飛錫地，遥接煉丹爐。鑑影清沉璧，翻瀾細迸珠。紺雲蒸夜氣，甘露滿浮屠。

含山對雨

江城含巘崿，驛路接巑岏。雨細宵連暗，風斜曉助寒。芰荷凌露落，鴻雁入雲盤。秋思方蕭瑟，休歌道路難。

過烏江謁項王廟

岸分采石俯黿鼉，廟倚烏江裊薜蘿。祇爲瑶圖歸赤帝，遂令寶劍送青娥。關前九戰收秦璧，夜半諸軍變楚歌。叱咤已隨雲鳥盡，興亡莫使是非多。

登隋故城觀音閣

東幸無歸日，故宫秋草生。招攜眺雲閣，飄杳憶霓旌。池曲纔通水，臺高尚倚城。斷橋明月夜，何處聽歌聲？

過瓊花觀

仙館開高宴，名花失故枝。臺荒欹蘚石，庭寂裊煙絲。錦纜無消息，雲屏虚夢思。醉游須盡日，摇落况當時。

熙武堂簡呈柳泉中丞

軍壘虚秋苑，賓筵敞暮天。時清散雲鳥，談劇入虚玄。符綰新分虎，冠峩舊服蟬。三軍同燕息，莫詠出車篇。

冬日維揚書院小集有作

翼翼頌商邑，膴膴美周原。兹城實佳麗，畿輔維屏藩。聖澤首霑被，人文何炳繁。弦歌振海隅，諸生謝窺園。才賢繼登陟，鸞龍接高騫。清霜明玉節，周行薄停轅。西南儷良朋，華蓋聯翩翻。雅歌奏廣庭，淫哇避煩喧。既夕還臺署，餘音隱層軒。翛然似有得，揖别笑無言。

冬日送王秋曹赴太平

逸少南行日，天寒雪欲飛。笙歌開祖席，旌節引征衣。木落江流穩，潮平浦樹稀。光塵違屢會，相望獨依依。

謁文山祠有作

揚舲送將歸，驅車止江潯。肅容揖靈祠，精爽儼照臨。朱榜曜通衢，松柏鬱陰森。正氣浩磅礴，二儀極高深。仰視日西馳，江流逝浸浸。銷毁非金石，代謝遹相尋。令德昭懿軌，元化爲浮沉。顧彼如鬼蜮，偪側厠幽陰。亮哉君子節，百世宜光欽。對兹增慨慷，援琴寫徽音。

維揚閱武

金鼓聲喧江上城，朔氣獵獵動干旌。陣雲晴覆芙蓉苑，兵氣寒沉虎豹營。授鉞虚聞閑將略，登壇真覺愧書生。僄輕易作鷹揚氣，白馬聯翩紫絡纓。

獨山書院奉飲柳泉中丞

枉駕攀熊軾，懸燈啓象尊。帝鄉憐暫對，吾道慰常存。殘菊黄金暗，雕盤白玉温。瑶琴在東序，流羽謝雍門。

梅岡晚隱壽徐封君

冰雪西湖上，丰神東閣邊。只今對幽客，歲暮若爲憐。臭味元相似，棲遲豈獨偏。春來有繁實，已薦御羹筵。

錦萱堂詩遺聞人侍御

江上麗雲構，曠朗絶纖埃。丹山蔽前除，緑水相縈廻。萱草樹之背，常映丹霞開。餘蔭挺玉樹，清廟薦瑰材。彤庭流渥澤，五色何昭回。迨兹敷文化，桃李益栽培。敬寬緊順柔，錫類及群才。邈矣秘璿源，奕世未可涯。

冬日同涂水部良翰登文遊臺以蘇子瞻王定國孫莘老秦少游嘗遊得名

淮海高城畔，登臨霽色開。異時懷四子，落日對孤臺。霜氣催貂服，湖光隱玉杯。相逢蒼水使，何謝古人才。

自高郵向寶應湖中作

寒日輕帆下五湖，霜清水淺見菰蒲。傍舟雲氣常虛白，隱水珠光乍有無。鄠杜舊開周沃壤，澗瀍亦繞漢中區。可憐誰似張平子，摛藻殷勤賦兩都。

清溪館招飲簡呈柳泉中丞十二韻

幕府開賓館，城隅借鷺洲。朱衣扶畫戟，玄洞接丹丘。臺月移凭檻，湖天俯蕩舟。仙橋飛可望，鶴井掩仍留。叢桂緣中嶼，垂楊蔭合流。地疑蓬島入，境豈閬風求。機務憐多暇，招尋喜共遊。尊開浮玳瑁，曲度抱箜篌。水净雲容杳，霜清海氣收。塵襟消竟日，逸興狎群鷗。招飲淮南賦，懷歸江上樓。將因解簪紱，從此謝王侯。

寄寄亭次韻簡呈張度支

歲暮孤舟杳托身，風寒高宴正宜人。梅花久滯江城信，楊柳將生淮浦春。亭著鴻踪吾亦偶，書傳鴈足爾須頻。不辭抱病開涓滴，同是清朝近侍臣。

清江道院簡諸同游二首

亭幽棲鶴羽，水曲隔人家。雲引風生葉，霜凝露作花。静憐玄圃客，共卧赤城霞。歸徑疏林畔，西南見月華。

二

苔合碁存局，池深竹覆亭。鳴琴横月宇，華燭麗雲屏。鼎内金花紫，階前瑶草青。相携恣遊賞，莫謾擬流萍。

臺鶴

嚴切棲烏地，飄蕭鶴一群。影常臨月裊，唳復向風聞。頂麗丹砂貯，衣輕皓雪分。自憐仙化羽，日望故山雲。

園竹

淇澳懷虚遠，瀟湘望轉勞。静憐起竿籟，清愛傍亭皋。籜覆龍鱗細，枝摇鳳尾高。王猷休徑入，俗客擬粗豪。

瓶梅

宫蘤含瓊蕚，仙姝遲鏡粧。貯罌先借水，閉閤暗生香。摇落繁霜候，葳蕤疊雪芳。歲華雖晚殿，春色已孤揚。

盆山

一簣伊誰覆，群峰儼并横。轉看巑岫複，疑覺水雲生。子晉吹笙坐，麻姑跨鶴行。逍遥展弦帙，恍惚對嵩衡。

次韻奉答楊潞橋侍御

禁兵分點羡鷹揚，家近登壇豈異鄉。叨使江淮翻望闕，虚隨簪履并稱郎。令嚴尺表誰違日，喧寂連營自肅霜。大閲禮成應被賞，萬年天子重金湯。

公順堂詩

於維茲域，徐揚之疆。大海環之，緊瞰于江。河濟會流，淮泗淙淙。荆塗儼望，天子是邦。其一 沕穆神龍，乘時御極。翼翼皇邑，四方之則。有滃雲興，以輔以翼。斯土之毓，其麗是億。其二 帝懷蒸民，罔逸以休。庶職曠鰥，蔽于黈旒。明目達聰，遣使分州。以綏黔黎，以肅諸侯。其三 顧唯小臣，被兹簡命。四牡于邁，南風與競。爰歷爰止，敷教覃政。淵臨冰履，罔敢弗敬。其四 維兹中署，隘予弗腆。猥瑣中蓄，曰予曷敢。近取諸身，其則不遠。公順攸躋，忠恕是衍。其五 維公伊何？不獲于身。維順伊何？不見于人。寂感之常，易簡之真。老尚玄同，易贊幾神。其六 皦皦近名，辭陸涉水。營營取容，繳鉤揉矢。和乃唯同，隨則以詭。無罹僭尤，慮終以始。其七 刑之則刑，生之則生。欽哉恤哉，載疑載矜。天道是由，帝德用承。敢介司節，警于執旌。其八

雪僧

瘦骨稜層杖錫飛，緇塵不染素禪衣。幻形暫向風霜立，本性還從雲水歸。

次韻奉送徐芝南侍御

久懷徐幹服中論，今對晏嬰傾善交。天馬由來有奇步，雲門端凝并鳴韶。駿奔正屬周群廟，賦頌猶虚漢兩郊。簪筆細白玉管，聯篇傳玩赤瑛瑶。

常樂園詩題贈薛子二首

總轡歷淮服，弭節薄譙城。怡然覯時哲，慰兹良覿情。招要游中園，心目豁餘清。叢篁麗陰輝，朱明散炎蒸。摘蔬止近畦，樹槿已盈庭。好鳥鳴音和，芳醴心相傾。吐論多微詞，潔己寡俗營。顧予淹行役，撫志慚達生。

二

翛翛張仲蔚，穆穆謝康樂。屏迹深蓬蒿，養痾茹藨藿。襟抱無煩促，天地同廓落。羽翮鎩鵷鸞，屈曲委龍蠖。清芬挹芙渠，翠靄映蘭薄。明襲老氏常，静尋顔子樂。賁玩丘園爻，細豈農圃托。卷舒惟權度，俯仰遂寥廓。

元夕雨雪作

亹亹運元化，悠悠回景儀。歲華復今夕，旅况感良時。雨雪忽紛集，風雲良未期。瓊飛雜火樹，珠綴流煙枝。游阻青絲鞚，歌停白紵詞。星橋燭應暗，月榭幕空垂。桂魄自凝睇，蘭尊誰共持？殊方鬱孤抱，雅詠寄相思。

次韻奉答高司農

東風吹客歲華新，傳食悠悠愧縉紳。尚想追隨當赤暑，可憐倏復對芳春。隔年幾枉青雲札，何日常親玉樹神。北上願須駐行色，重來倘許接光塵。

濠梁奉贈邊給諫

帝城屢接青春宴，江上相逢白鷺車。柳色近含敕使節，花香猶襲侍臣裾。臨風計日增瞻望，對酒論文遂起居。千古濠梁還此地，當年莊惠果何如？

武臺宴集次韻贈答邊給諫二首

漠漠陰雲鬱未收，蕭蕭沙苑慰相留。三春物候常逢雨，五夜尊罍謾計籌。流水入弦真有調，暗煙浮壘若含愁。願言更訂金蘭約，未許輕分淮海舟。

二

筵開華燭暮寒收，二月中都語栗留。祈穀正須嚴往令，談兵謾復借前籌。別將南浦淹能賦，望阻東山衡獨愁。對雨莫辭春夜酌，懷人争泛雪谿舟。

謝邊子惠梨兼次來韻

仙品圓凝金色黄，露華凉沁玉酥香。肺腸虚擬相如渴，冰雪真隨方朔嘗。

次韻送邊貞谷游金陵兼遂省覲

一按滄江郡，常懷青瑣賢。誰知自天下，相對舊京前。促膝幾終日，解携仍別筵。詞林看妙選，仙侣羡芳年。談藝無淫説，承家有秘傳。瑞瞻鍾阜氣，雅見大江篇。省覲殊真樂，登臨詎暫閒？鱠銀江躍鯉，酌醴地生泉。子有藏經笥，余無負郭田。遥憐携綵服，預莫計歸船。

寄贈曾前川都諫 讀寄奠令姪侍御文，廼有招魂之句。

千里書回正憶君，東風蕭瑟嘆離群。漢書流涕憐頻上，楚賦招魂忍更聞？竹纜春牽匡嶽草，蓬牕晴落越江雲。轉看前席承宣室，無自哀歌九辯文。

自固鎮晚行向大店作

矯矯魯陽子，揮戈日徂遷。懿哉張司空，台星折中天。伊予秉拙遲，行部歷兹年。勞頓竟何爲，居諸無停旃。智愚諒攸分，豈謂古今然。逐日澮河側，辯星大店前。旌迴雙轉燭，驂躍孤嘶煙。日月嗟靡及，驅馳良足憐。優哉山中客，静抱俗琴眠。

春日符離道中三首

草色青如拖黛，桃花紅欲蒸霞。樹隱人家遠近，橋分漁浦横斜。

二

山路晚風猶峭，年華倦客那禁。弱柳細摇征蓋，流鶯暗度平林。

三

迎馬山如屏列，向人泉擬珠噴。巉仄纔通綫徑，村紆不辨蓬門。

徐州登黄樓

雲旌杳杳拂黄樓，樓下黄河振檻流。厭勝方隅元正色，遲廻天地謾閑愁。帆檣盡繞青山郭，村落平分白鷺洲。今古幾人同躍馬，項王曾霸九諸侯。

三月四日子房山閣對雪二首

覽眺臨虚閣，岧嶤接故豐。徑當芳草入，雪復暮雲同。帶雨迷黄石，廻風亂赤松。筵前有春色，瓶杏一枝紅。

二

風色侵華蓋，巘容换紫芝。可憐白雪興，翻與晚春期。山失成龍氣，臺移戲馬時。倘非近霑醉，客鬢旋生絲。

過呂梁洪

萬水東流天漢廻，徐方襟帶呂梁開。蛟龍不受青山縛，風雨常驚白日來。寒捲細花翻亂石，潤牽纖草上孤臺。初平應爲揮鞭起，博望無增倚棹哀。

漂母祠

楚市多豪俠，王孫誰爲哀？獨憐城下飯，無異漢中臺。古塚侵沙没，荒祠向水開。往來負劍客，瞻望幾遲廻。

恭聞車駕修謁諸陵遂幸西山七日還京作

宗祧茂周祀，園陵崇漢京。歲序聿推遷，精神常合并。青陽協時律，玄宫牽聖情。睠兹雨露期，寧無怵惕萌。駕言飛九斿，于焉出五城。黄道廻蒼極，紫氣浮青坰。藻幄六龍馴，蘭甸八駿鳴。颯颯祥飈集，靄靄彤雲迎。馳道清群祇，闕門營五丁。鱗翰傾鑾和，士庶矚旒旌。丕緒纘歷服，明德達清馨。鈞天廣樂諧，旭日饗禮成。三春麗鳳儀，萬祀垂鴻名。更轉東風轂，遂覲西山靈。川岳增輝光，草木咸將承。靡侈金仙詮，豈尋瑤池盟。往返旬未浹，游豫化兼行。夏諺効歌謡，帝道覿休明。

早春對酒次韻簡薛子 後三首同

罇酒自憐千里客，乾坤誰是獨醒人？風華正爾愁長日，雲物何須媚早春。竹裏黄鸝從汝唤，水邊白石負吾鄰。回天已愧張玄素，避地猶慚鄭子真。

春陰

連日陰陰暄氣微，可憐春向雨中歸。刺簷紫籜常齊放，委砌紅英亦亂飛。草色半侵調鶴屐，苔痕深映珮魚衣。東風好自勤將息，無使韶華願竟違。

牡丹

群芳春暮半依稀，猶有花枝弄晚暉。挹露番憐顰處好，行雲真訝夢中非。清華擬貯黄金屋，弱麗難勝翠羽衣。倘對一尊共吟賞，瑶臺何謝跨鸞歸。

曉起

雨霽虚窻風日清，鈎簾春色向花明。臺烏啞啞能傳曙，簷雀啾啾故噪晴。自笑迂疏緣僻性，可堪偃仰累浮生。欲將雅調揮瑶軫，弦絶陽春曲未成。

及第樓詩

相彼樓區，麗于艮隅，翼甍宫兮。理察河流，文觀婁奎，儼其中兮。重簷弘棟，矯鴻翔鳳，多士充兮。穹崇邃朗，既高且廣，與心通兮。制器會道，止維其要，乃聖功兮。崇虚靡成，積實則徵，古今同兮。名惡湮淪，無徒爲賓，慚厥躬兮。豪傑之興，凡民曷稱，百世風兮。華扁載揭，（以下底本闕一葉兩面約三百六十字）昭如日月，無歆傾兮。

苦暑

朱鳥翔離方，赤龍燭坤陸。大火熾炎威，積濕增煩溽。紫暈月下生，温響風中續。喘牛昔云吴，吠犬今詎蜀。難招屈原魂，半翳離婁目。汗流揮如雨，疿生紛似粟。應竭赤坂泉，擬焦滄洲木。酷蚊更叢集，流螢屢飛伏。竊懷起陰暉，常愓羆朝旭。欲返二仲駕，載卸三陽域。循環有恒運，九六無隻逐。匆橫無益慮，庶免近殆辱。端居觀化原，静默勝炎燠。達契莊周言，謝煩詹尹卜。（以下底本闕一葉兩面，闕詩三首，見下）

白石謡贈江子（闕。穀原詩集卷之二五言古詩收録）

瑞巖觀宴覽次韻簡呈約庵周中丞二首（闕。穀原詩集卷之四上七言律詩收録一首，題作「夏日瑞巖観宴覽次韻奉答大中丞約庵周公」）

下邳懷古（闕）

下邳中秋不見月作

逢秋幾處故園思，薊北淮南對月時。風雨似違今夜約，雲霄詎信隔年期。謾從天上論圓缺，擬怯人間照別離。我亦含情怕相問，懸燈獨醉碧瑤巵。

黄樓集送王秋曹

層城危閣敞秋筵，枉矢空尊滯客船。潭水自沉龍乍伏，嶺雲欲動鶴初騫。離情杳杳停杯下，遺蹟茫茫俯檻前。相會可令容易別，歸雲落木正紛然。放鶴亭、伏龍潭，古蹟。

放鶴亭簡張度支公馬二水部

雲龍山前鶴未還，招邀并坐白雲間。歷歷晴原木葉下，悠悠遠水漁舟閑。兩年蹤迹遍徐楚，一代文章懷馬班。落日孤城煙霧合，轉增離思滿秋顔。

寄蘇茂元道長

欲去未能歲云暮，江城蟋蟀鳴秋陰。兼程詎敢遲行色，隔歲惟愁損客心。黄菊擬拚成共笑，紫萸聊復慰孤吟。預憐相見還相別，去住情懷兩不任。

黄樓九日

羽衣僊人杳煙霧，高城載遊秋已暮。寒花未吐黄金錢，明河自滴芳洲露。去年樓倚中都前，今年舟繫彭城邊。青山萬點對尊落，朗月半輪涵江懸。却憶前年上谷時，塞雲朔雪凝花枝。可憐此日異風候，須知有客同襟期。薊北淮南載戢棨，三年奔走無停已。杜甫翛然懷暮雲，莊生正爾吟秋水。

歌風臺

楚澤斷蛇去，秦原逐鹿過。重來湯沐邑，醉唱大風歌。世遠翠華杳，秋深芳草多。浮雲暮不止，遺蹟倚巖阿。

望太白樓

白也謫仙流，乾坤一酒樓。至今酣飲處，猶有翠雲留。龍性誰能狎，鷗情迥自浮。世人驚白璧，羽客幻丹丘。雅調瑶華麗，多言貝錦愁。放歌辭北闕，浪迹且東州。居士青蓮宇，宫袍采石舟。神遊還八極，名落已千秋。靈本星精墮，狂胡月魄求。金龜餘市肆，珠塚儼江洲。梁月顔疑在，鯨波氣已收。魯城遺壯觀，征棹悵悠悠。

姊丈張端儀逆余濟上始聞仲兄訃音

隔歲家空憶，歸途爾爲携。解顔纔一笑，洒淚却雙啼。棣蕚霜何苦，鴒原日易低。非君能逆遠，誰慰濟州西？

邯鄲行

君不見，邯鄲昔日盛繁華，高起叢臺接彩霞。聯翩俠客藉珠履，宛轉名倡廻寶車。寶車珠履誰不羡，含情共侍叢臺宴。縹緲朝雲拂舞衣，團圓宵月流歌扇。考鼓撾鐘日日聞，願言千歲奉吾君。閫外自勤藺夫子，座中誰是廉將軍？河水東流日西轉，臺墮城摧荒草短。重士圖存理固常，徵歌速滅見何晚！君不見，軍覆長平勢轉傾，千年謾賦邯鄲行。秦人漳水兵初合，趙地叢臺草已生！

井陘道中雨行

迢遞經恒野，崎嶇薄井陘。微風初冉冉，細雨忽冥冥。塹曲輿沉紫，喦高旆接青。前驅疑阻絶，對面起連屏。

度太行四首

驅車遵華旌，西度太行山。層巘既窈窕，脩坂亦廻延。遥峰下鳴柝，重門抱雄關。土屋開道側，石泉瀑巉巖。履深臼井墮，陟危岩嶨懸。細徑聊可躡，方軌安能前？

二

負弩馳復止，遲廻暫延顧。北瞻薊門道，雙闕鬱相附。碣石杳何許？流沙莽回互。青沿嵩汝長，荆衡可躧步。比足司馬遊，取笑張衡賦。

三

朝登井陘道，暮入土門口。澗道紛糾纏，松杉間枌柳。黄華冒層喦，紫蕚緣廣阜。幽禽鳴樛木，嘉穀被隴畝。遠行苦登頓，周覽慰株守。嗟彼楊子雲，白首對瓮牖。

四

節序紛推斥，驚風飄凜秋。我行還幾時？大火馳西流。時屬裳衣單，褰帷何能由。上黨起潞原，代朔直雲州。燕晉劃分疆，梁脊亙九丘。氣候有乖殊，踟躕增煩憂。

韓信廟

帶礪山河在，風雲世代移。懸軍憐故壘，駐馬弔荒祠。日慘煙常合，林深響易悲。空山陰雨夕，疑復見旌旗。

中秋貢院同藩臬長貳登樓對月二首

去年鼓櫂泛滄洲，與客今登三晉樓。物候兼葭牽逸興，人文奎壁動高秋。澹雲故避層城度，明月偏涵曲檻流。不有多賢共將引，他鄉風露奈并州？

二

樓上秋風吹鬢絲，露華清夜浥金巵。轉星莫謾憐燈燭，對月能無感歲時？關塞鴈鴻飛自遠，池亭猿鶴見應遲。却慚衡鑑叨陪地，尊酒相看慰所思。

翔鴈贊并序

夫鴈，著于易、書，載于詩、禮，下迨月令、繁露之文，亦備奠贄賓鄉之義，所以導順陰陽、顯發性情，假彼羽虫，示兹道軌者也。丁酉，晉當大比。鎖院之夕，睠彼鳴鴈，爰矯脩翰，不虞魚網之離，如適弋人之慕。回翔霜空，唳止棘院。以飲以啄，不驚不畏。至于放榜之晨，廼引吭和鳴，奮翼孤舉，御輕飈以上征，薄重雲而遐度。不先不後，試事終始，如與期者，誰其尸之？於乎異哉！稽之往牒，原兹近事，達信順於雲逵，顯羽儀於朝著，殆昭瑞應于兹翔羽者也。余思紀厥事，爰作贊辭。灑翰標奇，用徵多士。贊曰：

猗歟翔羽，往訓式崇。易表衎衎，詩歌灉灉。書徵遠懷，禮重相從。月令啓候，繁露飭躬。牛則有角，象則有齒。彼羽翺翔，吁嗟何以？昏奠女終，贄執士始。角齒殊材，鳳麟媲美。

太歲在酉，斗柄亦建。文與運符，奎聯壁燦。猗歟翔羽，戢翼矯翰。載止載飛，優游泮涣。維厥初止，聿誰爾羈？既終載飛，聿誰爾麾？應期獻吉，多士維祺。多士維祺，邦家之基。

晉藩送黄紅鶴頂鵝毛菊四色各有簽識

臺迥霜風厲，傳增秋色看。鵝毛鮮更白，鶴頂净逾丹。中土開黄道，南雲護赤盤。王門真好瑟，名譜出雕欄。

重陽次日宴河汾書院二首

周雅稱多士，河汾簡衆材。籍聯桂枝占，尊接菊花開。晴日移歌席，輕雲覆講臺。所歡文運協，非復重啣盃。

二

文字秋仍飲，笙歌暮謾傳。佳辰元昨日，雅會亦前年。絳帳筵相映，黄花燭并懸。鴈行侶昆季，揖讓晚周旋。

秋夜

玉露蕭蕭秋夜深，燈輝香靄静相侵。驚飛烏鵲翻松下，摇落黄花背石沉。戎馬堪流荒塞淚，尊罏况繫故園心。攬衣莫撫中庭柏，河漢微茫月色陰。

寄贈同年朱子大按河南四首

星軺幾日出皇州，便道山城已暮秋。霜氣舊隨行鉞轉，花枝今對酒尊浮。

二

太行南下接嵩山，晉水伊川指顧間。周召敢云分陜并，夔龍謬共納言還。

三

黄河東流浩淼淼，鄭陳宋許失桑田。禹蹟應知弘四載，周京行見奠三川。

四

春來應到洛陽城，我亦乘槎河上行。更倚龍門望緱嶺，須邀子晉共吹笙。

黄葉

黄葉不堪掃，蕭蕭山木疏。旅遊值摇落，燕坐倍愁予。如雨飄芸閣，隨風上綺疏。却憐秋日好，適意負暄餘。

寄戴屏石

戴聖耽經術，遺文究萬篇。轉簪瞻魏闕，攬轡下秦川。舊著金沙賦，今歌玉井蓮。盈盈間一水，北斗思空懸。

寄李憲副五瑞

重會京華日，只今三載餘。相逢謾杯酒，一别滯音書。杜曲花迎旆，周原鳳引車。揮毫多麗藻，肯讓漢相如？

十月望日貢院武試對月

舊眺樓仍直，重來月倍明。清華帶霜雪，寒色滿山城。獵擬長楊賦，屯非細柳營。中天懸寶鏡，文陣正縱横。

送蔣鴈峰二首

扁舟迢遞下金陵，回首并州思不勝。三徑豈惟猿鶴戀，九原常感露霜凝。

二

秋風健翮正飛翻，莫倚鍾山望鴈門。紫塞雲仍開宦譜，烏江咫尺亦仙源。

噴醒軒作

紛擾汩性靈，促迫昏化理。晝想已糾纏，宵夢仍疲靡。精神能幾何，金骨坐銷毁。艮背啓至訓，定觀垂弘旨。兹亭雖頗偏，結構何邃委。松風稍瑟瑟，草露復瀰瀰。垂簾聊返觀，時見金光紫。真如醉夢醒，水露爲噴洗。元氣浩常存，無殊丘壑美。

冬至

至日幾年非故國，茲辰千里復旌旄。已傳饗帝陳蒼璧，正憶迎陽御赭袍。霜氣虛浮汾水落，日華晴染晉雲高。未拚節序開清酌，先擬禎祥動彩毫。

次韻寄呈胡可泉先生

仙子乘槎滄海隈，伊予東望釣魚臺。頻年濫引青驄出，前月翻傳錦鯉來。雲裏觀峰攀日月，海中樓閣上蓬萊。晝能問俗經行地，多少瑶華玉篆開。

白桃谿山居二首

谿上仙桃春自生，谿邊花卉不知名。主人自是從龍客，雲卧山居儼郡城。

二

臺署含香玉篆多，鳴驄無日不經過。久稽天上傳鴻鴈，却向山中問薜蘿。

松子嶺

松嶺度寒曛，高穿虎豹群。太行應絶頂，上黨信遺文。已覺中原隘，還疑下界分。雙旌颭飛鳥，縹緲入層雲。

雪中山行八首

黯黯緑雲同，蕭蕭朔氣通。飄飄紛細霰，宛轉弄迴風。

二

久憶江春信，常懷驛使來。六花紛入樹，忽謾幾枝開。

三

目詫乘槎使，今逢入幕賓，周旋見襟抱，清絶是精神。

四

仙京銀作闕，瀚海玉爲堂。正想鸞龍侶，清齋醮上皇。

五

著樹看增白，連山望失青。無須金作埒，已有玉爲屏。

六

鵬鶴起扶摇，清商不可招。翻憐有詩思，多在灞陵橋。

七

摇落暮不止，林坳積漸多。未乘剡谿興，先放郢中歌。

八

雲氣晚氤氳，川原杳不分。乾坤疑混沌，誰辯遂初文？

去歲是時與張子鳴南遇于濮至沁有懷

沁陽寒日巡行地，濮水經年相見時。邂逅冰霜看共轉，支離天地抱常思。張華自試千金劍，蘇武虚吟五字詩。謾向停雲牽夢想，已邀明月托襟期。

將發沁陽奉次苑洛先生

歲暮亦云已，驅馳方自今。無朋孤燭夜，多事萬方心。積雪緣山嶠，横煙隔浦林。迢遥仍獨往，寒色滿塵襟。

紫嵒

驅車紫嵒下，嵒色换征衣。寒水虚相映，朝霞晴與飛。仙芝須細辯，靈鳥故常依。似入天台路，倏梁度采薇。

潞城大風聞北山有風洞謾述

勃鬱杳何許？衰颯空中聞。轉撼太行樹，已度龍沙雲。巨靈震呼號，陰霾低紛紜。崩奔石欲摧，慘淡午不分。誰握橐籥符，自别雄雌群。側聞北山上，石洞涵氤氳。山澤肇羲畫，土囊著楚文。來風信空穴，通氣應兼辰。睠兹歲云暮，憂念謾自殷。吹萬戒先途，吁嗟東皇君。

奉和瀋王

奉使虚憐賦采薇，好賢真見詠緇衣。醉沾廣宴金尊色，寒霽嚴城白雲威。未擬遊梁呈麗藻，何如聘魯挹清輝。嗚驄自傍皇華轉，鼓瑟非緣素願違。

對雪簡上瀋王

山城歲暮雪翩翩，冰蕋瑶華殊可憐。學舞柳枝春尚怯，鬥粧梅蕚冷逾妍。仙人自醉青霞酌，玉女齊歌白紵篇。爲問梁園誰授簡，好將詞賦向人傳。

迎春日作

明星猶燦夜，彩仗忽分春。迢遞皇華使，蹉跎滄海身。鄉心偏繫客，書信不逢人。婉孌青陽色，相撩謾太頻。

答李漳埜

東風吹野草，物色回春陽。總轡歷晉疆，周覽一何長。曠望多所懷，旌旆隨悠揚。況與朋舊違，徘徊跂河梁。顧瞻緑雲中，雙鴈欻迴翔。雅音豈寡諧，慇懃荷來章。

再答漳埜

寒城淹經旬，駕言復南騖。春風隔年至，歲華殊已暮。輪軌無輟運，抗旌凌晨度。良友遠追送，清觴見情素。載言羊腸險，詰屈戒往路。王陽良獨慎，回鑣豈延顧。尊也胡弗寧？叱馭犯霜露。〔一〕感彼垂堂訓，喟焉對執御。

戊戌元日試筆

玉衡東指海霞明，臮臮鑪煙翠霧生。測日表分猶曙色，相風旌轉忽春聲。朝趨雙闕還元朔，按入孤城是遠征。雲物不須占太史，年來應見泰階平。

〔一〕尊也胡弗寧叱馭犯霜露：「尊」，底本作「遵」。見穀原詩集卷二再答漳埜詩校語。

長平驛

賈魯名空著，公衙變故莊。松聲虛振閣，山色冷侵牆。畫戟今零落，瑶琴亦杳茫。年年雙燕子，依舊傍雕梁。

哀長平

長平一夕悲風起，四十萬人同日死。燐火蕭蕭陰雨青，膏血茫茫土花紫。衰草黄沙寒日曛，山空野曠度愁雲。西望咸陽杜郵道，不須重吊武安君。

人日水竹亭獨酌

千里相看水竹亭，故園風物杳雲汀。歲時忽謾逢人日，尊酒蕭條對使星。汩汩細泉初泮碧，娟娟翠篠欲摇青。流光荏苒重回首，塵暗當年種樹經。

望雲亭

太行多白雲，飄飄隨風轉。獨有寸草心，春風暮不卷。遊子日千里，迢遞何時返。翹首望白雲，俯首淚雙泫。

沁水元夕懷寄前巡察姜艾峯趙晴澳二兄

皎皎關山月，熒熒燈火夕。宛轉弄春輝，寂寞傷行役。山行知路險，海涉知水深。未經千里遊，誰知千里心？流光已徘徊，横靄亦回亂。佳人杳何許？相期在霄漢。明日河橋上，應見河柳青。愁心似楊柳，偏向春風生。

車遥遥晚至翼城縣賦

車遥遥，鷄鳴起。羲和鞭六龍，周天幾萬里。入濛汜，出扶桑，雙輪逐日隨翱翔。隨翱翔，坐超忽。流彩夕棲崦嵫山，廻光朝映金銀闕。車遥遥，心悦悴。弃杖空看成鄧林，君行謾逐羲和轡。

自聞喜至夏縣

春色紛催柳，行蹤劇轉蓬。朝經虞舜井，暮過禹王宫。迤邐山俱北，迢遥水亦東。願言歌蟋蟀，千載見唐風。

河東書院簡何瑞山

東風揺曳入山堂，點瑟回琴静自張。松露亦看流翰墨，嶺雲應是潤衣裳。飄颻對㟴青蘿壁，宛轉高緣白石梁。岳麓武夷謾回首，奎文已映瑞池傍。

同何瑞山登海光樓用壁間韻

隔歲相逢處，高樓并倚時。池花翻白玉，盤菜饌青絲。才笑今逾拙，心憐舊總癡。春杯須醉把，明日有離思。

鹽池

龜疇演潤下，龍文陳實中。煮海聞吴彊，鑿井稱蜀雄。睠兹條山側，泓水何冲融。築塲豈仲父，疏渠殊白公。南風洞宣朗，葳蕤秀瑶瓊。結斗麗方池，形虎薦清宫。榷利通四國，坤靈昭玄功。直廬附周圍，嚴扃啓中通。報貺崇神棲，千載誰能窮？

解梁經漢壽亭侯故里

故里今祠廟，英靈耿未消。江河常到海，日月迥臨霄。委曲依劉計，艱虞濟漢朝。視曹如鬼蜮，制吕失雄梟。華夏威方震，荆襄勢轉摇。天應厭火德，松亦萎霜飈。先主旋徂落，中原竟寂寥。空令歆大節，秉燭坐秋宵。

望王官谷

未入王官谷，空懸處士棲。山川亂春草，巖穴阻丹梯。靈境臨岐杳，仙源入望迷。曾聞碧泉水，常掛草堂西。

河東道中

蒲坂水仍抱，首陽山故連。重華不可見，孤竹轉堪憐。煖色薰楊柳，春聲换杜鵑。河流日滚滚，萬丈禹門前。

汾陰辭

浩浩洋洋兮汾水其流，洞玄陰兮蕃育九州。草青青兮闢户，駟飛龍兮靈紛下。靈紛下兮既風以雨，麗綽約兮澹容與。肴醑蘭藉兮蕙蒸，五音繁會兮廣庭。載雲旗兮揚虹帶，萬福同兮神哉沛。

春雨二首

漠漠輕雲合，冥冥春雨來。珠圓深藉草，絲細暗縈苔。物色寒猶歛，鄉心静轉摧。忍將萬里眼，更上九層臺。

二

縹緲凌晨亂，蕭條向夜聞。燈花青共落，壺漏杳難分。怨調流商軫，離思入楚雲。但添芳草色，轉散碧罏薰。

后土祠

春雨汾陰道，秋風漢帝辭。蛟螭上苔蘚，龍隼失旌旗。雲薄虛沉水，煙寒静裊絲。佳人今不見，感慨亦當時。

真宗汾陰行宫有御製碑四金人

宋帝行宫汾水邊，翠華想像杳風煙。天書雲篆今何在？玉檢金泥竟不傳。伐石自鎸西祀日，渡河翻恨北征年。金人十二多零落，雙立猶看輦道前。

龍門四首

太乙盤元氣，洪流遏鯀功。天吴常九首，星野一孤蓬。山斷懸河下，源分積石東。至今歌禹德，明祀萬方同。

二

細草連秦甸，輕湍瀉晉沙。痕圓上楊柳，浪疊沸桃花。玉女支機石，靈源傍斗槎。張騫應過此，啣尾櫂青霞。

三

星海通銀漢，天津隔玉門。幾時離西域，九折下中原。日月互流轉，煙雲紛吐呑。更聞雙赤鯉，龍化到崑崙。

四

殿古盤蒼檜，樓高接絳霄。險疑巫峽水，喧似浙江潮。鳳鳥吹笙引，馮夷擊鼓招。漢京如可見，雙闕鬱岧嶢。

襄陵臺中即事二首

覆砌竹枝已自橫，點池荷葉未全生。青錢宛轉穿鳧藻，紫玉參差接鳳笙。春雨欲來蒼靄合，晚風不動碧雲平。坐深轉見桃花發，誰厭山城二月鶯。

二

高山流水空妍唱，畫舫青鞋亦素期。對此轉添滄海興，憑誰爲詠北山詩。月明㶉鷉常雙下，風煖藤蘿盡倒垂。最愛泉聲當檻落，凭欄伏枕并移時。

清音亭

姑射山前泉水深，我來真欲洗塵襟。明珠散落苔華濕，蒼璧中含柳色陰。鶴馭鸞驂回絳節，泛宮流羽謝朱琴。更疑風雨蕭蕭夜，應有蛟龍細細吟。

帝堯故都有廟并祀舜禹瞻謁謾志十韻

古帝稽堯典，仙都祀放勳。鳥廻宮殿勢，龍焕衮衣文。綽楔懸朱榜，榱題接紫氛。真疑方就日，不啻幸瞻雲。畫壁臯夔集，彤庭舜禹分。青回秀蓂莢，蒼偃葎松紋。衛士星横劍，宮嬪霧裊裙。珮環紛迤邐，旌旆杳氤氲。統緒開精一，蒸嘗薦苾芬。伊耆仍故里，大道媲皇墳。

途中逢景蒲津楊舜原二臺長因致贈懷二首

弭節邀楊綰，兼程候景差。人皆欽雅度，我久避詞華。負弩經枌社，開尊及杏花。懸知蒲坂側，雙繫木蘭槎。

二

西楚多名郡，南徐舊帝都。一江雙建鉞，千里各懸符。匡嶽風生樹，維揚玉映湖。聞君本中表，并美見雄圖。

冷泉關寺二首

寺古棲靈石，關高度冷泉。謾憐寒沁齒，已慰渴垂涎。石檻朱欄繞，銀瓶素綆牽。相如多肺病，欲借上方眠。

二

可愛寒泉水，常依老衲家。湛雲沉貝葉，蒸露浥金沙。倦倚祇園樹，清餐乳竇花。六塵應盡洗，去駕白牛車。

介子推

人謀良有造，天命豈私眷。二嬖助讒妒，千乘肇昏亂。公子亡四國，五臣奉遐戀。一朝矢河水，沉璧慨永嘆。介推恧中抱，綿山謝長賤。龍蛇惻短書，玉石悲炎煽。

郭林宗

高張琴絶弦，暗投珠委路。嗟哉東都士，禍樞踵危步。穆穆郭林宗，深心托幽素。含章貞自抱，識微幾早悟。仙舟聊可并，墮甑豈堪顧。懿彼烝民章，明哲伊誰賦？

柳絮

飄飄楊白花，客路惜春華。醉憶吴姬館，吟憐謝女家。帶泥依燕壘，傍嶼占鷗沙。莫作浮萍草，東西趁水斜。

暮春晚坐

客思晚翩翩，春燈坐不眠。星河窺静入，鐘鼓傍醒懸。屈指西征日，傾心北覲天。幾逢蓂草落，常阻鴈書傳。潘岳閒居賦，梁鴻五噫篇。幽懷吾有托，併入泛宫弦。

簡李麥莊

冀北淮南慣客愁，太行汾水復西遊。種瓜已見相鈎帶，遣代休經抱蔓秋。

奉問苑洛先生

謝病思從渭水歸，亦知心事近多違。雄圖自礪青萍鍔，雅調誰傳緑綺徽？四海風塵真轉劇，三關烽火未全稀。釣竿謾倚滄洲樹，天下蒼生忍拂衣？

王維楨遷户曹郎中寄贈一首

巷接勞相訪，途長思獨牽。殞星余燕石，切玉爾龍泉。宦達重遷秩，書回又隔年。西征多贈略，時拂繞朝鞭。

二

鳳鳥稀呈瑞，鳴陽近見君。篇章垂大雅，津軌振斯文。流水音誰賞？爲山志不群。草玄入華省，執戟笑楊雲。

五日晉苑泛舟

蒲艾浄蒼蒼，南風引晝長。筵臨華日敞，樹曳錦雲凉。樓閣廻宫陌，笙歌接苑牆。凌波喧葆吹，彩鷁宛中央。

度天門關

崎嶇初入天門險，宛轉真看鳥道分。亂水西來應過雨，層峰北望果連雲。當関虎豹蹲蒼石，列隊旌旗覆紫氛。安得巖巒長倚塞，坐銷兵甲罷懸軍。

至静樂 天柱、蘆芽，山名。

星軺五月度婁煩，風氣陰森曉尚寒。天柱雲霄青并倚，蘆芽冰雪鬱相盤。胡兵暑牧仍沙苑，漢使宵征亦玉鞍。何日渡河驅雜虜，長纓先繫兩呼韓。

岢嵐

隔嶺旌旗接鼓鼙，岢嵐元在萬山西。紫峰雲起連天塹，黄水冰消斷月氏。城塞尚存秦故址，款夷曾閲漢雕題。年來黠虜憑陵甚，痛哭蓬垣幾寡妻。

望河曲三首

縣城遠在黄河曲，飲馬胡兒隔水多。傳語城中須仔細，年來渾脱善浮河。

二

河上青山山下城，天晴常見水西營。羽書夜報搜河套，露布朝傳罷戍兵。

三

太子娘娘各一灘，天生洲渚屹如閒。崑崙緤馬秋毫見，細數黄河第幾灣。

自五所寨向寧武謾興

絶徼風塵通五寨，連年烽火接三河。勒銘自有燕山石，服虜誰清瀚海波？塞上威名傳李牧，營中豪傑望廉頗。胡兒莫更輕深入，敵愾將軍比舊多。

婁煩寺

仲夏婁煩寺，風光宛似秋。地偏連朔野，門敞對滹流。山鳥鳴笙墮，池龍洗鉢收。昨宵有雷雨，雲氣濕鐘樓。

鴈門關作四首

北登鴈門道，翹首望雲中。浮雲翳陽景，宛轉如游龍。攬之欲盈把，將以御遠風。層陰不可揮，跂予悲蒼穹。

二

關門高且長，杳杳通一鴈。三河綴衣帶，還顧細如綫。山川會險隘，胡馬何當見。佇看俘左賢，獻馘未央殿。

三

伊昔祇皇役，朔方周歷覽。朝發上谷坻，暮度雲州坂。峻功寧見收，歲月忽復晚。對兹增慨慷，謾言庶稽纂。

四

黄河下崐崘，流波到滄海。人生殊少壯，朱華日應改。駕言滯迴轅，憂心坐成痗。中山桂已花，含英待攀采。

雨後看山東許户曹

暮雨飛無迹，南山倚座端。層真開疊巘，歷已見千盤。潤色青堪把，清華秀可餐。巍巍伯牙志，一曲爲君彈。

寄題五臺山寺

五臺山寺望杳杳，雲中并秀青琅玕。浩劫何年啓寶地，良緣隨處留珠壇。天花故帶梵燈色，石髓常充僧鉢餐。聞説跏趺對雙樹，清凉六月瑶笙寒。

伏生授經圖歌壽大宗伯南莊李公

六籍不隨秦火滅，訓誓典謨自昭揭。孔堂金石聲已流，濟南伏生髮如雪。漢家天子搜遺書，使者四達無停車。玄纁駟馬由東道，一朝却造伏生廬。伏生伏生秦博士，年餘九十尚强記。五色不種故侯瓜，諸經自抱先秦笥。老不能行口能傳，古文今文凡幾篇。女孫自辯聱牙字，詔使躬親卒業年。天生哲人元不偶，耄耋期頤亦何有。領孫奕葉見曾玄，傳經汗竹追蝌蚪。南莊先生懸車早，逾八望九眉髮好。方朔年年獻絳桃，安期歲歲遺瑶草。侍御承顔稀所羡，千金致此丹青絢。周誥殷盤疑在耳，鶴髮童顔真識面。君不見，古人今人豈相殊，壁上堂中一轉盼。却憐持節阻横經，安得操觚侍染翰。又不見，朝廷近議開明堂，禮卿詞臣日争辯。如訪當年老秩宗，鸞書應下明光殿。

中麓行寄贈李司封

泰山入青雲，盤礴幾千里。鷄鳴眺觀峰，望見扶桑水。扶桑日照三山麓，中有高人讀書屋。抱膝曾成梁甫吟，致身今奏陽春曲。陽春寡和無端倪，義氣相看謬與携。申甫降神君自得，我家空在泰山西。

立秋

夜半西風入，凉雲滿晉樓。蟬聲帶秋響，螢火傍宵流。已抱張翰興，新添宋玉愁。年華浪拋擲，歸思繞滄洲。

次韻留别同年寇太守子立

羨君彩筆早生花，一别常憐道轉賒。行色秋陰催漢節，離思宵夢落汾崖。已知西子翻驚鯉，謾嘆東陵獨種瓜。寒鴈高翔天地闊，露華回首惜汀葭。

雨後中秋對月

孤城今夜月，秋色浄金波。寒引關山闊，清懸砧杵多。桂蒼高下葉，榆白細横柯。戎馬無傳箭，予堪達曙歌。

襄垣對雨

詞人獨重騷壇品，秋色深横法象臺。共歷冰霜元識面，曾參藥石故憐才。纖枝繁朵絲絲裊，艷蕋濃香細細開。索笑儘容烏幘岸，醉歌謾待白衣來。

九日謾興兼寄王介庵侍御二首

客中佳節憐華發，病裏孤臺阻素期。鴻鴈不傳雲錦字，茱萸自傍菊花枝。山城朔氣催雙杵，烏署秋光引獨巵。弧矢慣隨征旆轉，嘯歌休問夕陽移。

二

殊方九日幾經秋，疏菊層軒伴客愁。博望久淹西使節，剡谿猶阻北來舟。關河入暮悲明鏡，時序迎寒戀敝裘。更憶往年對流水，重逢今日倚高樓。前歲是日候代在徐。

右三巡集稿，濮陽舜澤先生奉命按宣大、江北、山西而作也。蓋宣大爲京師北藩，無人不固；江北爲漕運咽喉，無人不通；山西又天下之右肩，而亦不可使其或不仁也。先生三出按巡其地，而豈常例云乎哉？且攬轡之餘，或感興，或弔古，或閒適，或論交，而各有詩篇，諸體俱備。然以一人上代天子耳目，其責重，其任大，使才學少有不充，而凡批駁推鞫糾察振揚或不能應，而況有清暇以歌以詠乎？於此見先生之才有所縱，學有所養，尚俟高明評序而表章之也，抑豈祚之所能哉！時嘉靖戊戌秋仲吉日，汝南後學太原府知府張承祚頓首謹識。

附録三　蘇祐詩文輯遺

啓聖祠碑文

范縣，濮屬邑也。先是，天下府州縣啓聖不專祀，附諸兩廡。且啓聖，父也；夫子，子也。子坐於上，父列於下，甚非先王妥靈報本之意。哲王不作，代仍其陋，秉禮者每喟嘆焉。聖天子之挺生南服，入嗣大統，明物察倫，制禮作樂，洞鑒祭法之紊，釐正弗經之典，下詔四方創祠專祀，而以曾晳氏、孔鯉氏、顔繇氏、孟孫氏配享。祭統聿定，人紀肇修，郁哉盛歟！夫學校，所以明倫，而夫子身先畔之，其胡能訓？於祭不享，於心不安，夫子蓋不啻蹙然有憂色矣。道不虚行，禮緣義起，卓哉皇極之君矣乎！明詔涣頒，俗吏蔑棄。乃范縣尚由固陋，莫之革焉。

戊戌之歲，江陵李侯以科第之英剖符剌濮。明年己亥，行縣經范。釋菜之餘，詢及茲典，愀然曰：「固守令之愆而教化之頽也！」于是學博弟子員相翼而揖曰：「闡揚絲綸，嘉（會）〔惠〕後學，匪賢大夫奚望哉？」李侯乃荒度址基，爰捐俸贖，揆日定中，庀工伐材，不越月而功用告成。棟宇翬舉，丹雘炫晶。虔揭禱依，祀秩孝廣。官弗之病，民弗之勞，信所謂賢大夫矣。

蘇子曰：豐（後）〔后〕稷之祠者，咸曰重本；存太伯之廟者，亦稱辨治。矧篤生大聖，昉啓人文，爲萬事帝王之師之父者乎？禮曰：「先王之祭川也，先河而後海，務本也。」李侯尊制厚倫，貞孝章志，厥功良不可誣矣。系之詩曰：

（厚）〔原〕隰憮憮，維范之疆，南瞰大野，東流湯湯。奕奕新廟，穆如洞如，革言三就，啓聖攸居。堯舜響息，文武道寢，不有明聖，孰開貿蠢？尼山巖巖，泗水渤渤，誕生仲尼，曰叔梁紇。惟木有本，惟水有源，夫何瀆亂，彝倫斁焉。大君御宇，講禮明倫，綦革祀典，昭布人人。申命何飾，宣命何懈，慢君褻聖，瘝官當戒。於赫邦侯，湖南之秀，載經載營，迺基迺搆。厥棟斯隆，厥材孔良，翬飛矢棘，壯觀一方。神之格思，鏘玉乘風，奠安聖心，其樂融融。蒸蒸髦士，陟降庭止，秩秩威儀，春秋明祀。神且醉飽，載咨工祝，錫爾純嘏，介爾百福。曰嘏伊何？賢良俊秀；曰福伊何？禄位名壽。時有變遷，道無今古，億萬斯年，祀茲聖父。

（清康熙范縣志卷下藝文）

澤山草堂記

顓帝之墟有歷山、雷澤遺蹟，蓋舜側微時耕漁處也。總臬大夫桑子舊家其間，乃取以名其讀書之屋爲「澤山草堂」云。

同郡蘇子過而問焉：「嘻！桑子果有取於舜歟？」

曰：「然。」

「舜嘗都蒲坂，歷山、雷澤著在今河東地，其近然乎？且是墟也，土壤衍曠，無重岡複嶺，烏覩巉巉巖巖、嵢岈崒嵂者耶？且潴水無泉，秋溢春涸，舟楫鮮通，網罟何施？又烏覩淵滙浩淼、濤激源涓者也？不亦迂哉！」

曰：「滄桑互變，九河非故，况其他乎？且舜，東夷人也，〔一〕不可據耶？彼河東者，又安知非緣故都之附會也？若果存乎迹，則泰山、滄海固在也，振衣其嶺、跂足其涯者，非一

〔一〕且舜東夷人也：「夷」，底本作「彛」。印按：孟子離婁：「舜生於諸馮，遷於負夏，卒於鳴條，東夷之人也。」爲本句所本。「東夷」爲先秦時代對伏羲、太昊後裔部落的稱呼，因居中原地區之東，故稱。清代諱言「夷」、「狄」、「胡」、「虜」等歧視少數民族字眼，遇到此類字眼，類改字以行。此處以「彛」代「夷」，即其例也。今予改回。

人也？即并孔子否耶？」

默然無應也。

余他日讀易至咸卦，乃洒然曰：「余知桑子矣，抑知舜矣！孟子曰：『大舜有大焉，善與人同。』言善受也。又曰：『沛然若決江河，莫之能禦。』言本虛也。易曰澤，咸六畫備矣，其斯以爲舜乎！是故君子不泥迹以求同，不淪器以會道。山虛澤潤，艮兑在我，希舜者莫先焉。於戲！桑子殆用心牝牡驪黄之外，取舜以迹而不泥焉者也，亦善學舜矣。吾聞之也，孟子善用易，亦善知舜。兹桑子善體易，故善學舜。孰謂桑子而非舜之徒耶？」

既見而告之。迺桑子驪然曰：「有是哉！舜何人也？希之則是。」

請遂書之，爲草堂記。

（清宣統濮州志卷八）

雙忠祠記

雙忠祠，祀故宋臣兩江先生也。

江伯氏，諱萬里，字子遠，號古心，實都昌人。少有雋才，連舉於鄉，登寶慶二年進士，文名藉甚。受知理宗，嘗書其姓名於几。嘉熙末，同知樞密院事，旋復罷去。咸淳元年，復以舊秩起。先生器望隆重，風采蔚然，[一]顧峭直自任，遇事無隱，時論多齟齬。初爲賈似道宣撫司參謀，似道每惡其違己，先生不爲意。無何，似道以去要帝，帝涕泣漣洳，[二]既拜且留。先生以手掖帝，曰：「自古無此君臣禮，陛下不可拜，似道不可復言去！」似道下殿，舉笏謝先生，心實忌之，數謀驅逐。會先生亦四上書求去，出知潭州。[三]五年，復拜先生與馬廷鸞爲左右丞相。時襄樊圍急，似道竊持國柄，日唯聲色苑囿是耽。先生屢請益師往援，似道弗答。遂力求去，寓居鄱陽。鑿池芝山，扁亭「止水」，迹涉逸豫，心負隱憂，人莫喻其旨。及襄樊破，先生執門人陳偉器手曰：「即今大勢已不可爲，貞臣厲節，去留在所不計，當與國爲存亡。」既而元兵圍饒州，民皆遁去，知州事唐震死之。先生從容坐守以爲民望。已而兵入其第，欲屈先生，遂赴止水死。道範家人，情篤父子。暨嗣鎬相繼投水中，積屍如疊。旦日，先生屍獨浮水上，人以爲異。從者斂葬之。偉烈激於素衷，英靈貫乎白日。朝廷嗟嘆，行道痛哀。詔贈太師、益國公，謚文忠。忠表蹇蹇，文昭郁

[一] 風采蔚然：「采」，清康熙南康府志卷十藝文志（以下簡稱「府志」）作「裁」。「然」，府志作「肰」。

[二] 帝涕泣漣洳：「洳」，府志作「如」。

[三] 出知潭州：此下，府志有「絳侯見猜而賈謫，公孫不合而董遷，異代同符，士林雅重」二十二字。

郁。按諡稽尸，嗚呼稱矣！

仲氏，諱萬頃，字子洪，號古崖。聯裾筮仕，歷綰郡符。棨戟攸臨，清謹懋著。任棠置水而盡情，郭伋待期以弘信，不是過也。知南劍州，威德適宜，[一]教養備舉，興學置田，廪餼以助。彬彬奕奕，俗易化行。武城下邑，言游不廢乎弦歌；蜀郡僻遠，文翁式先乎禮樂。解組家居。元兵逼境，委置私第，遠赴饒州，冒險詣兄，克念天顯，竟爲賊所執。大罵不屈，元人支解之。嗟嗟！

屈原放逐，[二]竄身汨羅；張巡拒守，殞命睢陽。方之江兩先生，出非懟君，斃非守土，徒以憤王綱之已墜，悲國祚之綴旒，乃殺身成仁，舍生取義，連翩絶軌，交集一門。[三]機、雲麗藻，殊無紀於旂常；真、杲芳塵，益增美於琬琰。江氏爲其難者，非耶？

江伯氏舊祠饒州，嗣孫道正以梓里遠隔，[四]蘋薦未便，且祀伯遺仲，無以深慰九泉，備

[一] 威德適宜：「德」，底本及府志皆作「獷」。據清同治都昌縣志卷十二藝文志改。

[二] 屈原放逐：「原」，府志作「子」。

[三] 交集一門：「交」，府志作「盡」。

[四] 嗣孫道正以梓里遠隔：「道正」，底本及府志皆作「遵址」。清同治都昌縣志卷十二藝文志作「道正」。印按：「遵址」於義費解，「道正」更像人名。疑「道正」爲江萬里嗣孫之名。「道」與「遵」，「正」與「址」，或皆因形近而訛。下文中府志及清同治都昌縣志復出「道正」之名，是其明證。據改。又，「遠」，清同治都昌縣志作「遥」。

呈觀風使，請建雙忠祠於都昌。[一] 今大中丞克齋王公保釐茲土，振揚休靈，扶植風教。道正復以有祠無碑，[二] 無以垂示萬載。王公允其請，檄所司伐石戒工，命祐執筆，將謂顯忠訓世，祐亦有責云。夫太上立德，其次立功，前喆之不朽；[三] 樹之風聲，表厥宅里，後賢之令圖。其如何以不文辭？抉玄搜隱，尚德崇行，俾廣譽塞於寰區，慶澤延於千億。其辭曰：

於休江氏，都昌爰處；伯仲之間，實見伊呂。純懿天授，悟穎日新。如山如淵，爲時名臣。讜議方聞，奸回是忌。載謫載遷，疇怨疇懟？止水鑒性，乃亦捐軀；父子足法，有嗣與俱。明明仲弟，虎符聿剖；並轡龔黄，方駕卓魯。罷官歸田，避難而行；罹茲凶疢，哀哉令名。一之實難，江氏已再；峨峨雙忠，寤言感慨。建祠礱珉，昭明景賢；趙宋之臣，垂訓萬年！

（清康熙都昌縣志卷八藝文志；參以清康熙南康府志卷十藝文志、同治都昌縣志卷十二藝文志）

[一] 請建雙忠祠於都昌：「請」，底本無，府志作「臬」，清同治都昌縣志作「請」。審句意，從清同治都昌縣志補。

[二] 道正復以有祠無碑：「道正」，底本無。據府志及清同治都昌縣志補。

[三] 前喆之不朽：「喆」，府志同，清同治都昌縣志作「哲」。

東流書院記

予髫年即識範東劉公。正德癸酉，同領鄉書。嗣後宦轍南北，緘書通慇懃，欲一晤言，無從也。嘉靖甲寅，予解組歸田，公時以大中丞謝病家居。文茵過訪，草堂信宿，歡若平生。明年春，予訪公於東流别墅，觴詠泉石，瞻形勝，益知鍾育爲有自矣。會東流書院成，公走伻爲狀，屬予記其事。予不佞，受知於公最深；東流洋洋，嘗酌其水，不可默然無報。

按狀，東流泉去東阿十五里許，其東南高大二平頂者，爲嶮山；插西南而崒嵂者，則雲翠山也。山有觀宇，元李野齋學士爲記，勒之貞石。西有洪範池，南有嵋泉，中有叢侯花臺，可六七畝，高丈餘。淙淙有聲，旱澇靡匱，可灌可溉，則東流爲最勝也。往釋家者建刹泉上，幾廢。正德初年，中丞公暨兄户部公奉尊翁參知公命，偕御史大夫吾西李公仁肄業泉畔。嘉靖改元，詔毁淫祠，大中丞陳公鳳梧奉命惟謹，廼毁東流寺爲鄉社，公與吾西公尚爲貢士，上書撫臺，欲將其先大夫所築精舍并野刹廢址改名東流書院，願與訪博士（「訪博士」，苫山村志作「博士弟子」，今從東阿縣志）弦誦其中，陳公嘉納之。明年癸未，公與吾西公俱舉進士，撫臺禮幣獎與，手書「東流書院」四大字扁之山舍，煩公管業。

公復買田築堰，架梁引池，聚生徒課業。形勝甲一郡矣。壬寅，公始得返駕梓里，倘佯泉上。乃建正祠四楹，大門四楹，祠後東西廂各四楹，爲樓以藏藉（「藉」，苫山村志作「籍」）備警。其原精舍地别建講堂四楹南向，巖光落檻，泉涓涓流其前。木石皆公自辦，未嘗絲髮煩里胥。公志在同人，不欲以名勝自私，乃命兄子茂才一學輩偕諸弟子員詣臺省上書，乞將書院歸之有司，録在學校。時大中丞彭公黯雅重公，提學憲副趙公廷松力贊其成。僉謂公斯舉，與古人捨宅爲學宫、作舍延名儒意同，行縣鐫記以垂永久。正祀周、程、張、朱五大儒，嚴實、李謙二公配享。邑大夫及弟子員以參知黄石公約創建精舍，實稱地主，户部東溪公田訓課泉上，濬啓斯文，請置主祔享，監司從之。春秋丁祀後，邑大夫、校官釋菜，儀節從簡，牲不過半體，庶品皆溪澗之毛。祭田百畝，則中丞公所買而籍之書院者也。壬戌春，公爲摠大門四楹西向，白巖喬太宰公篆書其上。

竊嘗謂山川可以覘靈，出處可以觀節。中丞公父子兄弟世濟其美，鍾祥孕秀，山川爲不徒矣。公出爲名御史、名中丞，威惠布流，如泉始達。泌水考槃，東山息駕。百務未遑，書院是亟。祀之而嚴敬以生，群之而聚樂斯暢。捨田繼志，仁孝允符。其視世之耽盃酒而專錙銖者，不大相霄壤也與？公童顔矍鑠，蒲輪有期；群季俊秀，宅相英偉。同志諸君子濯磨奮庸，期不負中丞公之雅。將來黻黼潤澤，以光大我天子鴻猷茂治。上接泗源，下衍伊洛，奚止爲東阿巨觀而已哉！

（劉憲秀主編苫山村志第十五章詩文選輯，香港天馬出版有限公司，二〇〇六年六月；參以清康熙東阿縣志卷十藝文志二）

都察院右副都御史劉公廷臣墓志銘

君世爲洪洞人，諱廷臣，字伯鄰，白石其別號也。生而穎悟不群，纔數歲，舉動老成，讀書過目成誦，時稱奇童。九歲補邑庠生，每試輒褎然首選。事父奉直公及母太宜人，昕夕省覲罔倦。奉直公或他出，或歸晚，必候於門。事一兄，撫二弟，恩義篤至。奉直公卒，哭踊骨立，勺水不入口者三日。兄介石君素簡重，族人多事侵凌，君揮泣禦侮。績學理家，兼修不廢。

丁酉，鄉舉第一人。戊戌，登進士第。己亥，守裕州。時天子大狩，由宛城如荆襄。比歲不熟，諸務蝟集，供應不易。或有爲君留行者，君應之曰：「當官避難，非忠也。」遂單騎之任。不三日，駕且到，左右皆未識面，時起倉卒，舉措實難。君乃博選士著諳事者十餘人，指授規畫，事乃就緒。比駕旋，益有備。于時諸守令多被罪奪職，君獨獲獎。

是歲秋，上命刑侍王公賑濟饑民，咨君以捄荒之策，其所條陳悉付施行，全活甚衆。裕民多居郭外，城市寥寥。君請於兩臺，徙鉅富者實之。開創井閘以通貿易，民甚便之。

清慎勤敏，歷三載如一日。

遷刑部員外郎，百姓立碑紀去後思。歲餘，授郎中，奉命畿甸録囚。公殫竭精力，緣事求情，奏可矜原者八百餘人，皆得俞允。自是聲望益重。

擢知開封府。開封爲會城，且孔道，號爲難治。君搜剔弊端，立法畫一，諸宗藩悉斂不敢肆。政事卓異，不可枚舉，民有「活包家」之謡。庚戌入覲，考上上。時湖南苗寇不靖，遂陟辰沅兵備副使。道出開封、裕州，百姓争持牛酒讙呼於道，至不能行。在楚未幾，以北虜猖獗，牧馬南向，擇異才移鎮重地，乃改授天津。嚴隄防，明紀律，拊瘡痍，減供用。久之，山右妖民肆毒，蔓延河間、大名之間，巡臺下捕治之令甚亟。君意驟剿之，玉石俱焚，給執令者曰：「此地皆我良民，焉有妖賊！」速除捕治之令。衆莫測。陰呼謹密幹辦者，授以方略。賊以令弛謀解，竟擒殺之，地方以寧。

壬子，選試武舉，畜糧飭兵爲諸道最，臺臣交薦其賢。癸丑，中州羅師尚詔之亂，移兵討平之。夏，轉河南參政，汝南撫民。招集逃亡，賑貸饑寒，不三月，令肅化行。尋陞都察院右僉都御史巡撫宣府。虜騎憑陵甚於諸鎮，君首請糧餉給其食，亟修墩堡衛其居，時復簡閲作其敵愾，官軍莫不勠力用命。甲寅，虜犯北路，防禦有功，晉右副都御史。乙卯九月，虜大舉入寇，由西路奔懷來，與賊對壘，由是不得南下。夜遣勇士劫其營，賊衆驚亂，乃遁去。隨乘勝，斬獲甚多。捷聞，天子嘉悦，有白金文綺之賜。先是，各參、守等官厚斂，將賂左右。君覺，止之，仍榜示諸路，事載上谷日行。宣鎮地方曠遠，難以周知，君乃編上谷須知、上谷圖説、南山圖考，地理險夷、兵馬强弱、糧儲多寡，無不備載。邊事孔棘，神力勞瘁。初力疾事事，久不能勝，乞骸骨，蒙温旨賜歸。既乃漸愈，日與諸弟妹奉母娱樂，或拉友携榼，登山臨水，命酒賦詩，意泊如也。部使者至，必存問，咸謝却之。嘉靖三十八年正月初二日卒。

君賦性沉毅，體貌魁梧，議論激發，目炯炯燭人，歷官所至有聲。奉直公蚤卒，事母太宜人色養備至。俸資所入，即以與諸兄弟姊妹，以及親識里閈之貧者。介石每赴春試，館穀皆君預定，不以嬰心。其弟爲援例授仕者章服，仍爲其子輸粟入監。諸姪婚娶半出於君。可謂篤行君子矣。卒之日，識與不識皆驚悼之。年五十有一。

（國朝獻徵録卷六十二）

曹濮兵備道題名記

曹在山東爲西南隅。土沃民曠，南瞰大河，盤踞豪右，隔省詰之不易。西鄰澶、濬、東明，又畿輔地，懷、衛二十四營屯錯置其間。而單、碭在東南，曼衍多蓄無賴。北接濮。濮隸東郡，曹隸兖，文移勾攝，輒束閣稽滯，一旦有警，郡縣吏束帶守城，徵兵推延，莫相應援。且河水泛濫，無甯宇。蓋地當四界，宜有韜鈐聯合。以故弘治間始設臬大夫備兵曹、濮而兼綜河政，行臺在曹，事甯罷去。正德六年再設，迄於今，民士安習之，視曹南爲保障云。前憲副蔡公芝嘗勒石題名，手自爲記，歲久，漫涣稱病。嘉靖壬戌，澄庵鄧公以名諫議奉璽書繼來任事。公敬敏篤厚人也，其用物也約，其勞民也勤，拊綏之政，上下宜之。恤孤樹德昭威，專治一方之命，膚功偉譽，震燿遐邇。歲癸亥，自春徂夏，軺車三抵濮陽。植弱，禮賢下士。肅吏治，振官常。父母孔邇，有遺愛焉。暇日過余草堂，以題名記見委。予鬖鬖老且懶，硯田罔治，不敢重違公命。别去，介商廣文科來申前約。弗獲已，謾托鉛槧。

竊嘗謂陳臬之大夫一也，在會城則稱易，在列郡則稱難；備兵之大夫一也，在列郡則稱易，在曹、濮則稱難。蓋臬大夫在會城，同寅濟濟，事多質正，而兩臺昕夕見，稍弗當意，即移方圓以就規矩；開府列郡者，體貌嚴而辨論寡，又去兩臺數百里，故難易遠矣。且曹濮所轄十六郡縣，漕河經流其中，陸行使者自濟、汶入境，官槖絡繹，驃騎少年時控弦爲暴客，夜疾馳去，負創貫矢者皆求平於兵憲。公管河，少司空在任城，歲數參謁。漕運涸阻，修堤堰，興水利，咸于曹南叢委。監之者多，則事易掣肘；隸之者散漫，則政化難通。廣設偵候，有怙勢假威之虞；與民休息，似失詰譏禁之初意。而曹南視列郡，又稱迥絶矣。夫銛戈勁弩，非以爲耀武之媒；鉦鼓鐸鐃，非以爲繁飾之具。高城深池，所以固守也；坐作進退，所以教律也。此兵之大較也。是以晉之行師也，不先於戰鬥而先於禮義信；龔遂渤海之政，弛去禁防，與民更新，史氏有徽稱焉。故兵形象水，匪徒避實擊虛，行所無事。備兵而良，於河伯乎何有？臬大夫敬敏篤厚如公，教民而非以用民，順事而非以多事，行將佐舞干之治，收平成之勛。惠澤滂沛，豈止曹、濮數郡邑而已哉？臬大夫馬公鸞而下，代有聞人，以俟信史，兹不評較。

公名棟，浙之臨海人，起家庚戌進士。

（清宣統濮州志卷八）

華泉集後序

華泉集成，或問曰：詩以代變乎，以人變乎？

余曰：詩以代變，而變以人者也。詩三百篇，後代蓋屢變，而于唐稱盛，乃三變入于纖麗。我明興，詩亦三變：洪武初似元，宣德後似宋，弘治間似唐，達於漢魏，駸駸乎企于風雅，運化昌大，從可知矣。是代變者也。然代不數人，是故理融神解，興寄自然由之。

簡靈珠于頽沙，辯星極于隱霧，匪器超明悟，心鑒玄識，其孰能之？孝皇帝御宇，道化浹洽，人文宣朗，一時名家如李、何諸公，振藻揚聲，屈指可數。華泉先生鍾靈海嶽，載祛末習，聿超邃旨。并駕藝林，接迹詞苑。障末流之洄泝，導歧路之糾紛。由是海内操觚之士，得容與游于洪源，周覽不枉馳道，藝窺雅騷，功收返正。非二三君子，吾誰與歸？非變以人爲者乎？是故變者，化之運也；變之者，精之存也。唯精存，則化亦附焉。識邁力勝，學充道會。文軌超歷，唐則唐，晉則晉，漢魏先秦則然，豈其拘哉？於乎！先生雖未究厥施，齎志以殁，觀斯集也，不徒已矣。

集凡八卷。收之散逸，計平生，什纔二三，猶多訛缺。李司勳伯華氏選寄晉陽，各體亦備，趙僉憲子後氏校付梓人。僭綴蕪辭，用質同志，尚惜其僅存而併考見焉。

嘉靖十有七年歲次戊戌夏四月十有二日，賜同進士出身巡按山西監察御史濮陽蘇祐序

（明嘉靖十七年蘇祐刻本華泉詩集）

劉氏家藏集叙

劉氏爲東阿鉅宗。黄石翁起家進士，蜚聲銓部，歷官大參。伯子東泉，舉進士，爲司

徒大夫。叔子範東，癸未射制策，敭歷中外，仕至副都御史。父子兄弟，俱爲時名臣云。範東與予同領癸酉鄉薦，聲氣應求，實稱莫逆。甲寅秋，予解組歸田，範東浮車過濮，信宿草堂。乙卯春，予訪之東流書院。甲寅春，余載過柳陰莊，長揖大笑，主賓兩忘，别淚横睫，至不忍視。是歲秋，公長逝。嗟嗟！寧知酒亭碁墅爲永訣地哉！丁卯春莫，余往哭之。令嗣茂才一農以公詩文集托校正，予刻之濮上，黄石翁暨東泉詩如干首附録，各爲一册，總名劉氏家藏集云。

叙曰：予數過東阿，山川盤欝，萃靈毓華，知人文爲有自矣。大中丞範東劉公，負沉毅之才，抱汪洋之度，理趣天合，詞藻秀出，無剿説，無襲見，直攄肝膈，迥邁塵表，豈非日新盛德之君子哉！淵源家學，矩矱士林。謝政丘樊，足遠城府。觴詠泉石，頤養天真。課子引孫，周情孔步，殆鳳翔千仞矣。蒼生懸想，緑野閒寂，竟使喆人云逝。嗚咽悲梗，奚但東流之水已哉！昭代令甲，大臣以天年終者，有司上訃，其妻子陳乞祠曹，司封得主卹典而議贈録。公撫畿内，修邊督軍，勞瘁備至。萋菲偶興，懸車待勘。疏直自遂，移檄稽遲，俾濟川之舟，停泊野水。是誰之咎與？公殁且二年餘，一農孝謹端雅，日涕泣松阡，不忍北走上書，用是未蒙卹録。闡幽尚賢，異日必有爲公推獎者。予讀公詩文，慨嘆斂容，漫及始終出處之義。黄石翁、東泉公所作，質璞渾成，自爲一家。橋梓昆季，金玉輝映，并見世美云爾。

隆慶二年六月吉日，賜進士第資政大夫前奉敕總督宣大山西軍務兼理糧餉致仕兵部尚書兼都察院右都御史轂原蘇祐序。

（上海圖書館藏明隆慶二年蘇祐刻劉氏家藏集）

濮陽太守張母挽詩二首

白髮秋含玉，黄堂日泣珠。魂先歸夜月，水爲咽汀蒲。封誥猶藏篋，銘旌已在衢。森森蘭桂茂，瞑目向東吳。

其二

青鳥知何在，碧桃露自稀。[一]覆杯悲口澤，故綫憶春暉。日暮猿聲斷，天高鴈聲微。獨憐使君淚，濕盡老萊衣。

（明嘉靖濮州志卷九）

[一] 碧桃露自稀：「稀」，應是「晞」之訛。

瑞巖觀覽眺

奉延大宗伯甘泉先生與陳秋曹、高繕部，因登瑞巖觀覽眺。[一]

廣宴集瑞巖，夙駕凌翠微。絶流亙浮梁，穿雲躡丹梯。路狹蹲石廻，林密低枝欹。隈隩歷長阪，逶迤帶疏籬。川原下凭欄，城郭分洄谿。村塢遠煙澹，巖岫蒼苔滋。水光獻明滅，山色呈參差。鐘磬雲巘沉，霧靄芝洞移。髣髴聞笙鶴，[二]想像肅靈祇。碑剥辨龍蛇，泉清鑒玻瓈。眼隨朗曠適，心與幽静宜。返服振緇塵，畢志還山棲。[三]

（國家圖書館藏明刻本蘇祐三巡集稿；另參國家圖書館藏本詩石刻拓本）

夏日宜春臺簡李何二公

詠梅雅興曾東閣，問月幽襟舊錦袍。何羡古人風大遠，好憐今日興俱高。浮清遠嶼傾瑶

[一] 奉延大宗伯甘泉先生與陳秋曹高繕部因登瑞巖觀覽眺：「秋」拓本作「刑」；「繕」，拓本作「水」；「觀」字，拓本無。

[二] 髣髴聞笙鶴：「髣髴」，拓本作「彷彿」。

[三] 拓本詩後有「濮陽蘇祐巡按直隸監察御史」十二字。

罕，梟筆輕雲上彩毫。北闕佇瞻雙象魏，南天正滯一鴻毛。

（清同治袁州府志卷九藝文志）

鹽池

龜疇演潤下，龍文陳實中。煮海聞吴彊，鑿井稱蜀雄。睠兹條山側，泓水何沖融。築場豈仲父，疏渠殊白公。南風洞宣朗，葳蕤秀瑶瓊。結斗麗方池，形虎薦清宫。榷利通四國，坤靈昭玄功。〔一〕直盧附周圍，嚴扃啓中通。報貺崇神棲，千載誰能窮？

（清雍正山西通志卷二百二十一）

遊石壁寺

湍瀨珠跳起，峰巒玉削成。空巖惟佛影，哀壑更松聲。倦鳥投林藪，遊人入化城。白牛無處覓，一笛晚風清。

（清雍正山西通志卷二百二十三）

〔一〕坤靈昭玄功：「玄」，底本作「元」，爲清人避康熙帝諱改字。今據三巡集稿改回。

松子嶺〔一〕

松嶺度寒曛，高穿虎豹群。太行應絶頂，上黨信遺文。已覺中原隘，還疑下界分。雙旌颭飛鳥，縹緲入層雲。

（清雍正山西通志卷二百二十三）

同何瑞山登海光樓用韵〔二〕

隔歲相逢處，高樓并倚時。池花翻白玉，盤菜裊青絲。才笑今逾拙，心憐舊總癡。春風須盡醉，明日有離心。

（清雍正山西通志卷二百二十三）

〔一〕按：此詩又見本書穀原詩集卷三上，但用字有所不同，故附録於此，以資對照。

〔二〕按：此詩又見本書穀原詩集卷三上，但用字有所不同，故附録於此，以資對照。

天龍寺

穿林遥送目，入洞共披榛。問舊僧誰在，驚時鳥自春。名山多古刹，塵世少閒人。病後憐幽寂，辭家學養真。

（清雍正山西通志卷二百二十三）

萬卦山

憶從開闢分奇偶，誰謂歸連演帝農？渭水自浮龍馬瑞，汾涯原列卦爻峰。四山叢薄揺蓍草，三古遺編勒鼎鐘。見説高齋日相對，欲隨杖履未從容。

（清雍正山西通志卷二百二十四）

太原懷古

獨上山城思寂寥，英雄千古恨難銷。鳴蛙尚産居民竈，驚馬空留義士橋。齊洞僧歸雲冉冉，漢宫人去雨瀟瀟。堪憐此地多離亂，莫向明時負酒瓢。

（清雍正山西通志卷二百二十四）

贈史沱村楚巡朝天

玉堂人上五雲臺，金馬風高動帝階。八百乾坤歸掌握，一天星斗滿襟懷。車行千里塵埃少，劍入三春桃李開。此去沱村原不偶，聖君留住作鹽梅。

（開州京兆史氏譜卷十藝文上）

九日塞上思歸濮陽

西風幾見菊花班，十載防秋朔塞間。蘇武盡銷青海髩，班超漸老玉門關。天涯歸計今應晚，世上浮名好是閒。寄語蒼洲叢桂樹，歌聲擬續小重山。

（清宣統濮州志卷七）

附録四　寄贈唱和

舜澤草堂銘

姑蘇王寵

夫風雲未感則龍卧長淵，霧雨既滋而豹隱深谷，亦惟時之晦焉耳。及其顯也，靈變而不測，炳蔚而成文，横厲九霄，猛視六合矣。故曰天挺英奇，資世用也，豈徒輝映川壑而已哉！則夫舜澤草堂者，[一]其濮陽蘇侯卧隱之淵谷乎。澤以虞舜得名，堂自我侯斯構。負顓頊之故址，臨重華之舊瀨。翬飛矢棘，有覺澤畔。籤軸充棟，弦誦流音。僕雖未暇探藝洙澤，觀詔臨菑，[二]

[一] 則夫舜澤草堂者：「夫」，清宣統濮州志卷八作「大」。印按：舜澤草堂爲蘇祐在家鄉自創讀書處，其前不宜加「大」字。州志因「夫」、「大」二字形近而致訛。據清光緒十八年複修蒙古蘇氏族譜卷一改。

[二] 觀韶臨菑：「韶」，清宣統濮州志卷八作「詔」。印按：韶，據傳爲上古虞舜時音樂。「觀韶」，義同「聞韶」，語出論語述而：「子在齊聞韶，三月不知肉味。曰：『不圖爲樂之至於斯也。』」本處「觀韶臨菑」義同「在齊聞韶」。臨菑，春秋戰國時齊國國都。「觀詔」則於義難通。據清光緒十八年複修蒙古蘇氏族譜卷一改。

乃因蘇侯，有以識先王之遺風矣。維侯以述作之雄，廊廟之器，疏通知遠，儼碩有立。操刀菘吴，遊刃無滯。武城之化，千載來復。山東出相，豈虚談耶？方將用變魯之道裕乎斯民，事堯之心致乎吾君。使功昭鼎鍾，業焕青簡。然後追赤松之遊，率夫素履；高緑野之操，躅其芳塵。外以達兼善之節，内以全無我之真。顯晦惟道，不其休與？爾其樂聖賢，爲文章，吟泉石，賞霞月，特侯之細事焉。吾恐草堂猿鶴，未易驚怨也。乃作銘詩，勒諸巖壁。銘曰：

卓彼草堂，舜澤之央。山遥水長，穆王風兮！雅琴鏘鏘，誦聲洋洋。如圭如璋，芋君子兮！蔚矣豹變，惚乎龍翔。爲國之光，偕時行兮！[一]秩秩斯干，顒顒其望。東山南陽，勿爾思兮！

（清宣統濮州志卷八）

答蘇舜澤[二]

薛蕙

日者獲遂良覿，且蒙傾蓋如故之契，幸慰多矣！別後兩承賜書，非愛予之深，不至是

[一] 偕時行兮：「偕」，清宣統濮州志卷八作「借」。據同上改。
[二] 答蘇舜澤：按：清宣統濮州志卷八收録此文，題作「考功薛蕙答濮陽蘇侍御書」。

也。贈章之褒，榮侔華衮；敬佩玉音，服之無斁。它如東湖諸作，皆冲澹清麗，托意高遠。惟其妙悟，故速肖如此。區區嘆服不暇，安能復費一辭邪？

來教云：「俗累相牽，習心未除。」其有感於此心之難養乎！昔程子有言：「以昔日習心未除，却須存養此心，久則可奪舊習。此理至約，惟患不能守。既能體之而樂，亦不患不能守也。」竊謂此言乃學之要也。從事於此，至於習心盡而天理復，則存養之功至而學之成也。古人之學，如是而已。其事固切近而易知，其術亦簡約而易守。顧未知要者，不免索之於支離，而操存未熟者，不免間之以妄動，則亦有甚難者。今執事既知之矣，其守之也，在加之意而已；俗累之牽，此恐勢不得已。張乖厓救火之説，正執事之謂矣。然執事以仁恕簡静之德，俾庶位觀法，小民蒙福，其益故自不細；特要之古人之學，則必以自己事爲第一義。故説者有「堯舜事業，浮雲太虚」之喻，蓋以此耳。若曰道濟天下，而反不能自保其至貴，此俗儒喪己之學，古之人不然也。近古若張乖厓、趙清獻，此二公者，并亟勞於中外，更歷於繁劇。自其迹而觀之，疑若有所累而與之化矣。然其闇然自修之心，高潔出塵之趣，豈彼世味之所能移，俗紛之所能嬰哉？執事尚友古人，舍二公其誰與歸？復聞康節先生贈富鄭公之詩曰：「閲盡人間事，收歸一點真。」蓋鄭公老而謝政之日也。輒敢誦之，預爲公它日功成身遂之獻。區區之愚，可以少助於高明者，僅此一端爾。貪於傾竭，不覺辭多，不知以爲然否？

承示邸報，殊增慚汗。蕙之無似，豈足辱諸公之論薦？況不欲仕途之志，自決已久。昨來侍坐，亦未得從容瀆聞也。值便具此，少佈感謝之私。自餘鄉慕之心，亦何能盡道。因風時賜數字，是所望也。不宣。

（西原先生遺書卷下，南京圖書館藏明嘉靖四十二年王廷刻本，四庫全書存目叢書集部第六九册）

與蘇舜澤書四首

翁萬達

秋過半矣，穡事既畢，度此胡虜無能深入，而況高垣雲齊，深窖網密，虜亦安能飛來邪？大同周帥統師出邊，甚有紀律，解圍退賊，頗獲首功，良可壯也。梁璽當遵臺下及軍門明文，駐兵於唐家會，乃擅渡河，深爲可怒。楊次村明心觀理，宜絜彼此，何迫人至是？先是，生不與辨，今不得已，當極論得失之故，冀或有悟。咨文已遣達兵部矣，容上稿請教。不盡。

其二

教函屢下，裁復不周，惟增感誦耳！隆慶之警，比之墮甑，安敢尤人。不肖之身幸未即死，實仗天王聖明，諸縉紳垂亮曲庇之力也。黄門勘事者不日戾止，當閉門思過以待罪譴。然近曾發懷來，遵南山，歷居庸、紅門，登燕尾峰，陟鎮南墩絶頂，東眺遼薊，南望燕京，鬱焉金陵，宛宛在目。而上谷北、東二路咫尺，黄花、渤海、密雲諸山，即吾人樵採游偵所不能登陟之處，虜騎皆漫走，守口者何能當？且辟穴鼠耳，設虜有遠志，吾輩其能朝食哉！乃因嘆昔人經畧，亦有遺慮。待我公開張樹立，爲國家福利，小子垂翅跛蹄，已不能飛走矣。恃愛漫言之，途次草略，有罪！

其三

長垣仰藉公力，宜膺上賞，金幣之賜，俸秩之增，猶未足以報矣。乃僕所受，則太侈矣，於心能無赧邪？彼人者近所欲爲，殊違衆志，不才極力抑之。雖啣我，懷不平，亦稍稍知斂矣。人言或未必然，即有之，當令無騷，乃可耳。聞套虜俱東渡，是否？幸批示。外具薄儀，聊旌賀私，伏惟照納。不備。

其四

傳擲函劄，豁然啓我矣。外邊秋防，聞極整飭，七月將盡，或可靡他，實仗公威。如八月田熟之期，虜所注伺，然戒備愈謹，彼亦何能爲邪？聞公欲北登塞垣，吞胡氣概感激。鄙衷所恨，不能負弩先驅耳！昨獨石馬營守者牒報歸人供説，俺答諸酋合新立小王子部落可二十萬人欲東搶，但未知何向云，事或然也。此時虜帳聯絡，近邊東西長數百里，老幼牛羊俱在，而邏者亦甚急，似未遽向吾宣大、山西也。虜亦稍稍言，吾邊甲兵富盛，而小視遼東。以是知擺邊之役誠未可罷，杜漸營兵移駐廣武，待八月初旬，有警調赴外邊。公所處分已極停當。饋餉不以其時，則大同之過也，已移文趣之。不肖近得家報，老親衰病，而復連有期功之戚，東歸未遂，情事悵然。防秋畢事，當以死自丐，即得罪，固所甘心。總督重任，輿論欲以煩公，如客歲所聞者，應不誣也。翔回附候，伏惟台照。幸甚！

（民國二十八年石印本明翁萬達東涯集卷十六）

長安贈蘇允吉一首

黄省曾

吴帆掛緬緬，齊馬驅悠悠。皆抱鸞鶴思，同遵鳳凰樓。開子一樽酒，破我三年愁。欲寫玄暉賦，行將雅德酬。

（明嘉靖刻本五嶽山人集卷十四）

吴令蘇允吉過訪草堂有贈一首

黄省曾

仙令彈冠東魯賢，五湖雲日鳴花弦。玄珪玉操蒼黎慕，明遠清文海嶠傳。却扇風生翠庭轉，停車雨色朱空懸。山厨聊出茅容饌，拂麈高談及暮天。

（明嘉靖刻本五嶽山人集卷十六）

和吴令蘇允吉九日一首

黄省曾

江暖林暄尚葛衣，誰聞子政五行機。當秋花鳥皆新色，採菊冠裳擬舊非。一棹湖濱還自繫，片雲天外定何依？鳴葭鼓瑟清巖畔，不駐金空白日飛。

（明嘉靖刻本五嶽山人集卷十六）

贈蘇允吉侍御二首

薛蕙

逃虚喜同人，絶弦悲異代。獨行增永懷，賞廢有餘嘅。平生友英俊，末路離歡愛。何圖蓬藋間，復與親仁會。知言甚合符，定交果傾蓋。先民夙所仰，斯人固其輩。鴻才何炳蔚，雅行乃韜晦。官聯侍從列，意寄風塵外。相望已勞積，辭訣能無概。差池惜良晤，繾綣見交態。吾衰采真游，子賢熙帝載。一結同心言，當令歲寒在。

其二

鹿鳴美野草，君子貴贈言。聞善樂相告，此義古所敦。若人信名世，乘運佐羲軒。觀風練國體，游藝究詞源。求友及薄劣，作賦賁丘園。感彼詩人語，何以報璵璠。曰余嗜樸學，自信莫能諼。舉俗不見是，惟君期討論。立言非不朽，功德鮮常存。逐末事終小，得一道斯尊。外物棄浮雲，貴己養靈根。願招同懷客，共入無窮門。

（文淵閣四庫全書本考功集卷三）

次韻蘇允吉侍御臺中四詠

薛蕙

烏府新承寵，瑶臺别故群。緩行簾外入，清唳枕邊聞。藻翰經題品，高軒擬見分。蘇耽真愛汝，何啻附青雲。

右臺鶴

日到此君側，都忘案牘勞。幽居懷濮上，（允吉濮人）歸思滿江皋。鳳鳥春應至，琅玕緑漸高。

徂徠舊賓客，詩酒定誰豪。

右園竹

玉蕤憐傾國，金瓶爲洗粧。凝脂何太白，沈水坐無香。脉脉含多思，紛紛妒衆芳。遥聞東閣詠，髣髴對清揚。

右瓶梅

後圃盆山麗，當軒畫障横。蟲穿嵌竇坼，雨漬古苔生。剩倚雲根卧，難尋鳥道行。高文一引重，列岫可争衡。

右盆山

（文淵閣四庫全書本考功集卷五）

薛蕙

蘇允吉侍御孔汝錫僉憲同觴小園薄暮值雨驟作四韻奉呈二公

内臺兼約行臺使，南郭相尋負郭翁。行徑追隨雙蓋并，草堂灑掃一尊同。飲中僊侶逢蘇晉，坐上嘉賓接孔融。正喜淹留乘暮雨，莫辭顛倒醉秋風。

（文淵閣四庫全書本考功集卷七）

夏言

沁園春・送蘇舜澤提學

寶墨樓前，賜麟堂上，一別三年。喜學有師承，文章丕變；士多矜式，禮義相先。振起儒風，激昂晚進，洙泗門墻得正傳。共道是，有蘇公條教，白日青天。　蹇予謝政歸田，正欲訪匡廬五老煙。奈白鹿洞中，難留地主；紫薇花下，忽送神仙。便省東齊，舊遊西晉，一點文星入紫躔。重分守，記華堂丹桂，緑酒歌筵。

（明崇禎十一年吴一璘刻本夏桂洲先生文集卷之七）

夏言

漁家傲・送蘇副使祐提學江西

鐵筆峩冠袍繡豸，雲中上黨威名在。紫綬綰章金作帶。增氣概，文星一點明江介。　顧我非才官鼎鼐，勳業無成容髩改。後學晚生今有賴。期遠大，須君著眼驪黃外。

（明崇禎十一年吴一璘刻本夏桂洲先生文集卷之七）

送蘇舜澤學憲陞山西大參十六韻

楊本仁

昭代英雄器，名藩禮樂身。風猷江海闊，道術魯鄒醇。水國飛凫日，金門抗疏辰。至今能結主，往事只宜民。砭到鵲俱效，斤看郢有神。士皆歸意度，天欲拔麒麟。并朔需才急，朝廷擇吏真。艱危須武略，注擢及詞人。汝到三關重，胡來萬馬頻。儒冠當險阨，甲士藉彌綸。誰使金湯鑄，況傳澤潞貧。請纓心炯炯，説劒氣振振。破虜平生策，知君命世臣。萬山明月夕，三晉紫薇春。應憶論文友，長懷出塞塵。客邊無長物，懸贈太行筠。

（明嘉靖刻本少室山人集卷十）

懷山西蘇舜澤藩參

楊本仁

并朔無來雁，子鄉近若何。薇花長帶雨，江月豈垂波。未識匣中物，應傳塞上歌。秋風九折坂，誰與荷前戈？

（明嘉靖刻本少室山人集卷十一）

送少司馬蘇公總制宣大[一]

謝榛

向曉發長安，飛旐入渺漫。漠南驅虎豹，天上別鵷鸞。一薦膺推轂，殊勳報築壇。金鉦殷地響，寶劍照人寒。自古邊庭計，非今將相難。朔雲當晝暝，沙草逼秋殘。嘯月能忘寐，憂時不顧餐。[二]龍韜開武庫，麟閣待儒冠。青海連兵苦，黄金結士歡。論功多汗馬，從事有材官。漢檄雲中度，班銘石上看。雄圖驃騎在，一戰取樓蘭。

（文淵閣四庫全書本四溟集卷七）

塞上曲寄少司馬蘇允吉

謝榛

海日高臨海上城，漢家諸將久屯兵。斷雲飛去遼天闊，北望燕然萬古情。

白登城上早霜凄，黑水河邊暮鴈低。還憶去秋明月下，金笳吹過七陵西。

邊柳蕭條帶落暉，長城北去是金微。健兒躍馬西山下，射得雙狼雪裏歸。

[一] 印按：此詩清宣統濮州志卷七收録，題作「寄濮陽大司馬蘇公總制宣大」，不確，應依四庫本。

[二] 朔雲當晝暝沙草逼秋殘嘯月能忘寐憂時不顧餐：此二聯二十字，底本無。據清宣統濮州志卷七添。

孤月高高照朔荒，戍樓吹笛滿天霜。三秋楊柳飄零盡，此夜征夫總斷腸。

牧馬深山白草中，不聞鼙鼓動西風。老兵閒坐斜陽裏，盡説今秋魏絳功。

鴉啼初日塞門開，昨夜陰山探騎回。秋盡漠南風雪遍，單于不敢射鵰來。

（文淵閣四庫全書本四溟集卷十）

贈濮陽蘇中丞巡撫晉陽

翰林潘高

燕晉開天險，長城接大荒。輿圖存帶礪，彝夏限金湯。聖主親推轂，元戎遂啓行。繡旗閃北斗，寶劍射東陽。萬馬騰霄電，三軍肅曉霜。威靈宣朔漠，鎖鑰重封疆。右輔勳先集，西陲伐用張。陣開魚麗美，師奮虎賁强。城朔周南仲，籌兵漢子房。位崇中執法，纓係左賢王。豐草歸牛馬，穹廬遁犬羊。三關銷燧火，八郡富蠶桑。夜月弦歌沸，秋風禾黍香。遷鶯鳴細柳，捷騎奏長揚。有赫龍光華，無疆鳳曆昌。[一]賜衣公衮赤，頒酒上尊黄。濟世須舟楫，擎天有棟梁。五刑明折獄，一德輔垂裳。步曳星辰履，身依日月光。烹調成鼎

[一] 無疆鳳曆昌：「曆」，底本作「歷」。按：「鳳曆」一詞源自左傳昭公十七年：「我高祖少皞摯之立也，鳳鳥適至，故紀於鳥，爲鳥師而鳥名。鳳鳥氏，曆正也。」杜預注：「鳳鳥知天時，故以名曆正之官。」後因以「鳳曆」稱歲曆，有曆數正朔之義。而「鳳歷」則無講。北周庾信周宗廟歌昭夏：「龍圖革命，鳳曆歸昌。」此處底本因避清乾隆帝諱而改「曆」爲「歷」。今予改回。

實，恩禮拜宸章。獨愧膺門士，蕪詞喜贊揚。

（清宣統濮州志卷七）

寄本兵蘇舜澤公

王慎中

舜澤公以少司馬往總制宣大諸軍事。時宣大有寇警，至失大將，朝議以爲憂，故輟公本兵以往。予本懦夫，聞而壯之，爲賦詩十章。

赤白囊封晝夜驚，君王輟食詔論兵。黄金殿裏留身奏，邊事艱難請自行。

國憂偏急在西師，臣辱況當及此時。受脤因言天下事，治兵看勒日中期。

指揮號令動風雷，裨校千群竈下材。雙轂流脂飛電迅，至尊親降玉階推。

訓警疲駑成練卒，招還攜散號全廂。共言昔日亡軍地，便是今番破敵場。

諸邊誰最係安危，不戰堪言是善師。撫得降酋成骨肉，懾教醜類識旌旗。

地形分畫防援速，士氣清明殺獲多。驟變威靈加草木，依然往日舊山河。

靈州城上月彎彎，洗净塵氛照漢關。唱盡軍前横吹曲，迴頭正見紇干山。

會獵常過高闕道，燒荒獨上單于臺。王庭已徙逾南幕，精細健兒刺探來。

飛狐隁塞游兵撤，倒馬重關壁戶開。誰道山東惟出相，如公文武是全材。

小醜厄年當北遁，皇朝今日合中興。凌烟閣上功臣數，敕與畫工特地增。（文淵閣四庫全書本遵巖集卷七）

贈濮陽蘇中丞總憲

郡人侍郎許成名

麗藻常聞晉魏風，翦平仍與范韓同。江鄉陶冶諸生振，棘寺雲雷非冀空。清望威宣三輔動，英猷聲播九天通。即看廊廟方席席，有待喬遷補袞功。（清宣統濮州志卷七）

送濮陽蘇大司馬督雲中

臨朐馮惟健

天兵早下燕山路，雲塞争看漢將旄。六月指揮惟羽扇，三邊經略有龍韜。璽書夜向中朝發，京邑秋廻北極高。去縛左賢應計日，侍臣無使聖躬勞。（清宣統濮州志卷七）

和蘇舜澤總督九日感興韻

趙時春

塞上秋風草木斑，共看旌節出雲間。金戈挽日廻三舍，玉帳分弓護九關。菊圃重開緑野宴，霜威竟使白狼閒。書生豈作封侯計，擬敷皇猷重太山。

（明萬曆八年周鑒刻、清順治十六年葉正蓁重修本趙浚谷詩集卷五）

次蘇總督西征遇雪韻

趙時春

邊地凝寒飽嘗霜，六花平掩塞沙黄。漢兵欲出匈奴散，周雅歸來獫狁襄。已見錫對傳祚胤，更分屬國受降王。階前剩有餘光借，毋使空歌我馬蒼。

（同上）

寄大司馬蘇公時總督宣大

李先芳

今代長安古北平，居庸烽火夜邊聲。韜鈴閫外防秋塞，節鉞雲中簡夏卿。廟算先憑周上策，牙兵舊屬李長城。獻俘莫緩流星騎，按劍君王聽履迎。

（明刻本李氏山房詩選）

寄大司馬蘇公

李先芳

玉關生入主恩深，却望燕雲淚滿襟。報國常留雙寶劍，傳家不藉萬黄金。行吟月下調雙鶴，醉起花間戲五禽。伏波老去心猶壯，風雨疑聞笳吹音。

（明刻本李氏山房詩選）

過濮蘇尚書宅招飲

提學副使鄒善

緑野堂開濮水湄，閒評往事笑彈棊。春隨劍舄回南國，秋肅韜鈐静北陲。八座遺榮耽蔗境，百年長健訪松師。逢人每道多箴儆，鴻漸尤看作羽儀。

（清宣統濮州志卷七）

寄懷蘇尚書

都御史翟瓚

新秋大火西流日，正是尚書初度時。萬福藉公同白首，千金謝客贈玄芝。雲開雙鳥天邊下，露浥三槐檻外垂。五十餘年臺省舊，猶能千里寄新詩。

（清宣統濮州志卷七）

懷大司馬舜澤隱居

尚書王崇慶

北地風雷傳號令，東山花鳥佐壺觴。雄才不獨追韓范，達世還推過老莊。媿藉夔龍分八座，喜連魏博本同鄉。謝家兄弟人争羡，玉樹連枝自一堂。

（清宣統濮州志卷七）

寄濮陽李伯承少卿兼呈蘇尚書

張佳胤

一時詞客罷朝天，四海詩名爾謫仙。濮上自來容傲吏，杯中堪與度流年。閉門似厭乘軒使，負郭先開種秫田。莫道尚書期不顧，東山秋色好誰憐？

（明萬曆十五年張宗載刻本張居來集卷十五）

至濮上蘇尚書斗望頌

山人鄭若庸

潏潏濮原，經彼廩丘。乃縈昆吾，載綿厥流。危室降芒，有奕璿紀。遏矣重華，側微斯履。維濮有祥，駿發其隆。于隩效順，篤兹鉅公。維兹鉅公，金貞玉粹。顔趨孔武，温温克類。二酉崔崔，則席其函；三峽湯湯，則挹其蘭。投射椒升，天辟以媚。朱弦聿張，吴服用惠。帝錫霜簡，登之玉墀。以北以南，鷺羽載馳。爰肅王度，時臬端晉。有衍文江，聲教繇振。之翰薇省，詳刑棘庭。于旬于宣，惟允惟明。青綬委蛇，言率糾職。敬厥山獄，邦刑是弼。桓桓司馬，于公宅之。乃正九伐，乃閑六師。曷云峻陟，績亦孔烈。金城屹立，玉塞横截。

旃裘既讐，毳幕屢空。孰爲范韓？穆哉遐風。帝曰休哉，紓我西顧。群心自公，行芘宏宇。冥鴻載翔，迅其羽翰。亟予旋歸，爰即丘樊。考我鼓鐘，説我圖史。聊以永日，遐不樂止。亦有苞采，翽翽爾儀。娱舞在側，公豫且怡。宛其蓬桑，肇維肅候。有晉維旅，以踐籩豆。天則有樞，樽樽其暉。曷以錫公，百禄之綏。匪公伊錫，則錫之國。登我兆庶，臻于壽域。

（清宣統濮州志卷七）

附録五　序跋　提要

穀原詩集序〔一〕

明興，人文輩出。自孝廟以來，薄海内外，闡幽洩蘊，作者無慮數百家，珠輝璧映，霞絢雲蒸，彬彬乎可謂盛矣。

吾濮，故齊魯文獻之邦，雖名卿巨彦時不乏賢，而著作之富鮮克名家。爰有我舜翁先

〔一〕印案：本序及崔銑蘇氏詩序（見下），是蘇氏後人傳藏明嘉靖刻本穀原詩集（僅存卷一至卷四）書前的兩篇序，清道光五年蘇祐九世侄孫蘇埴、蘇堉、十世嫡孫蘇捷成補刻（見崔銑序後跋語）。說明穀原詩集的明嘉靖刻本「原序」到清代已不存。本序後落「明副使郡人龔秉德撰」，已是清代人口氣，未必是序文作者自署原貌。四庫全書存目叢書集部第八十九册（四庫全書存目叢書編輯委員會編，齊魯書社出版發行，一九九七年七月）影印北京師範大學圖書館藏明嘉靖三十七年龔秉德刻本穀原詩集（與蘇氏後人傳藏本爲同一版本）亦無此序及崔銑序。清宣統濮州志卷八藝文志收録本序，標目「郡人副使龔秉德撰穀原詩集序」。今迻録蘇氏後人傳藏本穀原詩集清道光五年補刻之龔序，以清宣統濮州志對勘。因係補刻，非原書底本所有，故將此序列爲附録。

生，以宏才冲抱崛起於後，肆力詞源，潛心藝苑，故官迹所歷，悉有歌詠，諸體咸備，曲盡夫天然之妙。自今觀之，言景必本諸情，措詞悉根諸理，格高而靡俗，音正而匪嫚，還追漢魏，律協唐風，其渾厚正大，真如日月星辰麗於天，山川草木麗於土。凡有識者，孰不知其爲自然之文耶？〔一〕蓋公自釋褐以來，際時休明，由柱史以陟藩臬，歷撫臺以晉本兵，望重而氣愈平，位尊而心彌下，襟度昭融，氣宇軒豁，厥性弗矯，厥情匪蕩，其得於天者既豐且厚，故其爲詩也，自然黜浮汰靡，根基理要。〔二〕是豈雕蟲小技，徒逞艷鬥奇以焜燿人之耳目已耶？如公之作，可謂獨觀其深者矣。

公初按諸省，有三巡集；司校豫章，有江西集；參晉，有山西集；撫巡，有畿内集；總督，有塞下集。雖各有刻本，類皆涣散不一，難以彙觀。予非知詩者也，緣素出公門下，兼屬姻末，故合而壽梓於襄陽公署，分爲八卷，名曰穀原詩集，俾觀者因文而可以考見公之德業云。

明副使郡人龔秉德撰

〔一〕孰不知其爲自然之文耶：「孰」，原誤作「熟」，據清宣統濮州志改。
〔二〕根基理要：「基」，清宣統濮州志作「極」。

蘇氏詩序〔一〕

往者余居洹野，〔二〕濮陽蘇子允吉寄我昆吾集；今年余入翰林，蘇子示我三巡詩。凡若干首，逾萬言矣。夫其識典禮，懷羈旅，標宇治，惇友情，正官常，達民隱。若是者，詩之實也，蘇子可言詩矣。詩者，文之精，本情發志，貴正而和；假物申旨，貴切而遠；托風寓諫，貴婉而明；陳器叙事，貴要而統。若是者，詩之則也，蘇子咸中焉。詩用以感時，以敷治，以作善，以懲不敏，其妙猶風之被草木，有默移而無顯功，宜漸浸而忌直訐。故慨諭之辭，惟托優柔；揚搉之篇，豈待重累。而或失之綺麗，或失之繁蕪，或失之嘲俳。夫當物

〔一〕蘇氏詩序：原題「穀原詩集序」。印案：蘇祐穀原詩集刊刻於明嘉靖三十七年，而崔銑卒於嘉靖二十年（見明世宗實録卷二百四十九嘉靖二十年五月戊申條），無從爲穀原詩集作序。又案崔銑洹詞卷十一三仕集載此序，題作蘇氏詩序，且序内明言「今年余入翰林，蘇子示我三巡詩」。三仕集者，載崔銑嘉靖十八年起復爲詹士府少詹事（崔氏所謂「入翰林」）以後詩文，可見此序是崔氏於嘉靖十八年爲蘇祐早年詩集昆吾集、三巡集所作的序。據改。蘇埴等所謂「原序二篇」者，龔秉德序爲真原序，而崔銑之序是清道光五年蘇氏後人補刻穀原詩集龔秉德原序時硬添上去的。因此，這次整理將崔序排在附録中。

〔二〕往者余居洹野：「余」，以及下「今年余入翰林」之「余」，崔銑洹詞卷十一俱作「予」。

爲道，或乃壅以文句，於是乎翰墨日富而違之俞遜也。

明禮部侍郎洹水崔銑撰[一]

先尚書公詩文集藏版猶存，久未印行，故其書罕見。今檢出，細心校對，缺數頁耳。謹補原序二篇，餘俟訪求善本補刻，以成完書。

九世侄孫埴、墒　十世嫡孫捷成　謹識

道光五年三月刊

三巡集稿跋[二]

右三巡集稿，濮陽澤舜先生奉命按宣大、江北、山西而作也。蓋宣大爲京師北藩，無人不固；江北爲漕運咽喉，無人不通；山西又天下之右肩，而亦不可使其或不仁也。先生三出按巡其地，而豈常例云乎哉？且攬轡之餘，或感興，或弔古，或閒適，或論交，而各

[一] 明禮部侍郎洹水崔銑撰：印案：崔銑作此序在明世宗嘉靖十八年，時任詹事府少詹事經筵講官，尚未任「禮部侍郎」，此處結銜應是崔氏生前最後官職，補刻者所追署。

[二] 三巡集稿跋：按：三巡集稿是蘇祐早年詩集，今國家圖書館有藏本。此篇是三巡集稿刻成後，時任太原府知府張承祚所作的跋，位於三巡集稿全書之末。原無題目，今題爲點校者所加。

有詩篇，諸體俱備。然以一人上代天子耳目，其責重，其任大，使才學少有不充，而凡批駁推鞫糾察振揚或不能應，而況有清暇以歌以詠乎？於此見先生之才有所縱，學有所養，尚俟高明評序而表章之也，抑豈祚之所能哉！時嘉靖戊戌秋仲吉日，汝南後學太原府知府張承祚頓首謹識。

盛明百家詩·蘇督撫集小序

穀原蘇公名祐，字舜澤，山東濮州人。登嘉靖丙戌進士。嘗爲侍御史，擢江西學憲，歷官宣大總督兼兵部尚書，勒歸。平生喜爲詩篇。蓋自釋褐時，已有浩瀚不群之氣矣。予蒞西江，見藩王中尚多談蘇舜澤詩者。今所删輯頗多，乃就舍弟所貽全集，去其太率意者云耳。隆慶庚午春三月，無錫是堂山人俞憲識。

四庫全書總目·穀原文草四卷提要

穀原文草四卷，兩江總督採進本。明蘇祐撰。祐有逌旃瑣語，[一]已著録。是編乃其

[一] 祐有逌旃瑣語：「瑣語」，按刻本書名此二字作「瑣言」，提要誤。

文集也。原分四卷，每卷又自分上下。詞多駢麗，規仿文選而真氣不足以充之，在七子派中又爲旁支矣。

四庫全書總目・穀原集十卷提要

穀原集十卷，〔一〕山東巡撫採進本。明蘇祐撰。此編乃其詩集，大旨宗李攀龍之説，不肯作唐以後格，而亦不能變唐以前格，故音節琅琅，都無新意。

四庫全書總目・逌旃瑣語一卷提要

逌旃瑣語一卷，〔二〕浙江鮑士恭家藏本。明蘇祐撰。祐字允吉，一字舜澤，濮州人，嘉靖丙戌進士，官至兵部尚書。是書雜記瑣事，而引據多疏，如：以唐昭宗「紇干山頭」之句謂左克明不及見，而不知克明所纂古樂府止於六朝；以插箭嶺曬甲石指爲楊六郎之真

〔一〕按卷目，穀原詩集只有八卷，而卷三、卷四各分上下，故提要所謂「十卷」者，應是舉實有卷數而言。

〔二〕逌旃瑣語一卷：「瑣語」，按刻本書名此二字作「璅言」，提要誤。又，是書實有二卷（卷上、卷下），或體量較小，僅裝一册，故提要視爲一卷耳。

迹，而不知爲委巷所托；以衡山碑爲真禹書，而不知後人所僞；以正五九月不上官爲元制，而不知北齊至唐均有此説；以賀王參元失火書爲韓愈，而不知其爲柳宗元。如斯之類，不一而足。其餘亦多鄙猥之談，不足采録。